KB120978

다니엘 리더스 스쿨의 기적

다니엘 리더스 스쿨의 기적

1판 1쇄 발행 2016. 5. 16.
1판 7쇄 발행 2019. 2. 11.

지은이 김동환

발행인 고세규
편집 고우리 | 디자인 조명이

발행처 김영사
등록 1979년 5월 17일 (제406-2003-036호)
주소 경기도 파주시 문발로 197(문발동) 우편번호 10881
전화 마케팅부 031)955-3100, 편집부 031)955-3200 | 팩스 031)955-3111

값은 뒤표지에 있습니다. ISBN 978-89-349-7456-7 03810

홈페이지 www.gimmyoung.com   블로그 blog.naver.com/gybook
페이스북 facebook.com/gybooks   이메일 bestbook@gimmyoung.com

좋은 독자가 좋은 책을 만듭니다.
김영사는 독자 여러분의 의견에 항상 귀 기울이고 있습니다.

이 도서의 국립중앙도서관 출판시도서목록(CIP)은 서지정보유통지원시스템 홈페이지
(http://seoji.nl.go.kr)와 국가자료공동목록시스템(http://www.nl.go.kr/kolisnet)에서
이용하실 수 있습니다.(CIP제어번호 : CIP2016010828)

꿈이 현실로 이루어지는 희망의 학교

다니엘리더스 스쿨의 기적

김동환 지음

김영사

부족한 자식을 위해 한평생 고생하신
사랑하는 아버지 김학렬 님과 어머니 박삼순 님께
이 책을 바칩니다.

이 책을 위해 그리고 이 책을 읽는 친구들을 위해 다니엘리더스스쿨 생활 체험을 글로 써서 보내준 사랑하는 제자들에게 감사드립니다. 소중한 이 사례들은 새롭게 뜻을 정해 다니엘리더스스쿨 학습을 실천하려는 친구들에게 큰 도움이 될 것입니다. 사생활 보호를 위해 글을 쓴 친구들과 여기 나온 모든 이름은 가명으로 하였음을 밝힙니다.

기적의 시작

2009년 1월 포항에서 극동방송 주최로 포항 지역 학부모와 학생들을 위한 다니엘학습법 세미나를 하였습니다. 그리고 돌아오는 차 안에서 공항으로 데려다주시는 분들과 이런저런 대화를 나누면서 매우 슬프고 충격적인 이야기를 들었습니다. 차량 안에 함께 탄 미션스쿨 고3 학생의 이야기였습니다. 그 아이는 주일날 학교에서 의무자율학습이 진행되기에 예배를 드릴 수 없어서 너무 힘들고 고민이 된다고 이야기했습니다.

저는 그 학생에게 물었습니다. "어느 학교니?" 학생은 ○○학교라고 대답했습니다. 포항에서 매우 유명한 미션스쿨 고등학교라고 했습니다. 매우 놀랐습니다. 다른 학교도 아닌 미션스쿨에서 왜 주일

날 의무자율학습을 할까? 더군다나 예배드리러 가는 기독학생들에게까지 왜 의무적으로 자율학습을 시켜야 하는지 잘 이해가 가지 않았습니다.

학생은 포항 지역의 학구열이 매우 높고 포항 지역 다른 고등학교들 모두 주일에 의무자율학습을 한다고 했습니다. 자기가 다니는 ○○학교가 자율학습을 하지 않으면 다른 학교 학생들보다 성적이 떨어질까봐 학부모들이 강하게 요청해서 할 수 없이 주일 의무자율학습을 만들었다는 것입니다.

"그러면 예수님을 믿지 않는 학생들만 자율학습을 하면 되지 않니? 왜 기독학생들까지 아침 9시까지 의무적으로 오게 만드니?"

"그건…… 비기독교 학부모들이 누구는 의무자율학습을 하고 누구는 안 하면 제대로 '자율학습'이 이루어지지 않기 때문에 다 같이 해야 한다고 교장실에 계속 전화하고 협박했거든요. 그래서 할 수 없이 주일날 모든 학생이 9시까지 와서 5시까지 자율학습을 하게 되었어요."

이런 이야기를 들으면서 큰 충격을 받았습니다. '다른 학교도 아닌 복음을 전하기 위해 세워진 미션스쿨이 오히려 예배드리는 것을 막는 학교가 되다니. 어떻게 미션스쿨에서 이런 일까지 벌어져야 하는 거지?' 저도 이렇게 마음이 먹먹하고 아픈데 그 학교를 세운 천국에 계신 선교사님이 이 사실을 알면 눈물을 흘릴 거라는 생각이 들었습니다. 그리고 더 충격적인 이야기를 들었습니다. 그 학교의 재단 이사장님이 그 지역에서 매우 유명한 장로님이시고 큰 사업체도 가지신 분이라는 것을.

'도대체 유명이 무엇이고 큰 사업체를 가지는 것이 무엇인가? 차라리 미션을 떼고 일반 고등학교라고 할 것이지. 아무리 재력이 많고 유명한 장로님일지라도 하나님 자녀들이 예배드리지 못하도록 막는 것을 과연 하나님이 기뻐하실까? 하나님이 언제부터 돈과 외모와 집안을 보셨는가?'

포항에서 서울로 올라오는 길에 내내 기도했습니다. '어떻게 하면 좋을까요, 하나님?' 그러고 나서 한 달 내내 아침 기도시간과 저녁 기도시간 그리고 하루 종일 머릿속에서 포항에서 있었던 일이 떠나지 않았습니다. 마음이 너무 아프고 괴로웠습니다. 그러면서 전교생이 주일을 온전히 지키면서 하나님을 경외하고 뜨겁게 사랑하는 믿음의 일꾼을 양성하는 학교를 세워야겠다는 강한 마음을 가지게 되었습니다.

그리고 저는 기도하기 시작했습니다. 제가 기도한 것이 아니라 성령님께서 강권적으로 기도할 마음을 주시고 계속 기도하게 하셨습니다. 얼마나 마음을 뜨겁게 하시는지 그 일을 하기 전까지는 다른 어떤 일도 할 수 없을 정도로 강하게 마음을 주시고 일을 추진하게 하셨습니다. 학교를 세우는 것, 그것이 말처럼 쉬운 일이겠습니까? 마귀는 끊임없이 '넌 건강도 좋지 않고 포항 장로님처럼 돈도 없는데 네가 할 수 있겠니? 넌 안 돼. 괜히 고생하지 마' 하면서 속삭였습니다. 그 순간 부정적인 생각이 잠시 들었지만 그럴 때마다 더욱 기도의 볼륨을 높이며 주야로 부르짖고 눈물로 매달렸습니다. 하나님이 그렇게 주야로 기도할 마음을 주시고 강권적으로 기도시키셨습니다. 하나님께서 하시고자 하시니 저는 순종하고 그저 하나님께서 시키시는 대로 열심히 했습니다. 그리고 원래 계획보다 3년 일찍 기독교 대안학교를 세우게 되었습니다.

그것이 바로 다니엘리더스스쿨입니다. 2009년 4월 1일을 잊을 수 없습니다. 진정 하나님의 살아 계심 속에서 시작된 다니엘리더스스쿨에서 7년간 사역하면서 참 많은 일이 있었습니다. 7년이라는 시간이 정말 순식간에 지나갔습니다. 하고 싶은 이야기들이 참 많습니다. 기적 같은 이야기들도 많고 기쁜 일들도 많고 힘든 일들도 많았습니다. 사도행전에 나오는 불같은 성령의 역사들이 매주 일어나는 것을 눈으로 보았습니다. 하나님의 강권적인 역사함을 통해 지금까지 올 수 있었습니다. 오직 하나님께 감사드립니다.

가지 많은 나무에 바람 잘 날 없는 것처럼 전국에서 다양한 사연을 가진 학생들과 함께 웃고 울면서 지냈습니다. 살면서 그렇게 많이 웃고 운 적도 없는 것 같습니다. 공부는 잘하지만 하나님에 대한 믿음이 없거나 무관심한 친구, 하나님을 이용해서 공부 잘해서 잘 먹고 잘살려는 친구, 술에 중독된 친구, 담배에 중독된 친구, 야동에 중독된 친구, 오락에 중독된 친구, 교도소에 다녀온 친구, 학교에서 퇴학당한 친구, 학습을 포기한 친구 등 수많은 친구들을 7년 동안 하나님께서 부족한 저에게 맡기시고 양육하게 하셨습니다.

이들로 인해 하나님께 많이 울었습니다. 울지 않으면 아이들은 변하지 않습니다. 울지 않으면 제가 이 사역을 더 하기 어려웠습니다. 저도 좀 더 편하고 여유로운 사역을 하고 싶다는 생각이 자주 찾아왔습니다. 하지만 하나님께 많이 울면 아이들도 변하고 저도 사역을 계속할 수 있었습니다. 이들로 인해 하나님께 뜨겁게 감사하고 찬양했습니다. 하나님을 만난 아이들이 변할 때 그 기쁨은 세상에서 도저히 느낄 수 없는 기쁨입니다.

이 책은 7년간의 눈물과 감격과 기쁨을 담은 기적의 이야기들입니다. 하나님을 부정하거나 무관심하던 친구들이 다니엘리더스스쿨에서 인간의 눈에 보이지 않는 하나님과의 인격적인 만남을 통해 네 가지 기적을 경험하고 그들의 삶이 얼마나 아름답게 변화되었는지를 기록하였습니다. 이 글을 통해 교회를 다니지만 아직 하나님을 인격적으로 만나지 못한 수많은 분이 정말 하나님이 살아 계시다는 것과 하나님이 여러분을 얼마나 사랑하시는지를 깊이 깨닫고, 전심으로 하나님을 찾고 부르짖어 기도하여 사랑하는 하나님을 인격적으로 깊이 만나는 역사를 경험하시기를 기도드립니다.

이 책이 나오기까지 한결같은 눈물로 부족한 자식을 위해 일평생 기도해주시는 아버지 김학렬 님과 어머니 박삼순 님께 머리 숙여 존경과 감사를 드립니다. 죽을 때까지 하나님 은혜와 부모님의 은혜 갚으며 살겠습니다. 부족한 저를 위해 기도해주시는 사랑하는 귀한 다니엘 가족들에게도 진심으로 감사드립니다.

차례

다니엘리더스스쿨의
소명

새벽예배를 마친 후 다니엘리더스스쿨(DLS) 전교생은 예배당에서 다음과 같은 구호를 외칩니다.

오늘도 생명 바쳐 주를 위해 죽도록 공부하겠습니다.

오늘도 하나님께 효도하겠습니다.

부모님께 효도하겠습니다.

21세기 다니엘이 되겠습니다.

오늘도 하나님 안에서 행복하고 즐겁고 치열하게 공부하겠습니다.

오늘도 하나님을 경외하겠습니다.

다니엘리더스스쿨은 다니엘처럼 신앙과 실력과 인격을 겸비한 예수의 좋은 군인을 양성하기 위해 설립된 학교입니다. 오직 하나님을 경외하고 성령충만하고 하나님의 마음을 시원하게 해드리는 하나님의 일꾼들을 양성하여 각자가 진출하는 분야에서 천국복음을 전하기 위해 세워진 크리스천 리더 양성 교육기관입니다. 이 학교는 예수님을 이용하여 공부를 잘하기 위해 설립된 학교가 아닙니다. 자신의 정욕과 이생의 자랑을 매일 새벽 십자가에 못 박으며 하나님을 위해 공부하는 학교입니다. 다니엘리더스스쿨이 목표로 하는 인재가 되기 위해 제일 먼저 필요한 것은 하나님을 진정으로 인격적으로 만나 하나님을 위해 사는, 하나님을 경외하는 사람이 되는 것입니다.

1.

21세기 대한민국은 참으로 치열하고 각박하고 어렵습니다. 중고등학교 학생들은 학습문제로 너무 많이 지치고 힘들어합니다. 학습 스트레스로 자살하는 학생들도 매년 늘고 있습니다. 대학생들은 취업문제로 매우 힘든 시기를 보내고 있습니다. '삼포, 사포, 오포 시대'라는 말이 나올 정도입니다. 정규직에 들어가기가 하늘에 별 따기보다 어렵다는 말이 나올 만큼 취업이 쉽지 않습니다. 어른들은 직장에서 생존하기 위해서 아침부터 저녁까지 참 치열하고 힘들게 살아갑니다. 가장의 무거운 짐을 지고 매일 묵묵히 자식을 위해 일하십니다. 대한민국은 전 세계 유일한 분단국가면서 핵으로 무장한 북한의 위협을 끊임없이 받고 서로 휴전선을 앞두고 대치 중입니다. 언제 전쟁이 일어날지 모르는 위험한 상황의 연속입니다.

경제 사회 전문가들의 견해에 따르면 이러한 상황은 더 좋아지기보다는 일본의 '잃어버린 10년'처럼 향후 10년 이상 경제, 정치, 사회 등 사회 전방위에서 더 나빠질 것으로 예상됩니다. 한국 기독교 역시 여러 문제들로 인해 갈수록 기독교인의 숫자가 줄어들고 이단의 수는 늘어나고 전도가 잘되지 않고 있습니다.

현재 대한민국 개신교 청소년 비율은 4.3%입니다. 청년의 비율은 3.9%입니다. 한국 기독교 미래학자들은 앞으로 2020년 대한민국의 개신교 수를 많게는 300만에서 적게는 250만으로 예상합니다. 이단의 수는 약 200만 정도로 예측합니다. 대한민국에서 개신교 신자 수는 2020년이 되면 인구 5000만 명 기준으로 5~6% 정도가 될 예정입니다. 한 반에서 학생들 가운데 90% 이상이 교회를 다니지 않는 학생들입니다. 불신자들 사이에 우리는 둘러싸여 있습니다. 더 암울한 것은 청소년, 청년 불신자들의 비율이 장년에 비해 월등히 많다는 것입니다. 2030년이 되면 개신교 신자 수는 더 현격하게 줄어들 것으로 보입니다. 과연 이런 상황 속에서 앞으로 다가올 시대를 대비해 우리는 무엇을 준비해야 할까요?

정치, 경제, 교육, 예술, 언론, 행정, 종교 이 일곱 가지 영역에서 다시 영혼들을 살려낼 21세기 방주가 필요합니다. 21세기에는 노아 시대의 나무로 만든 배가 아닌 예수의 피로 만들어진 예수의 좋은 군인 인간 방주가 필요합니다. 각 분야별로 어려서부터 말씀과 기도로 제대로 무장된—하나님의 전신갑주로 무장된—예수의 군인들이 들어가 지금까지 마귀에게 빼앗겼던 수많은 영혼을 다시 찾아와야 합니다. 그동안 우리는 마귀에게 너무 많은 것을 빼앗겼습니다. 하나님이 주신 귀한 영혼, 시간, 기회, 힘, 물질, 꿈과 사명 등 우리에게 가장 소중한 것들을 사단의 교묘한 공격들로 조금씩 빼앗겨 지금에 이르렀습니다.

이러한 사단의 악한 계획과 공격을 방어하고 효과적으로 반격하기 위해 예수 그리스도의 좋은 군인들을 양성해야 합니다. 예수의 좋은 군인은 태어나서 저절로 되는 것이 아닙니다. 이런 군인들이 나오기 위해서 제일 먼저 필요한 것은 철저한 기독교 신앙으로 어려서부터 잘 양육되는 것이라고 생각합니다. 사무엘 선지자는 어느 날 한 번 하나님 은혜를 받아서 된 것이 아닙니다. 어려서부터 하나님을 인격적으로 만나 하나님과 깊은 영적인 교제를 하면서 하나님의 말씀을 듣고 순종하는 믿음을 가졌기 때문에 된 것입니다.

사회 각 분야마다 다니엘처럼 순도 높은 신앙과 탁월한 자기 분야 실력과 따뜻한 인격을 겸비한 하나님의 인재들이 나타나면 얼마나 좋을까요? 정말 다니엘과 느헤미야와 요셉과 사무엘처럼 신앙의 순도가 높으면서 전문적인 실력과 따뜻한 인격을 가진 리더들이 대한민국 정치, 경제, 언론, 행정, 종교, 예술, 외교 등의 분야에서 나타나면 얼마나 좋을까요? 하나님을 경외하는 믿음의 사업가, 정치가, 언론인, 공무원, 외교관, 예술가, 의료인들이 각 분야에서 수많은 영혼에게 천국복음을 전하고 그들의 삶으로 하나님의 사랑을 나타내고 수많은 연약한 사람을 일으켜 세워주는 마음 따뜻한 크리스천 리더들이 되어주면 얼마나 좋을까요?

이 생각을 대학에 다니면서부터 계속했습니다. 서울대학교를 졸업하고 총신대학원에서 구약학 교수가 되겠다는 계획을 수정한 것도 이 사명을 감당하기 위해 하나님께서 강권적으로 인도하셨기 때문입니다. 신앙과 실력을 겸비한 기독교 선생님들이 모여 정말 제대로 사무엘과 다니엘, 느헤미야와 요셉 같은 하나님의 인재들을 어려서부터 철저하게 양성하는 최정예 예수 군인장교 학교가 필요하다고 생각했습니다.

2.

저는 총신대학원 졸업 후 첫 사역지인 ○○교회 중학생 담당 교육목사로 일했습니다. 그곳에서 존경하는 귀한 담임 목사님과 여러 성도님들의 큰 사랑과 은혜를 받으며 정말 행복하게 사역했습니다. 귀한 담임 목사님과 성도님들께 늘 감사드립니다. 제가 사역한 지역은 대한민국에서 사교육이 가장 치열하기로 유명한 강남 중에서도 가장 학군이 좋은 강남 8학군이었습니다.

한 달 사교육비로 1000만 원 이상을 써야 돈 좀 쓴다고 생색을 낸다는 이 지역에서 공부를 인생의 전부처럼 여기고 공부가 우상이 된 아이들을 보면서 참 마음이 아팠습니다. 지나치게 교과 중심으로 치중된 세상의 중등교육(중학교, 고등학교 교육)은 아이들을 성적으로 평가하고 그들에게 성적을 위해 살도록 강요했습니다. 강남 학생들은 겉으로 볼 때는 참 많은 것을 누렸습니다. 몇십 억짜리 아파트, 외제차, 비싸고 실력 있는 학원 선생님과 과외 선생님, 명문 고등학교 등 많은 것이 풍족합니다. 그렇지만 청소년 자살률이 가장 높은 곳 중의 한 곳이 강남 8학군이고 전국에서 가장 정신병 치료를 많이 받는 곳도 그곳이었습니다.

서울대학교를 많이 가면 좋은 고등학교인가요? 좋은 고등학교, 명문 고등학교의 기준은 무엇인가요? 강남의 수많은 학생이 오히려 너무 일찍, 보통 초등학교 때 이미 과도한 학습에 질려 학습을 포기하는 것이 현실입니다. 잘하는 친구들이 많은 곳에서 교육을 받다 보니 상대적으로 그들보다 못하면 금세 낙심하여 포기하는 일이 속출합니다. 차라리 다른 곳에서 공부했다면 주변의 격려와 칭찬 속에서 더 열심히 꿈을 향해 준비했을 가능성도 큽니다.

세상의 '명문학교'가 되는 것이 목표가 아닌 오직 하나님이 기뻐하시고 인정하시는 예수의 최정예 군인 양성을 목표로 세워진 다니엘리더스스쿨은 기적이 일상화된 학교입니다. 서울대 교육학과 박사과정에서 저를 지도하셨던 저명한 ○○○교수님은 저희 학교 아이들 이야기를 들으면서 정말 신기하다고 자주 감탄하셨습니다. 저는 목사로서 아주 당연하게 생각하고 드린 말씀을 그분은 매우 심각하고 놀랍게 받아들이셨습니다. "김 목사님, 정말 그런 일이 가능한가요? 하나님이 정말 계신가요?" 그분은 제게 자주 질문하셨습니다.

세상 학문의 눈으로 보면 도저히 받아들이기 어렵고 이해하기 어렵지만 하나님을 제대로 만나면 삶의 기적이 나타나기 시작합니다. 저는 그것을 '기적의 시간'이라 부릅니다. 하나님을 만난 청소년들에게 나타난 위대한 기적들을 함께 나누고자 합니다. 이 기적들은 오직 하나님의 은혜와 역사하심 가운데 이루어진 것임을 고백합니다.

3.

이 책을 쓴 가장 근본적인 목적은 다니엘리더스스쿨에서 실천하고 있는 신본주의 학습 방법을 구체적으로 자세히 알려드려 그것을 집에서 혹은 각자의 상황 속에서 잘 실천하기 위함입니다. 다니엘리더스스쿨에 오지 않더라도 얼마든지 이 책을 통해 그리고 에필로그와 부록에 나온 방법들을 통해 신본주의 학습을 배우고 실천할 수 있습니다. 다니엘리더스스쿨에서 추구하는 신본주의 6일 학습 방법이 한국 사회에 널리 보급되어 7일 학습으로 괴로워하고 지쳐 있는 많은 청소년들이 하나님 안에서 안식하는 법을 배우기를 소망합니다. 그리하여 안식이 주는 힘과 능력 그리고 하나님이 주신 비전을 준비하기 위해 치열하게 6일 동안 학습하는 법을 배우고 익히기를 간절히 소망합니다.

이 시대에 다니엘과 느헤미야와 사무엘과 요셉 같은 믿음의 지도자들이 각 분야에 세워지는 것을 꼭 보고 싶습니다. 빛의 자녀들인 이들이 각 분야를 이미 장악한 세상의 골리앗과 같은 어둠의 자녀들과의 거대한 영적 전쟁에서 이기고 수많은 영혼을 살리고 해방하고 그들에게 새 생명과 희망과 비전을 회복시켜주는 것을 보기를 간절히 원합니다. 그렇게 다니엘리더스스쿨에서 준비된 예수의 정예군인들이 대학을 졸업하고 이제 세상으로 힘차게 나가고 있습니다.

첫 번째 기적.
하나님을 만나는 것

다니엘리더스스쿨은 어떻게 신앙훈련을 하는가?

국립국어원은 '기적'을 이렇게 정의합니다.

가. 상식으로는 생각할 수 없는 기이한 일. [비슷한 말] 이적(異跡).
나. 〈종교〉 신(神)에 의하여 행해졌다고 믿어지는 불가사의한 현상.

서울대학교 교육학과 박사과정에 들어와서 교육학을 배우고 연구한 지도 벌써 7년이 지나고 있습니다. 7년간 박사과정도 수료하고 여러 가지 연구도 진행하고 있습니다. 많은 교육학 관련 책을 보고 연구자들을 만나고 토론하면서 한 가지 드는 생각은 우리 기독교인들에게는 상식처럼 받아들여지는 이야기들이 세상 사람들의 상식으로는 도저히 받아들이기 어려운 일과 기적으로 가득 차 있다는 것입니다. 우리 인생에서 무엇이 기적일까요?

이처럼 기적의 사전적 정의는 상식으로는 생각할 수 없는 기이한 일 혹은 신에 의하여 행해졌다고 믿어지는 불가사의한 현상을 말합니다. 눈에 보이지 않는 하나님을 만나는 일은 상식의 기준에서 생각할 때 어렵고 불가능한 일로 보입니다. 그런 일이 현실 가운데 일어나는 것을 기적이라 말하지 않을 수 없습니다. 저는 인간이 하나님을 만나는 것을 모든 기적 중에서 가장 위대한 첫 번째 기적이라고 말합니다.

다니엘리더스스쿨(DLS)에서는 거의 매주 하나님을 만나는 기적이 일어납니다. 하나님의 존재를 부정하거나 무관심한 학생들이 와서 하나님을 만났다고 고백하는 일들이 거의 매주 일어납니다. 저는 지금까지 DLS에서 하나님을 분명히 만났고 자신이 변화되었다고 고백하는 수백 명의 아이를 보았습니다. 그들 대부분은 어려서부터 부모님을 따라 강제로 교회에 갔지만 하나님을 만나본 경험이 없던 친구들이었습니다. 그런 그들이 하나님을 만나고 나서 제일 먼저 하는 말은 다음과 같습니다.

"선생님, 하나님이 정말 계시네요? 정말 천국이 있네요? 제가 죄인이라는 것을 오늘 처음 분명히 알았습니다. 저는 지금까지 한 번도 제가 죄인이라고 생각해본 적이 없었는데 정말 제가 죄인이네요. 제 죄 때문에 예수님이 죽으시고 부활하셨다고 믿어져요. 저 같은 놈을, 아무것도 한 것이 없는 저를 하나님이 사랑해주시네요. 제가 천국 갈 수 있다고 이제는 확실히 말할 수 있어요." (민성)

도대체 어떻게 이런 일들이 벌어지는 것일까요? 하나님이 없다고 강하게 부정하거나 존재 자체에 무관심하고 오늘 죽어도 천국에 갈지 잘 모르겠다는 친구들이 어떻게 이런 고백을 하게 되었을까요? 인간의 노력으로 과연 하나님을 만날 수 있는 방법이 있을까요?

현재 교회에 다니는 청소년과 청년 가운데 20%만이 "오늘 죽어도 천국에 갈 수 있다고 생각하느냐?"는 질문에 "그렇다"라고 대답합니다. 교회는 다니지만 아직 구원의 확신이 없는 학생들이 많습니다. 이들이 하나님을 인격적으로 만나기만 해도 한국 교회는 지금보다 훨씬 새로워지고 부흥될 것입니다. 새로운 청소년들을 전도하는 것만큼 이미 교회에 나오지만 구원의 확신이 없는 청소년들을 알곡으로 잘 양육하여 생명력 있는 크리스천으로 살게 하는 것이 중요합니다. 이들이 제대로 하나님을 만나게 하는 모든 노력이 절실히 필요합니다.

그러면 하나님을 부정하고 무관심해하던 학생들이 어떻게 하나님을 뜨겁게 만나고 인생이 달라지는 기적을 경험하게 되었을까요? 하나님을 만나는 기적이야말로 기적 가운데 가장 특별한 기적이라고 생각합니다. 이것이 DLS 가운데 매주 일어나는 것은 어떤 시스템과 프로세스가 작동되어 가능한 것일까요? 이 부분에 대해 좀 더 자세히 살펴보고자 합니다.

"노력한다고
하나님을
만날 수 있나요?"

　　많은 친구가 제게 물어봅니다. "인간의 인위적인 노력으로 하나님을 만나는 일이 가능한가요?" 엄밀히 말해 인간의 노력만으로는 하나님을 만날 수 없습니다. 인간이 하나님을 만나고자 아무리 노력할지라도 하나님의 허락 없이는 그분을 만나 교제할 수 없습니다. 그러나 다니엘리더스스쿨 안에는 하나님을 만난 학생들이 대다수입니다. 그들은 눈에 보이지 않는 하나님을 만났다고 고백하고 하나님과 교제하며 하나님을 위해 학습합니다. 이들은 어떻게 하나님을 만나 새롭게 변화될 수 있었을까요?

　　인간의 노력만으로 하나님을 만날 수 없음에도 불구하고 인간이 하나님을 만날 수 있는 이유는 *하나님께서 인간과 만나 교제하기*

를 *원하시기 때문입니다.* 하나님은 인간이 죄를 짓고 하나님을 멀리 떠나고 하나님에게 무관심할지라도, 심지어 욕하고 싫어할지라도 인간을 만나기를 원하시고 변함없이 사랑하십니다. 도대체 왜 하나님이 우리 같은 죄인들을 사랑하는지 도무지 이해가 되지 않습니다. 그렇지만 분명한 것은 하나님은 우리를 위해 자기 아들을 죽이고 우리를 살릴 정도로 사랑하신다는 것입니다.

로마서 5장 8절(우리가 아직 죄인되었을 때에 그리스도께서 우리를 위하여 죽으심으로 하나님께서 우리에 대한 자기의 사랑을 확증하셨는지라)에 보면 하나님께서는 우리가 하나님을 멀리하고 죄악 짓는 것을 하나님보다 더 사랑하고 죄로 인해 하나님과 원수되어 있을 때, 아들 예수 그리스도를 우리 대신 죽게 하심으로 우리 인간에 대한 하나님의 사랑을 확실히 증거하셨다고 말씀하십니다.

요한복음 3장 16절(하나님이 세상을 이처럼 사랑하사 독생자를 주셨으니 이는 저를 믿는 자마다 멸망치 않고 영생을 얻게 하려 하심이니라)에서 하나님은 우리 인간을 사랑하사 독생자 예수 그리스도를 우리를 죄에서 살리기 위해 주셨습니다. 하나님의 사랑은 우리에 대한 무조건적이고 헌신적인 사랑입니다. **요한계시록 3장 20절**(볼지어다 내가 문 밖에 서서 두드리노니 누구든지 내 음성을 듣고 문을 열면 내가 그에게로 들어가 그로 더불어 먹고 그는 나로 더불어 먹으리라)에서 하나님은 인간과 하나님 사이에 죄로 만들어진 죄의 담을 헐기 위해 자기 아들 예수를 죽이고 그의 피로 모든 죄의 담을 헐고 인간의 첫값을 대신 치르시고 인간의 마음 문 밖에까지 직접 와서 인간이 마음의 문을 열 때까지 두드리십니다.

하나님은 인간과 만나 교제하기 위해 그가 해야 하고 그만이 할 수 있는 일을 이미 다하셨습니다. 그리고 가만히 계시는 것이 아니라 마치 성경에 나온 탕자의 아버지처럼 인간의 마음 문을 계속 두드리며 포기하지 않고 기다리십니다. 탕자가 아버지의 재산을 가지고 집을 떠난 뒤에도 아버지는 매일 탕자가 돌아오기를 기다리십니다. 탕자가 국경을 넘어 창녀와 더불어 재산을 다 쓰고 거지꼴로 돌아왔을 때, 아버지는 멀리서 그를 알아보고 달려가 얼싸안고 입을 맞추며 거지 행색인 아들의 옷을 벗기고 가장 비싸고 좋은 옷과 반지를 끼워주며 큰 잔치를 베풀어 환영합니다. 이 아버지의 마음이 바로 하나님의 마음입니다.

하나님은 인간이 사랑받을 만한 행동을 해서 사랑하는 것이 아닙니다. 인간이 그런 행동을 하지 않고 그 반대로 행동해도 사랑하십니다. 그런 하나님이기에 그분이 먼저 우리를 만나고자 기다리십니다. 인간이 하나님을 만날 수 있는 가능성은 바로 여기에 있습니다. 하나님이 우리를 사랑해서 우리와 하나님 사이에 막힌 죄의 담을 헐기 위해 그의 아들 예수를 죽이고 그의 핏값으로 우리들의 첫값을 갚아주셨습니다.

이미 하나님은 우리의 죗값을 치러주시고 우리를 만날 준비를 끝내시고 우리 마음 문 밖에서 기다리고 계십니다. 따라서 요한계시록 3장 20절처럼 인간이 하나님을 만나고자 마음 문을 열면 하나님이 우리에게 들어와 우리와 함께 먹고 교제하십니다. 그렇다면 인간이 하나님을 만나기 위해서 할 일은 무엇일까요?

하나님을
만나기 위해
해야 할 일

12. 너희는 내게 부르짖으며 와서 내게 기도하면 내가 너희를 들을 것이요 13. 너희가 전심으로 나를 찾고 찾으면 나를 만나리라.

_예레미야 29장 12~13절

그러나 네가 거기서 네 하나님 여호와를 구하게 되리니 만일 마음을 다하고 성품을 다하여 그를 구하면 만나리라.

_신명기 4장 29절

보통 인간은 하나님을 전심으로 찾고 만나려고 하지 않습니다. 하나님의 존재 자체에 무관심한 경우가 대부분입니다. 하나님에게 무관심한 인간이 어떻게 마음을 다해 하나님을 찾을 수 있을까요? 인간은 하나님을 필요로 할 때 마음 문을 엽니다. 인간은 어떨 때 하나님이 필요할까요? 자신의 힘으로는 해결할 수 없는 문제를 만날 때 하나님을 찾습니다. 가령 다음과 같을 때 인간은 하나님을 찾을 가능성이 큽니다.

- 자신의 힘으로 이루기 어려운 소원을 이루고 싶을 때
- 현재 상황에서 벗어나 새롭게 되기 위해서
- 자신의 한계 상황을 극복하기 위해서
- 죄 문제를 해결하기 위해서
- 귀신에게 괴롭힘을 당하거나 지속적으로 사로잡힐 때
- 하나님 존재 자체에 대한 궁금증과 호기심으로 인해
- 하나님이 준 평안을 맛본 사람에게 하나님의 평안에 대해 소개받고 그것을 맛보고 싶은 마음이 강하게 생겼을 때
- 절박한 문제들을 해결하기 위해서
- 현대의학으로 고칠 수 없는 병에 걸렸을 때
- 감옥의 독방에서 혼자 외롭고 괴로울 때

사람들은 보통 절박한 문제를 해결하는 데 어떤 방법도 소용이 없을 때 마지막 수단으로 하나님을 찾습니다. 우리 어머니는 제가

일곱 살 때 죽을병에 걸렸는데 병원에서 치료를 포기했습니다. 우리
집안은 대대로 불교여서 어머니는 병을 낫게 하려고 부처님께 큰 불
공을 드려보았습니다. 한 달에 두 번 전국의 유명한 무당을 불러 굿
도 했습니다. 하나님 찾는 것 빼고는 다해봤습니다. 그래도 병이 낫
지 않자 어머니는 그토록 거부했던 교회를 주변 분들의 도움으로 찾
아갔습니다. 그리고 하나님께서 어머니의 병을 고쳐주셔서 우리 온
가족은 제가 일곱 살 때 불교에서 기독교로 집단개종하고 그때부터
지금까지 하나님을 믿고 섬기고 있습니다.

대부분은 저희 가정처럼 힘들고 어려운 상황에서 벗어나기 위한
해결책으로 하나님을 찾습니다. 다니엘리더스스쿨 학생들 역시 다
양한 이유로 이곳을 찾아왔습니다.

- 술, 담배, 게임, 야동 등에 중독되어 그것을 끊고 주변 환경을 바꾸
  어 새롭게 인생을 시작하려는 친구들
- 공부를 잘하기 위해 온 친구들
- 제대로 신앙훈련을 받기 위해 온 친구들
- 부모님의 강권하심으로 온 친구들
- 21세기 다니엘과 같은 믿음의 인재가 되기 위해 온 친구들
- 인본주의 학습 방식이 맞지 않아 신본주의 방식으로 공부하기 위
  해 온 친구들

다양한 이유로 이곳을 찾지만 공통점은 하나님을 만나고자 함입니다. 그렇다면 다니엘리더스스쿨에서는 어떤 프로세스와 시스템을 통해 각자 다른 이유로 온 학생들이 하나님을 만날 수 있는 것일까요? 성경에 인간이 하나님을 만나는 방법이 아주 자세하게 나와 있습니다.

예레미야 29장 12~13절(12. 너희는 내게 부르짖으며 와서 내게 기도하면 내가 너희를 들을 것이요 13. 너희가 전심으로 나를 찾고 찾으면 나를 만나리라) 말씀처럼 인간은 하나님께 간절히 부르짖고 기도할 때 그리고 전심으로 하나님을 찾을 때 하나님을 만날 수 있습니다. 다니엘리더스스쿨은 신입생이 들어오면 예배시간에 어떻게 기도하고 찬양하고 예배드리는지에 대하여 미리 교육을 받습니다.

- "하나님 있습니까? 없습니까?"
- "하나님 날 사랑하십니까? 안 사랑하십니까?"
- "주여"를 부르짖는다.

기도할 때 다른 기도보다 우선적으로 하나님의 존재에 대해 직접 물어보게 합니다. 그리고 하나님이 정말 자신을 사랑하는지 물어보게 합니다. 이 두 가지는 보통 교회에서는 잘 기도하지 않는 내용입니다. 이런 기도를 하면 마치 자신이 믿음이 없는 것처럼 주변 사람들에게 인식될까봐 두려워하기 때문입니다. 이런 기도를 하면 하나님께서 자신의 믿음 없음에 대하여 실망하실까봐 꺼립니다. 하지만 이 두 가지 기도는 언제든지 할 수 있고 마땅히 해야 하는 기도입니다. 하나님은 하나님의 자녀들이 하나님을 만나기 위해서 이런 기도 하는 것을 결코 싫어하지 않으십니다. 오히려 반가워하시고 기뻐하십니다.

기독교의 하나님은 살아 계신 하나님이십니다. 지금도 살아 계시고 우리를 변함없이 사랑하시기 때문에 하나님께 간절히 묻고 기도하면 하나님은 반드시 응답해주십니다. 이미 살펴본 예레미야 29장 12~13절에 분명히 나와 있습니다. DLS에서는 이 두 가지 기도 제목을 가지고 열심히 "주여"를 외치며 전심으로 하나님께 부르짖어 기도하게 합니다. 이렇게 기도하면서 하나님의 '사랑한다'는 음성을 듣고 하나님을 인격적으로 만나는 놀라운 기적들이 끊임없이 발생했고 오늘도 발생하고 있습니다.

하나님께서 자신을 사랑한다는 음성을 듣는 순간 인생 최대의 기적이 나타납니다. 학생들은 비로소 하나님이 정말 계시다는 것과 하나님이 자신을 사랑한다는 것과 자신의 죄인됨 그리고 예수님이 자신의 죄를 대신하여 십자가에 죽으시고 다시 부활하신 것을 깨닫습니다. 그냥 머리로 아는 것이 아니라 성령의 감동감화하심을 통해 아무런 의심 없이 통째로 받아들이고 온 몸과 마음으로 확실히 깨닫고 알게 됩니다. 이 두 가지 간절한 기도를 통해 DLS 학생들은 하나님을 만나는 위대한 기적의 순간을 경험할 수 있었습니다.

"주여"를
부르짖는
이유

주여 들으소서 주여 용서하소서 주여 들으시고 행하소서 지체치 마
옵소서 나의 하나님이여 주 자신을 위하여 하시옵소서 이는 주의 성과
주의 백성이 주의 이름으로 일컫는 바 됨이니이다

_다니엘서 9장 19절

DLS에서는 다니엘이 하나님을 간절히 "주여"라고 세 번 부르며
기도한 것에 착안하여 "주여"를 외치며 하나님을 부르짖고 찾게 합
니다. "주여"를 부를 때 하나님을 간절히 만나고자 하는 마음으로,
전심으로 하나님을 찾고자 하는 마음으로 "주여" 부르짖습니다.

우리가 누구를 만나고자 할 때 그가 앞에 지나가면 그의 이름을

크게 부릅니다. 소경 바디매오는 예수님을 만나고자 크게 소리 질렀습니다. 주변 사람들이 그를 윽박질렀지만 그는 멈추지 않고 더욱 심히 "다윗의 자손 예수여 나를 불쌍히 여기소서" 소리를 지르며 전심으로 부르짖었습니다. 결국 바디매오는 예수님을 만나게 되었고 예수님은 바디매오의 눈을 치료해주셨습니다. 그리고 나중 바디매오는 초대교회의 중요한 믿음의 리더로 성장하게 됩니다.

만약 바디매오가 예수님이 지나가실 때 침묵했다면 그리고 다른 사람들이 조용하라고 윽박지를 때 예수님을 부르는 것을 멈추었다면 바디매오는 여전히 소경으로 머물러 있었을 것입니다. 하지만 그는 더욱 심히 예수님을 부르며 찾았습니다. 그리고 예수님을 만나 인생 전체가 변화되는 위대한 기적을 경험합니다.

다니엘처럼 바디매오처럼 하나님을 만날 때까지 계속 부르짖고 기도해야 합니다. 성경에서는 포기하지 말고 될 때까지 계속하라고 말합니다.

7. 구하라 그러면 너희에게 주실 것이요 찾으라 그러면 찾을 것이요 문을 두드리라 그러면 너희에게 열릴 것이니 8. 구하는 이마다 얻을 것이요 찾는 이가 찾을 것이요 두드리는 이에게 열릴 것이니라 9. 너희 중에 누가 아들이 떡을 달라 하면 돌을 주며 10. 생선을 달라 하면 뱀을 줄 사람이 있겠느냐 11. 너희가 악한 자라도 좋은 것으로 자식에게 줄

줄 알거든 하물며 하늘에 계신 너희 아버지께서 구하는 자에게 좋은 것
으로 주시지 않겠느냐

_마태복음 7장 7절~11절

하나님은 하나님께 지속적으로 기도할 것을 강조하십니다. 하나
님을 만날 때까지 포기하지 말고 계속 기도하고 찾고 두드리라고 말
씀하십니다. 그러면 찾고 열리고 얻을 것이라고 말씀하십니다. 다니
엘리더스스쿨은 바로 이 점에 착안하여 지속적으로 하나님께 부르
짖어 기도하도록 학생들을 지도합니다. 학생들은 하루 세 번의 예배
를 통해 하나님을 만나게 해달라고 간절히 "주여"를 외치며 부르짖
어 기도합니다. 하루 세 번의 예배를 통해 하루 세 번 하나님을 찾고
교제할 수 있도록 예배 프로그램이 짜여 있습니다.

다니엘은 하루 세 번 하나님과 교제시간을 갖습니다. 왕 다음의
최고 권력자이자 행정부의 수반인 총리에게 쉬운 일은 아닙니다. **다
니엘서 6장 10절(다니엘이 이 조서에 어인이 찍힌 것을 알고도 자기 집에
돌아가서는 그 방의 예루살렘으로 향하여 열린 창에서 전에 행하던 대로 하루
세 번씩 무릎을 꿇고 기도하며 그 하나님께 감사하였더라)**에서 다니엘은
한 달간 왕 이외의 대상에게 기도를 하면 굶주린 사자의 밥이 되는
것을 알면서도 변함없이 하루 세 번 감사함으로 기도하며 하나님과
의 교제시간을 갖습니다. 다니엘이 생명을 잃더라도 하나님과 교제

하는 시간을 포기하지 못했던 만큼 하나님의 자녀들에게 하나님과 교제하는 시간은 중요합니다.

다니엘과 같은 믿음의 순도를 가진 인재가 되는 것을 목표로 설립된 다니엘리더스스쿨이기에 다니엘을 본받아 하루 세 번 예배를 드리며 전심으로 하나님을 찾고 또 찾습니다. 이렇게 하루 세 번 하나님을 간절히 찾고 부르짖어 기도하면 아무리 늦어도 3개월 안에는 하나님을 인격적으로 만나게 됩니다. 일주일 안으로 만나는 경우도 허다합니다. 중요한 것은 조금 일찍이냐 나중이냐를 떠나 청소년들이 하나님을 깊이 만나 그들의 생각과 가치관이 달라지고, 그들의 언어와 행동과 습관과 인생이 달라진다는 것입니다.

다니엘리더스스쿨에서 하나님을 만나는 기적이 일어나도록 준비된 프로그램들에 대해 좀 더 살펴보고자 합니다. 우선 하루 세 번의 예배를 드립니다.

05:00~05:30	30분	세면 및 기상
05:30~06:30	1시간	새벽예배
06:30~08:00	1시간 30분	학습
08:00~09:00	1시간	아침식사
09:00~12:00	3시간	학습
12:00~13:00	1시간	점심식사

13:00~13:30	30분	점심예배
13:30~16:00	2시간 30분	학습
16:00~17:00	1시간	저녁예배
17:00~18:00	1시간	저녁식사
18:00~22:00	4시간	학습
22:00~22:30	30분	샤워 및 취침

매일 2시간 30분씩 하나님과 교제시간을 가집니다. 하나님을 아직 인격적으로 만나지 못한 친구들은 이 시간을 이용하여 전심으로 "주여"를 부르짖으며 하나님께 1. "하나님 있습니까? 없습니까?" 2. "하나님 날 사랑하십니까? 안 사랑하십니까?" 3. "주여"를 부르짖어 기도합니다. 하루 24시간 중에서 10분의 일(2.4시간=2시간 24분)보다 6분 많은 2시간 30분을 하나님과의 교제시간으로 사용합니다. 이렇게 하나님을 만나기 위해 매일 간절히 부르짖어 기도하기에 하나님을 만나는 기적이 매일 DLS에서 일어날 수 있었습니다.

하루 세 번
예배의
효과

새벽 예배를 마치고 새벽 공부와 오전 공부를 하고 나면 몸과 마음이 조금씩 지칩니다. 점심식사와 점심휴식 시간을 통해 육신은 회복이 가능하지만 공부로 지치고 때로는 좌절하고 낙심하고 상처받은 마음은 다릅니다. 점심예배를 드리며 다윗처럼 마음껏 뛰고 찬양하고 기도하며 하나님과 교제하는 시간을 통해 마음을 회복합니다. 하나님을 간절히 찾는 사람에게 하나님은 새 힘과 능력을 주시는 분이십니다.

이사야 40장 28절~31절(28. 너는 알지 못하였느냐 듣지 못하였느냐 영원하신 하나님 여호와, 땅 끝까지 창조하신 자는 피곤치 아니하시며 곤비치 아니하시며 명철이 한이 없으시며 29. 피곤한 자에게는 능력을 주시며 무능

한 자에게는 힘을 더하시나니 30. 소년이라도 피곤하며 곤비하며 장정이라도 넘어지며 자빠지되 31. 오직 여호와를 앙망하는 자는 새 힘을 얻으리니 독수리의 날개 치며 올라감 같을 것이요 달음박질하여도 곤비치 아니하겠고 걸어가도 피곤치 아니하리로다)에서 하나님께서는 하나님을 간절히 찾고 의지하는 자에게 새 힘을 주신다고 분명히 말씀하십니다. 하나님은 피곤한 자에게 능력을 주시고 무능한 자에게 힘을 주실 수 있는 분이십니다.

하박국 3장 19절(주 여호와는 나의 힘이시라 나의 발을 사슴과 같게 하사 나로 나의 높은 곳에 다니게 하시리로다 이 노래는 영장을 위하여 내 수금에 맞춘 것이니라)에서 하박국 선지자는 하나님이 자신의 힘이라는 것을 분명히 고백하고 밝히고 있습니다. 하나님은 하나님을 의지하고 간절히 찾는 자들을 만나주시고 그들에게 새 힘을 주시는 분이시기에 점심예배를 통해 다니엘리더스스쿨 학생들은 하나님을 깊이 만나고 하나님으로부터 새 힘과 능력을 공급받습니다. 그렇게 하나님으로부터 새 힘과 능력을 공급받은 후 다시 도서관에서 열심히 하나님의 영광을 위해 행복하고 치열하게 학습합니다.

하나님의 새 힘과 능력을 공급받고 하는 공부는 정말 다릅니다. 하나님이 주시는 평안함과 집중력을 가지고 하나님을 위해 공부할 때 그 공부의 집중도와 질은 마지못해 하는 공부와 나만을 위한 공부와는 차원이 다릅니다. 공부가 정말 잘됩니다. 저 역시 퇴행성 디스크로 많이 아픈 가운데서도 하나님의 새 힘과 능력을 공급받아 서울대학교를 수석 졸업할 수 있었습니다. 저를 치료해주시는 저명한 척추전문의 정경호 원장님께서도 그런 아픈 상태로 어떻게 그런 일이 가능했는지 놀라워하시면서 정말 하나님이 계시고 도와주셨다는 것을 느꼈다고 말씀하실 정도입니다.

오후 공부시간을 가진 후 몸과 마음이 지치고 피곤하면 1시간의 저녁예배 시간을 통해 심신을 회복합니다. 그리고 저녁 4시간을 집중해서 공부할 수 있습니다. 이렇게 다니엘리더스스쿨 학생들은 하루 세 번의 예배를 통해 먼저 하나님을 만나기 위해 몸부림칩니다. 그리고 하나님을 인격적으로 만난 이후에는 이 세 번의 예배를 통해 하나님과의 영적인 교제를 더 깊고 풍성하게 가지게 됩니다. 이 세 번의 예배는 이들에게는 신앙의 순도를 높이고 새 힘과 능력과 생명의 원천이 되는 시간입니다. 그렇기에 다니엘도 육신의 생명보다 하나님과의 영적인 교제를 더 중요하게 보고 하루 세 번 하나님과 깊은 영적인 교제를 한 것입니다.

청소년들은 하루 2시간 30분 정도는 인터넷과 텔레비전, 음악, 게임 등으로 시간을 보내며 공부에 지친 몸과 마음을 달래는 경우가 매우 흔합니다. 2시간 30분보다 더 많은 시간을 쓰는 청소년들도 많습니다. 직장인도 마찬가지입니다. 직장 스트레스를 술과 노래방과 세상의 여러 쾌락들로 해소하고자 합니다. 다니엘도 총리로서 국가

행정부의 일을 관리하고 감독하느라 많이 힘들었을 것입니다. 세상적인 방법들로 얼마든지 스트레스를 해소할 수 있었을 것입니다. 그에게는 돈과 권력이 있었습니다. 하지만 다니엘은 하나님과 교제하는 데 집중하면서 지치고 힘든 몸과 마음을 쉬게 했습니다.

필자: 현수야, 예전에는 너 공부 스트레스를 어떻게 풀었니?

현수: 주로 롤게임 많이 했고요. 가끔 친구들하고 술 마시고 노래방 가고 담배 피우고 그랬죠.

필자: 너는 야동은 안 봤니?

현수: 당연히 봤죠. 그렇게 많이 본 편은 아니고요. 일주일에 한두 시간 정도.

필자: 요즘도 술, 담배, 롤 하니?

현수: 이제는 안 하죠.

필자: 왜 안 하니?

현수: DLS 와서 하나님 만난 뒤로는 이제는 다른 걸로 풀어요.

필자: 어떻게 푸는데?

현수: 하루 세 번 예배드리잖아요. 그때 찬양하고 뛰고 소리 지르며 기도하면서 답답하고 속상하고 걱정되는 것 다 토해내요. 그러면 마음이 참 이상하게 평안해져요.

필자: 너는 예배드리면서 스트레스 푸는 것하고 술, 담배, 게임과 같

은 것으로 스트레스 푸는 게 무슨 차이가 있니?

현수: 많죠. 일단 술, 담배, 게임, 야동 같은 걸로 풀면 그때는 풀리는 것 같은데 엄밀히 말하면 풀린다기보다는 잠시 잊는다고 할까…… 좀 지나면 더 강한 스트레스가 생겨요. 저 자신에 대해서 화도 나고 왠지 모르게 찝찝하고. 그래도 달리 방법이 없으니깐 했죠. 그런데 예배드리고 뜨겁게 찬양하고 하나님께 기도하면 스트레스도 풀리고 마음이 정말 평안해지고 다시 공부하고 싶은 마음이 들어요. 그래서 예배드리는 게 훨씬 낫죠.

현수의 이야기처럼 DLS 학생들은 하루 세 번의 예배를 통해 공부하면서 쌓인 스트레스와 걱정과 근심 등을 바로바로 하나님께 다 말씀드리고 하나님께 맡깁니다. 그리고 하나님께서 주시는 새 힘과 위로와 능력과 평안함을 가지고 다시 공부의 자리로 돌아와 하나님의 영광을 위해 다시 힘차게 학습할 수 있습니다.

금요일
오후 1시,
뜨거운 눈물

다니엘리더스스쿨 학생들의 90% 이상이 하나님을 깊이 만나는 은혜 가운데 방언을 받았습니다. 대부분 매주 금요일 박삼순 전도사님이 인도하시는 영적아마존 집회시간에 받았습니다. 이 시간은 마치 오순절날 초대교회처럼 성령이 강하게 불같이 임하는 시간입니다. 그래서 다니엘 성령불꽃집회라고 부릅니다. **사도행전 2장 3~4절 (3. 불의 혀같이 갈라지는 것이 저희에게 보여 각 사람 위에 임하여 있더니 4. 저희가 다 성령의 충만함을 받고 성령이 말하게 하심을 따라 다른 방언으로 말하기를 시작하니라)**에서 나타난 불의 혀처럼 갈라지고 임하는 성령의 임재하심이 이 시간에 가득히 일어납니다. 다니엘리더스스쿨의 가장 강력한 영적 충전 시간이자 자랑인 금요일 성령불꽃집회에 대해 좀 더 자세히 나누고자 합니다.

《다니엘 자녀교육법》의 저자이자 저를 눈물의 기도로 양육해주신 박삼순 전도사님께서 매주 성령충만한 은혜로운 집회를 인도해주십니다. 사무엘에게 어머니 한나의 기도가 있듯이, 디모데에게 외할머니 로이스와 어머니 유니게의 기도가 있듯이, 어거스틴에게 어머니 모니카의 눈물의 기도가 있듯이 저에게는 제가 일곱 살 때부터 지금까지 30년 넘게 박삼순 전도사님의 눈물의 기도가 있었습니다.

박삼순 전도사님은 기도의 사람입니다. 제가 지금까지 수많은 기도의 사람들을 보았지만 저희 어머니처럼 순수하게 하나님의 말씀을 그대로 믿고 뜨겁고 한결같이 기도하시는 분은 거의 보지 못했을 정도로 진실한 중보기도의 사람입니다. 본인 기도는 거의 하지 않으시고 대부분은 나라와 민족과 위정자와 이웃들 기도입니다. 특히 다니엘리더스스쿨 학생들 한 명 한 명을 무척 사랑하셔서 금요기도회 때 집회를 인도해주시고 안수기도를 해주십니다. 우리 학생들의 90% 이상이 박삼순 전도사님의 성령불꽃집회를 통해 안수기도 받을 때 하나님께 성령충만과 방언을 동시에 선물로 받는 기적을 경험했습니다.

다니엘리더스스쿨은 1년에 한 번 학생들을 선발하는 것이 아니라 매주 선발하기에 신입생들이 주마다 조금씩 입학합니다. 그러다보니 거의 매주 금요기도회에서 신입생들이 처음 성령이 불의 혀처럼 임하는 놀라운 은혜를 경험하고 눈물과 콧물을 흘리며 회개하고 입에서는 뜨거운 방언이 샘솟듯이 터져나옴을 보게 됩니다. 성령이 임하는 그 순간 아이들의 얼굴 표정이 달라지고 뜨겁게 기도하기 시작합니다. 그 모습은 말로 표현하기 어렵습니다. 세상에서 가장 아름다운 모습 중 하나라고 생각합니다. 그 모습을 볼 때마다 두렵고 떨리고 감사합니다. 더욱더 주님 사명 위해 생명 바쳐 충성해야 함을 다짐하게 됩니다.

오후 1시 예배당의 냄새와 오후 3시 집회가 끝난 후 예배당의 냄새는 전혀 다릅니다. 신령한 냄새와 기운이 가득하게 임재해 있습니다. 구약성경에 하나님께서 임재하시면 구름이 내려와 빽빽하게 감쌌다는 말이 이해가 됩니다. 말로 표현할 수 없는 특별한 따뜻한 기운이 예배당을 휘감고, 아이들 한 명 한 명에게는 평안과 기쁨의 표정들이 가득합니다. 1시에 본 아이들의 표정과 3시에 본 아이들의 표정은 정말 많이 다릅니다. 2시간 만에 이렇게 놀라운 변화를 하나님 외에 그 누가 만들 수 있을까요?

금요일 집회 때마다 은혜 받고 하나님을 뜨겁게 만나는 기적들이 반복되다보니 이곳에서는 하나님을 만나는 기적이 별로 기적 같지 않고 일상처럼 느껴집니다. 하나님을 뜨겁게 만난 친구들이 매주 더 열정적으로 전심으로 기도하여 더 풍성한 기도응답을 체험하고, 더 깊은 은혜들이 차곡차곡 쌓이고, 하나님과 더 깊은 만남을 지속적으로 이루어갑니다. 은혜 위에 은혜라는 말을 실감할 수 있습니다. 아이들이 통곡하며 절규하며 하나님께 기도하는 모습을 보면 그 어떤 예술품보다 아름답습니다. 아이들의 얼굴에 빛이 감돌기 시작합니다.

성령이 임하는 그 순간은 아주 특별합니다. 세상에서 가장 아름답고 놀라운 시간이라고 생각합니다. 영혼이 다시 태어나는 순간, 하나님 안에서 예수의 피로 다시 살아나는 그 순간은 기적의 순간 중에서도 가장 으뜸이라고 생각합니다.

박삼순 전도사님이 아이들을 위해 안수기도하는 모습을 볼 때마다 머리가 숙여집니다. 안수기도는 단순히 머리에 손 얹고 하는 기도가 아닙니다. 해보지 않으면 그것이 얼마나 힘든 기도인지 깨닫지 못합니다. 저는 어머니가 안수기도해주시는 모습을 보면서, 그리고 제가 목사가 되어 제자들에게 안수기도를 하면서 깨달았습니다. '한 영혼을 저렇게 사랑하지 않으면 안수기도는 못하는구나! 안수기도는 사랑을 나누는 것이구나! 내 피와 살을 나누어 죽은 영혼에게 전해주는 것이구나! 저런 기도를 받으니 아이들이 살아나는구나! 성령이 충만하게 임하는구나!'

온몸이 땀범벅이 되어 아이들을 위해 혼신을 다해 안수기도해주시는 어머니 박삼순 전도사님을 뵐 때 목사인 저에게 커다란 도전과 감동으로 다가오고, 때로는 아들의 입장에서 자기 몸을 돌보지 않는 어머니에 대한 걱정도 듭니다. 눈물이 납니다. 눈물이 납니다. 눈물이 납니다(박삼순 전도사님이 120세까지 모세처럼 강건하게 마음껏 쓰임 받고 천국 가실 수 있도록 이 글을 읽는 독자님들께 온 마음을 담아 간곡히 머리 숙여 기도 부탁드립니다).

디모데후서 1장 6절(그러므로 내가 나의 안수함으로 네 속에 있는 하나님의 은사를 다시 불 일듯 하게 하기 위하여 너로 생각하게 하노니)과 **사도행전 19장 6절**(바울이 그들에게 안수하매 성령이 그들에게 임하시므로 방언도 하고 예언도 하니)과 **사도행전 28장 8절**(보블리오의 부친이 열병과 이질에 걸려 누웠거늘 바울이 들어가서 기도하고 그에게 안수하여 낫게 하매)과 **사도행전 8장 17절**(이에 두 사도가 저희에게 안수하매 성령을 받는지라)과 **마가복음 8장 25절**(이에 그 눈에 다시 안수하시매 저가 주목하여 보더니 나아서 만물을 밝히 보는지라)과 **마가복음 10장 16절**(그 어린 아이들을 안고 저희 위에 안수하시고 축복하시니라)을 보면 안수기도가 얼마나 강력한 기도인지를 알 수 있습니다.

저 역시 어려서부터 어머니께 자주 안수기도를 받았습니다. 안수기도를 받을 때마다 하나님과 어머니가 저를 얼마나 사랑하는지를 알게 됩니다. 걱정과 근심은 떠나가고 말할 수 없는 기쁨과 평안함이 저를 감쌉니다. 그리고 하나님의 위로와 격려와 새 힘도 받습니다. 우리 DLS 아이들이 변하는 것은 그냥 변하는 것이 아닙니다. 제가 박삼순 전도사님께 받은 사랑과 기도를 사랑하는 우리 제자들도 그대로 받고 있습니다. 저도 매일 새벽을 깨우며 기도로 날을 갈고 있습니다. 어머님이 모든 사역을 마치시고 천국 가시면 그 사역을 제가 이어서 금요일마다 사랑하는 제자들에게 안수기도해줄 것입니다.

어려서부터 지금까지 수많은 집회와 기도회와 기도원을 다녔지만, 다니엘리더스스쿨 금요기도회에서는 하나님의 특별한 성령의 임재함을 보게 됩니다. 아무런 악기를 사용하지 않고 오직 목소리와 박수로만 2시간을 찬양하고 기도합니다. 이 집회에 참여한 신입생들은 보통 처음에는 놀라지만 성령의 강한 역사하심을 그들도 직접 느끼면서 함께 변화되기 시작합니다. 신입생을 포함한 전교생이 곡조 붙은 기도인 찬양으로 그리고 전심으로 부르짖는 기도로 하나님을 간절히 찾습니다. 이렇게 2시간 동안 하나님을 기도와 찬양으로 찾다보면 어느새 성령이 불같이 임하심을 경험하게 됩니다.

다니엘리더스스쿨의 영적 거대 발전소 역할을 하는 것이 바로 금요일 박삼순 전도사님의 성령불꽃집회입니다. 어렸을 적 박삼순 전도사님이 기도하던 모습이 기억에 남아 있습니다. 학교에 갔다가 집에 돌아오면 눈가에 눈물자국이, 바닥에는 눈물과 눈물로 젖은 수건이 늘 놓여 있었습니다. "할렐루야! 우리 아들 잘 왔어" 하는 어머니의 목소리를 들으면 정말 힘이 납니다. 적어도 하루 몇 시간씩 기도하며 하나님과 교제하는 박삼순 전도사님의 말과 행동에는 성령의 빛이 가득했습니다. 그런 어머니를 주신 하나님을 찬양하고 어머니께 감사드립니다.

영적 유산의 가치는 세상의 물질로 평가받을 수 없습니다. 저는 어머니의 기도의 유산을 10조 원을 줘도 바꿀 생각이 없습니다. 지금의 제가 있을 수 있는 것은 오직 하나님의 은혜와 어머니의 눈물의 기도 덕분이라고 고백합니다. 이 글을 보시는 귀한 믿음의 학부모님들! 물질의 유산보다 영적인 유산이 가장 소중하고 자녀들에게 필요합니다. 꼭 자녀를 위해 기도의 유산을 남겨주시길 간곡히 말씀드립니다.

다니엘리더스스쿨이 7년간 하나님 안에서 은혜를 누리고 귀한 믿음의 인재들을 양성하고 배출할 수 있었던 것은 박삼순 전도사님의 눈물과 사랑의 기도의 힘이었다고 생각합니다. 박삼순 전도사님의 기도와 헌신적인 섬김이라는 은혜의 통로를 통해 아이들은 하나님의 사랑을 배우고 경험하고 변화할 수 있었습니다. 금요일 오후 1~3시는 세상 한복판에서 하나님의 임재하심을 경험하는 구별된 시간이었습니다. 앞으로도 이 시간이 계속될 수 있도록 더욱 기도하며 소중한 은혜의 시간을 지키고자 합니다. 이 책을 보시는 분들도 금요일 1~3시에 '아, 다니엘리더스스쿨에서 영적아마존 시간을 갖겠구나' 생각하시면서 박삼순 전도사님과 우리 아이들을 위해 기도해주시길 부탁드립니다.

토요일,
신앙에도 학습에도
강력한 말씀암송

다니엘리더스스쿨에서 신앙훈련과 학습훈련 시 가장 중요하게 생각하는 것 중의 하나가 토요일 전교생 말씀암송 시험입니다. 얼핏 보기에는 신앙훈련에만 도움이 될 것 같지만 뇌에 자극을 주어 집중력 향상을 이끌어 학습훈련에도 엄청난 도움이 됩니다.

우선 신앙을 성장시키는 데에 말씀암송은 매우 탁월한 효과가 있습니다. 다니엘리더스스쿨을 졸업하기 위해서는 88구절의 말씀을 암송해야 합니다. 설사 서울대학교를 합격할지라도 졸업시험에서 말씀 88구절을 암송하지 못하면 1년 뒤에 다시 암송시험을 통과해야 다니엘캠퍼스선교사 파송증서를 받을 수 있습니다(다니엘리더스스쿨에서는 졸업이라는 말 대신 세상으로의 파송이라고 표현합니다. 신앙과 실력을 겸비한 예수의 일꾼이 되어 세상으로 나가 세상에서 복음을 전하고 하나님이 주신 사명을 완수하고자 파송받음을 의미합니다. 파송은 새로운 시작입니다).

88구절을 매주 한 구절씩 외우게 합니다. 대략 5구절 정도를 누적하여 시험을 봅니다. 토요일 새벽예배가 끝난 다음 전교생이 예배당에 앉아 마치 조선시대 과거시험을 보듯이 시험지를 한 장씩 받고 말씀구절을 불러주면 그것을 외워 씁니다. 시험이 끝난 뒤 바로 채점하여 통과하지 못한 친구들은 토요일 오전 9~12시까지 틀린 구절들을 다시 쓰면서 전체 88구절을 노트에 필사하는 시간을 가집니다. 매주 보는 영어, 수학 시험 못지않게 이 시험을 통과하기 위해 학생들은 열심히 하나님의 말씀을 보고 또 보고 암송에 힘씁니다.

"저는 DLS 오기 전에는 성경말씀을 외운 적이 없었는데 이곳에 오니깐 안 외울 수가 없더라고요. 매주 토요일 새벽 말씀시험에서 많이 틀리면 오전 내내 외울 때까지 써야 하니깐 할 수 없이 외웠어요. 처음에는 정말 싫었죠. 도대체 왜 이렇게 외워야 하나? 그냥 보면 되지 싶고. 그런데 어느 날 너무 힘들어서 예배당에서 기도하는데 갑자기 외웠던 말씀들이 생각나면서 가슴이 뜨거워지고 눈물이 나더라고요. 외웠던 말씀들이 살아 움직인다고 할까? 옛날에 아무 생각 없이 외울 때는 몰랐는데 예배당에서 힘들다고 낑낑대며 기도할 때 마음속에 **이사야 41장 10절**

**(두려워 말라 내가 너와 함께 함이니라 놀라지 말라 나는 네 하나님이 됨이
니라 내가 너를 굳세게 하리라 참으로 너를 도와주리라 참으로 나의 의로
운 오른손으로 너를 붙들리라)** 말씀이 생각나면서 너무 감사하고 눈물이
났어요. 하나님이 나와 함께하시구나. 나를 도와주시는구나! 내가 힘들
때 그냥 나 혼자가 아니구나. 외웠던 말씀이 떠오르면서 하나님께서 저
에게 말씀을 통해 말씀하시는 것을 깨달을 수 있었어요. 아! (김동환)
선생님이 그렇게 말씀을 외우면 너의 영혼을 지킬 수 있다는 말이 그제
야 이해가 되고 암송이 정말 중요하다는 것을 알게 되었어요." (정한수)

이처럼 성경암송을 통해 DLS 학생들이 참으로 큰 놀라운 하나님
의 복 주심과 인도하심을 받고 있습니다. **여호수아 1장 8절(이 율법
책을 네 입에서 떠나지 말게 하며 주야로 그것을 묵상하여 그 가운데 기록한
대로 다 지켜 행하라 그리하면 네 길이 평탄하게 될 것이며 네가 형통하리라)**
에는 하나님의 말씀을 외우고 또 외울 것을 강조합니다. 말씀을 보
고 암송하는 것의 유익은 상상을 초월합니다.

제가 세상에서 가장 사랑하고 존경하는 신앙의 스승이자 어머니
이신 박삼순 전도사님 덕분에 저는 일찍부터 이 말씀을 가까이하고
외울 수 있었습니다. 하나님께서 병원에서 사형선고를 받은 어머니
를 놀라운 은혜로 고쳐주신 다음 우리 온 가족은 제가 일곱 살 때 불
교에서 기독교로 집단개종하였습니다. 그리고 그때부터 저는 어머

니의 손에 이끌려 교회에 나갔습니다. 어머니는 매일 성경구절을 암송하는 숙제를 내주셨는데 외우지 못하면 벌칙은 밥을 안 주시는 것이었습니다. 저는 교회에 나가면 모든 사람이 다 그렇게 하는 줄 알았습니다. 우리 어머니를 고쳐주셨기에 이 정도는 하나님께 해야 한다고 생각해서 군말 없이 말씀을 외우고 밥을 먹었습니다.

일곱 살 때 외운 말씀들이 지금도 기억이 납니다. 인생을 살면서 힘들고 괴로울 때 그때 외운 말씀들이 저를 지켜주고 새 힘을 주고 용기를 주었습니다. 하나님의 말씀조차 읽기 힘들 때 암송한 구절들을 마음속에서 떠올리며 하나님의 특별한 은혜와 평안을 경험했습니다. 성경을 그냥 읽는 것과 암송하여 자신의 머릿속에 간직하는 것은 매우 다릅니다. 암송을 하면 시간과 장소에 구애받지 않고 언제든지 암송한 말씀을 묵상하며 하나님과 교제할 수 있습니다. 하나님과 교제하는 아주 특별한 방법이 성경암송입니다.

사랑하는 제자들이 제가 경험한 이 놀라운 암송의 은혜들을 동일하게 경험하기를 원했습니다. 제가 가장 사랑하고 좋아하는 암송들을 모아서 만든 것이 88구절입니다. 그중에서도 저는 시편 1편과 23편을 매우 사랑합니다. 언제나 은혜와 힘을 주는 말씀들입니다. 하나님이 저의 목자라는 것이 세상에서 가장 행복하고 기쁜 소식이라고 고백합니다. 죄로 죽은 저를 살려주시고 남은 인생 하나님을 위해 살도록 만들어주셨습니다. 하나님을 쫓아갈 때가 인생에서 가장 행복함을 고백합니다.

전교생이 예배당에 모여서 열과 오를 맞춰 말씀시험을 보는 모습은 정말 감격스럽고 웅장한 장관입니다. 스위스의 아름다운 눈 덮인 마테호른이나 웅장한 나이아가라 폭포를 보는 것보다 더 감동적이고 장엄합니다. 21세기 미래의 다니엘들이 모여서 첫 새벽시간에 하나님께 예배드리고 일주일간 준비하고 외운 하나님의 말씀을 종이에 묵묵히 집중하여 적는 것은 대한민국의 미래와 한국 교회의 미래가 밝아지는 순간들이라고 저는 확신합니다. 인간이 얼마나 하나님 안에서 아름답게 변화될 수 있는지를 매주 토요일 새벽에 보게 됩니다.

'괄목상대'라는 말이 다니엘리더스스쿨에서는 흔하게 쓰입니다. 말씀의 힘과 기도의 힘과 예배의 힘은 시간이 아무리 흘러도 변하지 않습니다. 하나님은 변함없이 동일하십니다. 일주일 동안 '죄악의 장아찌'처럼 살다가 영적으로 식물인간 상태에서 겨우 한 번 형식적으로 예배드리는 것과 일주일에 20번을 예배드리는 것이 같을 수 없습니다. 일주일만 지나도 아이들이 쑥쑥 자라는 것이 눈에 보입니다. 하나님을 인격적으로 만나고 삶이 변하는 모습이 매주 생생하게 눈앞에서 일어납니다. 하나님을 부정하고 하나님을 받아들이기를 거부했던 학생들이 예배 가운데, 기도 가운데, 말씀을 보고 암송하는 가운데, 성령의 역사하심 가운데 강퍅한 심령들이 깨어지고 은혜의 강이 흐르고 심령이 변화됩니다.

아래 편지는 사랑하는 귀한 제자 진우 어머니께서 보내주신 편지입니다. 저는 이런 편지를 받을 때마다 가장 힘이 나고 행복합니다. 저도 진우가 주님 안에서 과거의 죄악된 습관을 끊고 조금씩 자라는 것을 보면서 정말 감사합니다. 꼭 진우를 예수의 최정예 군인으로 양육하겠습니다. 귀한 편지 감사드립니다.

안녕하세요, 김동환 목사님!

진우 엄마입니다. 오늘은 날씨가 너무너무 춥네요. 올겨울 들어 최고로 추운 날씨인 것 같네요. DFC수련회를 좋은 일기 가운데 은혜롭게 마쳐서 정말 감사합니다. 수련회 하기 전날까지도 매우 추웠고 끝나고도 추운데 수련회 기간 동안만 좋은 일기 가운데 마치게 하셨네요. DLS의 모든 분들과 또 수많은 사람들의 기도의 힘 같습니다.

작년 여름집회 때도 좋았지만 이번에도 참 좋은 시간이었습니다. 목사님의 더 뜨거운 영성도 느껴지고 박삼순 전도사님의 진심과 사랑이 어린 날카로운 지적들도 무척 공감이 가고……
한편 목사님의 말씀 중에 아이들이 사고 많이 치고 바람 잘 날
없다던 말씀하실 때 가슴이 뭉클했습니다. 목사님께서 정말 너
무나 큰 무거운 짐을 대신 지고 계신 것 같아서…… 그래도 그
속에서 분명히 보람도 느껴지리라 믿습니다. 주님의 사랑이 아
니고서는 절대 하기 힘든 일임을 많이 깨달았습니다. 공부뿐 아
니라 아이들의 영성훈련까지…… 저도 연세중앙교회, 여의도
순복음교회 등에서 오랜 기간 반주를 했지만 이렇게 뜨겁고 열
정적으로 찬양하는 모습은 처음인 것 같습니다. 어느 찬양보다
도 최고인 것 같습니다.

언제나 저희 부족한 진우 많이 사랑해주시고 관심 가져주셔서
감사합니다. 진우가 아직은 그래도 불안하지만 조금씩 계속
나아지고 있어 감사하고 DLS의 목사님, 전도사님, 원장님 모
든 분들의 사랑과 기도가 있어 마음 한편 든든하답니다. 선하
신 하나님께서 합력하여 항상 좋은 길로 인도해주시리라 믿습
니다.

목사님 항상 건강하시고 2016년 한 해도 DLS의 무궁한 발전과
목사님, 전도사님, 원장님 이하 모든 선생님들과 수고하시는
모든 분들이 더욱 건강하셔서 주님이 맡겨주신 큰일을 잘 감당

하시도록 열심히 기도하겠습니다.

2016년 1월 18일

진우 엄마 올림

일요일은 온전히 하나님과 교제하는 시간

09:30~12:45	3시간 15분	오전예배
12:45~14:15	1시간 30분	점심식사 및 교제시간
14:15~16:00	1시간 45분	오후예배

토요일은 밤 12시 30분에 취침합니다. 학생들은 7~8시간 정도 숙면을 취하고 아침을 먹고 9시 30분에 예배를 드리러 옵니다. 오전에는 3시간 15분 동안 예배를 드립니다.

이 시간은 하나님의 말씀을 듣기 전에 먼저 1시간 30분 동안 뜨겁게 찬양하면서 마음 밭을 부드럽게 갈아엎는 시간입니다. 푹 자고 일어나서 마음껏 하나님을 찬양하고 하나님 안에서 기뻐 춤추는 시간입니다. 세상 사람들에게 불타는 금요일이 있다면 다니엘리더스스쿨에는 '불꽃 금요일'과 '열정 일요일'이 있습니다. 월요일부터 토요일까지 하나님을 위해 치열하게 학습하고 예배드리고 운동한 후 일요일에는 모든 교과학습의 짐을 다 내려놓고 오직 하나님을 찬양하고 경배하고 교제하는 데에만 집중합니다.

우리 학생들은 일요일 오전 9시 30분부터 11시 사이에 열정 그 자체로 한껏 들떠 기뻐하며 뜨겁게 찬양합니다. 그냥 리듬과 음악이 좋아 그에 맞춰 몸을 흔드는 것이 아니라 하나님 사랑에 대한 감사 표현으로 열정적으로 뛰며 찬양합니다. 우리 학생들은 다윗이 블레셋에게 빼앗긴 성궤가 돌아왔을 때 기뻐서 열정적으로 춤을 추다 옷이 벗겨져 알몸이 드러난 것을 떠올리며, 나를 위해 죽으시고 사흘 만에 부활하신 성자 하나님 예수의 사랑에 대한 감사와 죄에서 죽었던 우리가 살아난 데 대한 기쁨으로 찬양합니다. 한겨울에도 에어컨을 틀어야 할 정도로 열기가 뜨겁습니다. 한 주간 공부하면서 짊어졌던 무거운 짐을 찬양하면서 모두 하나님께 던져버립니다. 수시로 찾아오는 부정적인 생각들과 마음의 불안과 근심을 열정적으로 찬양하며 모두 하나님께 맡겨버립니다. 그렇게 1시간 반을 뜨겁게 찬양합니다.

11:00~12:00(1시간) — 성경강해 말씀시간

1시간 동안 하나님의 말씀을 듣습니다. 주일 오전예배는 보통 강해설교로 진행됩니다. 7년 동안 창세기부터 요한계시록까지 성경 한 장씩 강해설교를 진행하고 지금 새롭게 에베소서가 나가는 중입니다. 찬양으로 말씀을 들을 준비가 된 학생들의 눈을 보면 하나님께서 이들을 얼마나 사랑하시는지를 설교자는 느낄 수 있습니다. 신령과 진정으로 하나님께 예배드리고 말씀을 사모하여 집중해 들으려는 학생들을 위해 하나님께서는 성령을 통해 설교자의 마음과 생각을 감동시켜 준비한 설교말씀보다 늘 더 충만하고 학생들에게 필요한 말씀을 설교자의 입에 넣어주십니다. 저는 새벽설교와 주일설교를 할 때 그것을 경험하고 있습니다. 그럴 때마다 설교자는 하나님의 메신저라는 말이 무슨 뜻인지 분명히 알게 됩니다. 제가 하고 싶은 말을 전하는 것이 아니라 성령께서 그 시간 학생들에게 필요한 영적 양식을 설교자의 입에 그때그때 넣어주시는 것을 설교자는 가감하지 않고 잘 전하는 것입니다.

물론 전하는 제가 제일 먼저 그 말씀에 은혜를 받습니다. 생각지 못한 내용이라는 것을 설교를 준비한 제가 제일 잘 알기에 성령의 세밀하고 강력한 역사하심을 설교할 때마다 경험합니다. 다니엘과 같은 믿음의 일꾼을 양성하기 위해 하나님께서 주시는 특별한 영적 양식을 저는 절대적으로 인정하지 않을 수 없습니다. 제가 설교를 잘해서가 아니라 하나님이 주시는 것임을 분명하게 밝히고 고백합니다. 그래서 강단에 설 때마다 늘 감사하고 두렵고 떨립니다. 조금이라도 죄가 있으면 강단에 올라가는 것이 무섭고 싫습니다. 회피하고 싶습니다. 그래서 죄에 대한 유혹이 올 때마다 아이들에게 설교할 수 없다는 것을 생각하면 웬만하면 참고 죄를 끊으려고 기도하게 됩니다.

성경 1장 말씀을 깊이 강해설교하다보면 어느새 1시간이 훌쩍 지나갑니다. 그 시간에 주시는 신령한 말씀은 감사하고 또 감사합니다. 하늘의 만나를 주십니다. 우리 아이들이 영적으로 포동포동해지는 것을 느낍니다. 하나님이 저에게 맡겨주신 소중한 양들입니다. 예수님께서 이들을 위해 대신 죽으시고 살린 소중한 양들입니다.

히브리서 4장 12절(하나님의 말씀은 살았고 운동력이 있어 좌우에 날선 어떤 검보다도 예리하여 혼과 영과 및 관절과 골수를 찔러 쪼개기까지 하며 또 마음의 생각과 뜻을 감찰하나니)에서 알 수 있듯이 하나님의 말씀은

좌우에 날선 어떤 검보다도 예리하여 혼과 영과 뼈를 쪼개십니다. 말씀을 통해 아이들이 잘못된 습관과 죄악을 끊고 성령충만하고 새로워지는 것을 직접 설교하는 현장에서 눈으로 경험합니다. 말씀을 사모하여 말씀 하나도 놓치지 않으려고 눈을 반짝이며 집중하는 모습을 보면 설교자 역시 온 힘을 다해 그들에게 최고의 말씀을 잘 전해주고 싶습니다.

12:00~12:45(45분) — 말씀실천을 위한 기도시간

1시간 들은 말씀을 삶 속에서 실천하기 위해서 다니엘리더스스쿨에서 꼭 하는 것이 있습니다. 그것은 설교말씀을 듣고 난 뒤 꼭 바로 하나님께 도움을 구하는 기도시간을 가지는 것입니다. 말씀을 삶 속에서 실천하기 위해서는 엄청난 기도가 필요합니다. 기도를 통해 하나님으로부터 능력과 지혜를 공급받아야만 우리는 하나님의 말씀을 실천할 힘을 얻을 수 있습니다. 마귀는 기도를 통해 하나님의 자녀들이 하나님의 말씀을 삶 속에서 실천하여 열매 맺는 것을 극도로 싫어합니다. 그것을 막기 위해 모든 수단과 방법을 다 동원합니다.

마귀는 말씀을 실천할 수 있는 새 힘과 능력을 하나님의 자녀들이 기도를 통해 얻는다는 것을 잘 알고 있습니다. **마가복음 9장**

28~29절(28. 집에 들어가시매 제자들이 조용히 묻자오되 우리는 어찌하여 능히 그 귀신을 쫓아내지 못하였나이까 29. 이르시되 기도 외에 다른 것으로는 이런 유가 나갈 수가 없느니라 하시니라) 예수님의 말씀에서 알 수 있듯이 기도만이 마귀를 쫓아낼 수 있는 유일한 것이기에 마귀는 수단과 방법을 가리지 않고 하나님의 자녀들의 기도를 틀어막습니다.

예수님께서 십자가 지시기 전날 베드로에게 시험에 들지 않기 위해 깨어 기도하라고 말했지만 그는 계속 잠을 잡니다. 결국 베드로는 기도하지 못했습니다. 기도하지 못한 베드로는 예수님을 버리지 않겠다고 입으로는 강하게 말했지만 결국 결정적인 순간이 되자 예수님을 버리고 도망칩니다. 기도에 실패한 베드로는 예수님을 세 번이나 부인하는 죄를 저지릅니다.

기도만 막으면 나머지는 마귀의 뜻대로 움직일 수 있습니다. 하지만 기도를 막지 못하면 하나님의 능력이 공급되기에 아무리 뜻대로 움직이려 해도 움직일 수 없음을 마귀는 누구보다 잘 알고 있습니다. 말씀을 실천하고자 결단하는 기도와 그것을 실천하기 위해 하나님의 능력을 구하는 기도가 없이 말씀을 듣기만 하면 그날 들은 말씀을 마귀에게 빼앗기는 일은 흔히 일어납니다. **마가복음 4장 15절(말씀이 길가에 뿌리웠다는 것은 이들이니 곧 말씀을 들었을 때에 사단이 즉시 와서 저희에게 뿌리운 말씀을 빼앗는 것이요)**에 보면 길가의 마음의 상태에 말씀이 떨어질 때 마귀가 와서 그것을 낚아채 가는 것이 잘 나와 있습니다.

마귀는 우리 아이들에게 "다른 건 다해도 되지만 기도는 적당히 해라! 기도보다 공부가 우선이다!"라고 속삭입니다. 하나님의 말씀을 집중하여 듣고 그것을 실천하기 위해 결단하고 하나님의 능력을 구하는 기도를 전교생이 예배당에서 45분 통성으로 합니다. 저는 이 시간이 정말 기쁩니다. 45분 기도가 그렇게 짧을 수가 없습니다. 모두가 한마음으로 눈물을 흘리며 전심으로 부르짖어 하나님께 기도합니다.

말씀을 순종할 수 있도록 자신을 십자가에 못 박으며 간절히 기도합니다. 들은 말씀을 생각하며 그것이 마음 판에 새겨질 수 있도록 기도합니다. **야고보서 1장 22절(너희는 도를 행하는 자가 되고 듣기만 하여 자신을 속이는 자가 되지 말라)** 말씀처럼 하나님의 말씀을 듣고 실천하지 않아 자기를 속이는 자가 되지 않기를 간구합니다.

그렇게 7년을 아이들과 매주 기도했습니다. 이 죄인을 이렇게 귀한 은혜의 자리에 세워주시고 하나님의 어린 양들을 7년간 돌볼 수 있는 목자로 세워주셔서 하나님께 진심으로 감사드립니다. 때로는 아이들이 사고도 치고 목자의 마음을 상하게 하고 근심하게 하기도 합니다. 너무 힘들어 포기하고 싶은 마음이 들 때도 있었습니다. 그렇지만 예배를 통해 하나님은 항상 새 마음과 위로와 새 힘과 능력과 지혜를 공급해주십니다. 저는 그것을 예배 때마다 느끼고 경험합니다.

45분 기도하는 가운데 하나님께서 설교시간에 주신 말씀이 머릿속에서 구조적으로 정립이 되고 견고하게 집이 지어지는 것을 느낍니다. 그리고 그 말씀을 실천하기 위해 기도하는 중에 성령께서 새로운 생각과 마음과 결단력을 주십니다. 간절히 말씀을 순종하고자 몸부림치며 기도할 때 하나님께서는 기뻐 보시고 성령의 감동과 능력을 우리에게 공급하십니다. 그렇게 기도한 후 축도할 때 참 하나님의 놀라운 임재하심을 경험합니다.

축도를 하는 저와 받는 학생들 모두 축도가 끝나면 하나님이 주시는 특별한 은혜와 사랑을 경험합니다. 이 순간 축도란 무엇인지 깨닫게 됩니다. 설교자인 저에게 하나님의 마음을 주십니다. 그들을 사랑하고 마음껏 축복하고 싶은 마음을 주십니다. 그 마음을 담아 사랑하는 제자들에게 마음껏 진심으로 축도를 합니다. 그 시간을 통해 하나님의 특별한 평안과 기쁨과 기도응답이 이루어지는 것을 느낍니다. 참 특별하고 감사한 시간입니다. 이렇게 다니엘리더스스쿨 오전예배는 거룩한 하나님과 교제하고 함께하는 놀라운 시간입니다. 주일 오전에 3시간 15분을 이렇게 하나님과 집중하여 예배를 드립니다.

12:45~14:15(1시간 30분) — 행복하고 소중한 식사 교제시간

그렇게 예배를 드리고 나면 어김없이 배꼽시계가 울립니다. "기도는 노동"이라는 말은 직접 전심으로 하나님께 기도해본 자만이 알 수 있습니다. 그렇게 기도하고 먹는 밥은 참 맛있습니다. 1시간 30분 동안 친구들과 삼삼오오 모여서 맛있게 식사를 합니다. 그리고 교제의 시간을 가집니다.

이 시간을 통해 학생들은 서로 믿음의 교우관계를 형성하며 믿음의 동역자가 되기 위한 친교의 시간을 쌓아갑니다. 다니엘과 세 친구 그리고 다윗과 요나단처럼 믿음의 동역자 관계는 단기간에 이루어지지 않습니다. 서로 정을 나누고 사랑을 나누면서 서로를 이해하고 배려하고 기도하는 가운데 견고한 우정이 만들어집니다.

14:15~15:15(1시간) — 고(故) 옥한흠 목사님의 로마서 강해

고등학교 시절 고 옥한흠 목사님의 로마서 강해설교를 사랑의 교회 대예배 시간에 직접 들은 적이 있습니다. 그때 참 많은 은혜를 받았습니다. 지금 들어도 그 말씀은 변함없이 강력하고 신실합니다. 그래서 사랑하는 제자들과 함께 로마서 강해를 듣습니다. 벌써 몇 번을 반복했는지 기억할 수 없을 정도로 듣고 또 듣고 말씀을 마음 판에 새기고 실천하고자 노력합니다. 대한민국이 배출한 탁월한 설교자이며 목회자 중의 한 분이신 고 옥한흠 목사님의 설교 가운데 정수 중의 하나로 꼽히는 로마서 강해를 청소년들이 모두 함께 모여 듣고 토론하고 서로 나눕니다.

15:15~16:00(45분) — 팀별 중보기도회

팀별로 모여 오늘 들은 말씀을 나누고 각자의 기도 제목을 나눈 뒤 서로를 위해 중보하는 시간을 가집니다. 이 시간을 통해 팀원들은 서로에 대해 더 많이 이야기를 나누고 서로를 위해 정직하고 진실한 중보기도를 할 수 있습니다. 팀장이 주도하여 각 팀원들이 일주일간 생활하며 느꼈던 생각과 의견도 함께 나누고 서로를 위해 기도합니다. 아프고 힘든 친구들이 있으면 그들을 위해 집중적으로 간절히 하나님의 회복하심을 기도합니다. 이 시간을 통해 학생들은 예수님 안에서 서로가 유기적으로 연결된 공동체임을 더욱 깊이 느낄 수 있습니다.

16:00~19:00(3시간) — 행복한 자유시간

이 시간은 다니엘리더스스쿨 학생들이 가장 기다리는 시간 중의 하나라고 생각합니다. 이 시간을 통해 학생들은 하고 싶은 일들을 자유롭게 합니다. 단 피시방에 가서 게임하는 것과 술과 흡연은 허락되지 않습니다. 어떤 친구들은 더 기도하거나 성경을 봅니다. 어떤 친구들은 잠을 자거나 친구들과 함께 식사하고 쉬는 시간을 가집니다. 몇몇 친구들은 대학로에 가서 전도를 하기도 합니다.

이 시간에 꼭 해야 하는 중요한 일 세 가지가 있습니다. 첫째 부모님께 감사 안부 전화를 드려 일주일간 생활한 내용과 받은 은혜 나누기, 둘째 하나님을 믿지 않는 친구들에게 복음 전하기, 셋째 외부에 있는 믿음이 연약한 친구들에게 권면하기입니다. 이 세 가지 일은 반드시 해야 합니다. 이것을 위해 일주일에 한 번 이 시간에만 학생들은 휴대전화(스마트폰이 아닌 2G폰)를 사용합니다.

이후 1시간 동안 모두 함께 대청소(19:00~20:00), 30분 동안 샤워 및 잠잘 준비(20:00~20:30), 30분 동안 도서관에서 일주일간의 생활 반성과 다음 주 계획 세우기(20:30~21:00) 등으로 하루를 마무리하고 8시간(21:00~05:00) 긴 취침으로 월요일을 아주 활기차고 새롭게 시작할 수 있습니다.

다니엘리더스스쿨의 예배 훈련프로그램은 현재 수많은 기독교

대안학교로 보급되어 많은 학교가 도전을 받아 더 철저하고 진실하게 예배드리도록 영향을 주고 있습니다. 우리 학교만이 부흥 성장하지 않고 지역 지역의 기독교 대안학교와 교육기관이 모두 하나님 안에서 더욱 뜨겁게 찬양하고 자신에게 주어진 역할을 견고하게 잘 감당하기를 소원합니다.

다니엘리더스스쿨에 들어오면 누구든지 일주일에 20번의 예배에 모두 참석하며 전심으로 뜨겁게 하나님을 만나고자 기도하고 찬양해야 합니다. 다니엘리더스스쿨의 일주일은 그냥 일주일이 아닙니다. 보통 학생들은 1년에 52번 예배를 드리지만 다니엘리더스스쿨에서는 한 달이면 80번의 예배를 드립니다. 다니엘리더스스쿨의 한 달 동안의 예배시간은 하나님의 은혜를 경험할 수 있는 위대한 시간들이라고 생각합니다.

두 번째 기적.
하나님을 위해 공부하는 것

다니엘리더스스쿨은 어떻게 학습하는가?

DLS에 온 친구들 가운데는 과학고, 외고, 자사고, 일반고 전교 1등 출신들도 있지만 전교에서 꼴등하는 등 하위권 친구들도 많습니다. 절반 정도는 공부에 흥미를 잃고 포기하는 과정에 있거나 아예 포기한 친구들입니다. 그런 친구들이 눈에 보이지 않는 하나님의 준비된 일꾼이 되기 위해 공부하기 싫은 마음을 내려놓고 새벽을 깨우며 치열하고 행복하게 공부하는 것을 저는 기적이라고 생각합니다.

부모님이 달래고 혼내고 아무리 노력해도 학습에 관심이 없고 싫어하던 친구들이 10시간 이상 도서관에서 공부하는 척하는 것이 아닌 진심으로 열심을 내어 학습하는 것은 이례적인 일입니다. 서울대학교 교육심리학에서 탁월한 권위자인 ○○○교수님도 이런 일들은 정말 보기 드문 경우라고 말합니다. 심리상담을 많이 해왔지만 이렇게 공부에 무관심하고 의욕을 잃은 학생들이 그토록 열심히 자발적으로 학습하는 것은 보지 못했다고 하십니다. 특히 게임, 술과 담배, 야동, 스마트폰에 중독된 친구들이 이렇게 변하는 경우는 아주 특별하다고 말씀하십니다. 하나님과의 만남이라는 기적이 학생들의 마음을 변화시켜 스스로 하나님의 영광을 위해 학습하게 만드는 또 다른 기적을 만듭니다.

이들이 포기했던 학습, 무관심했던 학습을 다시 시작하는 것은 돈을 더 많이 벌어 잘 먹고 잘살기 위한 욕망의 자극으로 이루어진 것이 아닙니다. 하나님을 인격적으로 만난 뒤 그들의 죗값을 치르기 위해 그들 대신 십자가에서 죽으신 성자 예수님의 사랑과 은혜를 깊이 깨닫고 그에 보답하기 위해서입니다. 그들은 그들의 주인이 더 이상 그들이 아니라 예수의 핏값으로 그들을 산 하나님임을 깨닫게 됩니다. **고린도전서 6장 19~20절**(19. **너희 몸은 너희가 하나님께로부터 받은바 너희 가운데 계신 성령의 전인 줄을 알지 못하느냐 너희는 너희의 것이 아니라 20. 값으로 산 것이 되었으니 그런즉 너희 몸으로 하나님께 영광을 돌리라**)에서 하나님은 분명하게 예수의 핏값으로 산 인간의 몸으로 하나님께 영광을 돌리라고 말씀하십니다.

하나님을 전심으로 찾고 하나님을 뜨겁게 만난 DLS 학생들은 성령의 감동하심으로 이 말씀의 의미를 분명히 깨닫고 하나님의 영광을 위해 하나님의 마음을 시원케 하는 준비된 일꾼이 되기 위해 뜻을 정하고 학습하기 시작합니다. 이런 기적들이 일어나는 다니엘리더스스쿨 학습 시스템에 대해 좀 더 구체적으로 살펴보면서 그 가운데서 역사하신 하나님의 은혜를 나누고자 합니다.

학습을
포기하는 학생이
있을 수 없다

 몇 년 전 서울대 교육학과에 재직하시는 ○○○교수님께서 저에게
부탁을 하신 적이 있습니다. 교수님은 혁신학교 프로그램을 담당하
시고 교장 선생님들과 교육감님들을 지도하는 분이셨습니다. 그분
은 혁신학교로는 교육문제를 해결하기가 어렵고, 이렇게 하면 문제
가 해결되지 않는다는 것을 알 수 있을 뿐이라고 하셨습니다. 궁극
적인 해결책이 아닌데도 하고 있는 것이 너무 안타깝다고 하셨습니
다. 교수님은 저에게 혁신학교 프로그램을 도와달라고 하셨습니다.
그분은 다니엘리더스스쿨에 대해 잘 아셨습니다. 다니엘리더스스쿨
에서 진행되는 학습자 중심의 질적 공부 시스템과 신앙교육 시스템
이 얼마나 가치 있고 중요한지를 잘 알고 계셨기에 부탁하셨습니다.

현재 대한민국의 중등교육(중학교, 고등학교 교육)은 지나치게 교과 학습 위주로 진행되고 있습니다. 수많은 학생이 학습 스트레스로 인해 괴로워하고 고통 받습니다. 2013년 통계청 자료에 따르면 인구 10만 명당 청소년 자살 수는 13명이었습니다. 지난 2001년 7.7명에 비해 큰 폭으로 증가했습니다. 한국 청소년 자살률은 OECD 국가 중 가장 높은 수치입니다. 13~19세가 자살하려는 주된 이유는 '성적 및 진학 문제'가 39.2%로 가장 높았습니다(통계청www.kostat.go.kr). 이런 문제들을 해결하기 위해 많은 해결책이 제시되고 있지만 잘 해결되지 않고 성적 스트레스로 인한 청소년 자살률은 계속 높아지는 실정입니다.

다니엘리더스스쿨에서는 공부를 포기했던 학생들도 많이 입학합니다. 그런데 이곳에서 포기했던 학습을 다시 시작하여 전과목 수능 1등급을 받을 정도로 놀랍게 변화하는 학생들이 많습니다. 목사가 아닌 교육학자로서 보았을 때 정말 믿기 어려운 결과들이 나올 때마다 왜 그런 일이 일어났는지 면밀한 연구검토를 진행하게 되었습니다.

다니엘리더스스쿨의 학습 시스템은 목사가 아닌 교육학자로서 보았을 때 자타가 공인하는 학습자 중심의 탁월한 질적 교육을 추구합니다. 서울대학교 출신의 제 주변 동료 연구원들이 저에게 자주 우리 학교에 대해 연구를 진행하게 해달라고 부탁할 정도로 세상의 교육학자들에게도 관심의 대상이 되고 있습니다.

학습자 중심의 질적 교육이란 수업을 듣는 학습자의 수준과 학습 성향을 고려하여 교과학습 계획과 진도를 짜 쌍방향 지식 전달 체계로 운영하는 학습 프로그램을 의미합니다. 가르치는 교수자 중심으로 계획을 짜서 수업시간에 계획된 진도 위주로, 단선적 지식 전달 체계를 중심으로 운영되는 양적 교육과 대비되는 말입니다. 학습자 중심의 질적 교육이 잘 이루어지면 양적 교육의 상위권 중심 학습을 따라가지 못해 학습을 포기하는 학생들이 발생하는 것을 막을 수 있습니다. 철저한 수준별 학습을 통해 학습에 소홀했던 친구들에게도 다시 학습을 시작할 수 있는 계기를 제공할 수 있습니다.

다니엘리더스스쿨이 왜 자타가 공인하는 탁월한 학습자 중심의 질적 교육이 이루어지는 곳인지 좀 더 구체적으로 살펴보고자 합니다. 이 책을 통해 다니엘리더스스쿨과 같은 학습자 중심의 질적 교육 시스템이 전국 학교와 학원, 모든 교육기관에 널리 보급되어 학습으로 인해 고통 받고 힘들어하는 수많은 청소년에게 희망과 미래를 주기를 간곡히 기도합니다.

DLS 학습프로그램의
기적을 만드는
아홉 가지 원칙

1. 수준별 학습 ― 수업을 따라가지 못해 포기하는 학생이 없다

다니엘리더스스쿨에 들어오는 학생들의 부모님 직업 가운데 가장 많은 것이 초, 중, 고등학교 선생님입니다. 우리 학교는 면접을 학생만 보는 것이 아니라 부모님도 함께 봅니다. 면접 때 부모님에게 왜 자녀를 다니엘리더스스쿨에 보내고 싶은지 꼭 질문합니다.

기현 아버지: 사실은 제가 ○○고등학교 수학 선생입니다. ○○지역에서는 꽤 알아주는 수학 선생이고 고3 담당으로 벌써 20년이 넘어갑니다. 제 아들이 수학을 너무 못해서 일반 고등학교에 가면 수업 진도를

못 따라가 수업시간에 잘 게 뻔합니다. 누구보다 제가 그걸 잘 아니 도저히 일반 고등학교에 보내기가 어렵더라고요. 다니엘리더스스쿨은 학년별이 아니라 수준별로 수업을 들을 수 있으니 우리 애는 이곳에 보내는 게 좋겠다는 생각이 들었어요.

필자: 아버님께서 유명하신 수학 선생님이신데 아들을 직접 따로 집에서 가르쳐주시면 되시지 않나요?

기현 아버지: 중이 제 머리 못 깎잖아요. 우선은 제가 아침 7시에 출근해서 저녁 11시가 되서야 오기 때문에 애를 가르칠 시간이 없습니다. 그리고 혹 시간이 생긴다 하더라도 제 아들을 가르친다는 것이 뜻대로 안 되더군요. 서로 관계만 나빠져요.

또 한 명의 학부모님은 ○○지역의 고등학교 영어 선생님이십니다. 그분은 심각한 얼굴로 질문을 해주셨습니다.

준철 아버지: 목사님, 제가 매달 월급을 받는데 받을 때마다 이걸 다 받아도 되는지 너무 마음이 아픕니다.

필자: 무슨 일이신데요.

준철 아버지: 제가 고2를 가르치는데 수업을 하면 30명 중 3분의 2는 잠을 잡니다. 수업 진도를 따라가지 못하는 친구들이죠. 3분의 1만 수업을 듣고 그 애들을 위해 수업을 진행합니다. 실제로 제가 수업을 하

면 듣는 학생들은 3분의 1밖에 되지 않는데 월급을 다 받는 것이 마음이 무겁습니다. 이러려고 교사된 것이 아닌데. 그렇다고 못 쫓아오는 애들한테 맞춰서 수업을 하면 열심히 듣는 아이들은 이미 다 아는 것이어서 수업시간이 별 도움이 되지 않을 테고요. 이러지도 저러지도 못하고 매달 월급만 다 받고 있습니다. 차라리 수준별 수업을 하면 괜찮을 텐데. 지금 현재 수업 시스템은 그렇지 못하네요. 마음이 참 무겁습니다.

현재 한국의 중등교육에서 진행되는 수업은 소위 상위권을 위한 진도라고 해도 과언이 아닙니다. 낙오되는 학생들이 있음에도 불구하고 상위권 중심으로 진도를 나가는 것이 현재 한국 공교육의 현실입니다. 중하위권 학생들은 진도를 따라가지 못하기에 학습 의욕을 고취시켜야 하는 수업시간이 오히려 학습 의욕을 꺾게 만드는 아이러니한 상황입니다. 이러한 현실은 중학교도 비슷합니다.

학교는 공부를 잘하는 학생만을 위해 존재하는 곳이 아닙니다. 특히 수업은 모든 학생에게 공평하게 학습 기회를 주어야 합니다. 똑같은 수업료를 내지만 수업 내용이 어려워 수업시간에 잘 수밖에 없는 학생들의 이야기를 들어보면 참 마음이 아픕니다.

"공부를 하려고 해도 수학시간에 도무지 무슨 내용인지 이해가 안 되는 거예요. 그냥 포기하려다가 용기를 내어 한 번 질문을 해봤는데 선생님이 그런 기본도 안 된 질문은 수업시간에 답하기에 시간이 아까우니깐 학원에 가서 다시 배우고 오라는 거예요. 그 뒤로는 질문도 하기 싫고 이해도 되지 않아서 그냥 다시 옛날처럼 자기 시작했어요. 저도 공부하고 싶죠. 공부 포기하고 싶지 않죠. 그런데 무슨 소린지 모르겠는데 어떻게 수업을 따라가나요. 공부 잘하는 애들 위주로 진도를 빨리빨리 빼고 걔네들이 이해하면 바로 다음으로 나가는데 어떻게 하냐고요."(정우철)

중학교 때 내신 성적이 나름 잘 나온 친구들도 고등학교에 올라가면 수학과 영어가 중3에 비해 많이 어려워 힘들어합니다. 중학교 때 미리 선행학습을 잘해오지 않으면 수업 내용이 어렵다고 느낍니다.

그렇다면 왜 학교에서는 상위권 학생들 위주로 진도를 나가고 그에 맞춰 수업 내용이 구성될까요? 여러 이유가 있지만 그중 대표적인 이유는 '선택과 집중'입니다. 한 반에 상위권, 중위권, 하위권 학생 모두가 골고루 포함되어 있기에 어차피 모두에게 맞는 수업을 진행하기가 어려운 것이 현실입니다. 어느 학생층을 수업 진도의 목표로 삼아야 한다면 대부분의 경우는 중상위권에 맞추게 됩니다. 잘하는 학생들 위주로 진도를 나가 소위 명문대에 좀 더 많이 보내고자 합니다.

이른바 명문 고등학교의 기준은 서울대, 고려대, 연세대 등 서울의 주요 상위권 대학에 입학한 학생의 수입니다. 신문과 언론 매체에서도 매년 각 학교가 몇 명을 서울대에 보냈는지 통계를 내어 요즘 명문고가 어딘지를 보여줍니다. 학교에서는 공부 잘하는 학생들에게 학교에서 강의를 가장 잘하는 선생님들을 집중적으로 배정합니다. 그래서 학생들의 실력을 최대한 끌어올려 명문대에 많이 보내 학교의 명예를 높이고자 합니다. 물론 모든 학교가 그런 것은 아니지만 그런 목적을 가진 학교들이 많습니다. 특목고와 자사고의 경우는 학교가 그렇게 좋은 성적을 거두어야 많은 학생들이 몰리고 그래야 학교가 원하는 신입생들을 뽑을 수 있습니다.

일반 학교에서 국어, 영어, 수학 수업을 다니엘리더스스쿨에서처럼 철저한 수준별 수업으로 진행하기란 쉽지 않습니다. 그만큼 많은 국어, 영어, 수학 선생님을 뽑아야 하는데 현실적으로 쉽지 않기 때문입니다. 다니엘리더스스쿨에서는 보통 수학 수업 인원이 10명 내외입니다. 수준별로 학생들을 나누다보니 어떤 반은 3~4명인 반도 있습니다. 수준이 비슷한 학생들끼리 모여 수업을 진행하기에 선생님은 학생들의 수준에 맞게 맞춤식 수업을 진행할 수 있습니다. 학생들은 자기 수준에 맞게 진도가 나가기에 학습 내용을 이해하지 못해 포기하는 일이 생기지 않습니다. 오히려 포기했던 과목에 대해 할 수 있다는 자신감과 잃어버렸던 학습 의욕을 다시 찾게 됩니다.

DLS에서는 수업을 개설할 때 학생들의 수요를 먼저 철저하게 조사한 후 그들이 필요로 하는 수업을 만들어주고 그 수업에 참여한 학생들 중심으로 진도를 나갑니다. 가령 기하와 벡터 수업을 잘 따라가지 못하는 학생들이 몇 명 생기면 그 아이들을 모아 그들의 수준에 맞는 기하와 벡터 반을 만들어줍니다. 3명 이상이 원할 경우 새로운 반을 만들 수 있습니다. 학생들은 자신에게 맞고 자신에게 필요한 수업을 요청해서 만들 수 있기에 학습을 따라가지 못해 포기하는 경우는 생기기가 어렵습니다.

2. 질문 위주의 수업 — 질문과 학습 의욕은 정비례한다

다니엘리더스스쿨의 수업이 일반 학교의 수업과 가장 많이 다른 점 가운데 하나는 질문 위주의 수업이라는 점입니다. 철저한 수준별 수업으로 자기 수준에 맞는 수업에 배정되었기에 학생들이 잘 모르는 부분은 질문을 계속하여 내용을 확실히 이해시키는 것을 목표로 삼습니다. *공부할 때 모르는 문제가 있음에도 불구하고 그것을 해결하지 않고 그냥 넘어가는 것이 학습의 진전을 방해하는 주요 원인 중 하나입니다.*

보통 학생들은 수업시간에 질문하는 것을 매우 꺼립니다. 왜냐하면 한 반에 공부를 잘하는 학생들과 그렇지 못한 학생들이 함께 섞여 있기에 진도에 맞는 질문이 아닌 너무 초보적인 질문을 할 경우 반 친구들의 비아냥을 듣는 일이 많기 때문입니다. 비록 초보적인 질문이 아닐지라도 소심한 성격의 친구들은 많은 친구들 앞에서 질문하는 것이 쉽지 않습니다. 게다가 대부분의 학교는 교수자의 지식 전달 위주로 수업이 진행되기에 질문이 쉽지 않습니다.

다니엘리더스스쿨은 비슷한 실력의 아이들이 같은 수업을 듣기에 한 학생이 잘 이해하지 못해서 한 질문은 나머지 학생에게도 매우 유익한 질문이 될 수 있습니다. 선생님의 설명을 함께 들으면서 반 학생들의 실력이 전체적으로 고르게 향상될 수 있습니다. 선생님은 학생들의 질문을 받으면서 현재 반 아이들의 실력을 확인하여 그들의 눈높이에 최대한 정확하게 맞추어 아이들의 수업 이해를 더욱 높일 수 있습니다.

일반 학교의 수업시간에는 질문이 쉽지 않지만 다니엘리더스스쿨에서는 모든 수업이 절반 정도 진행되면 질문이 있는지 반드시 선생님께 확인하도록 하고 있습니다. 선생님들은 이 시간에 지금까지 진행한 수업 내용 가운데 궁금한 것은 무엇이든 질문하라고 강하게 권하십니다. 소심한 친구들도 선생님의 강권함을 통해 자신감을 얻고 질문을 할 수 있게 하기 위해서입니다. 담대한 친구들은 수업 도중에도 자신 있게 질문을 하지만 소심한 친구들은 하고 싶어도 마음속으로만 하는 경우가 많습니다. 선생님이 수업 도중에 질문시간을 따로 내어 누구나 질문하는 것이 당연하고 오히려 질문하지 않는 학생들이 게으르고 이상하게 여겨지는 분위기를 만들어 소심한 친구들이 자유롭게 용기를 내어 질문할 수 있게 합니다.

질문은 수업시간을 생명력 넘치게 하고 학생들의 학습 의욕을 건강하고 튼튼하게 고취할 수 있어 더할 나위 없이 소중합니다. 전교생의 학습 시스템에 질문을 적극적으로 적용한 것이 다니엘리더스스쿨 학습의 특별한 점 가운데 하나입니다.

3. 3학기 제도 — 1.5배 앞서 나간다

일반 학교는 학기가 2학기로 나뉘지만 다니엘리더스스쿨은 4개월 과정으로 1~4월 1학기, 5~8월 2학기, 9~12월 3학기로 구성됩니다. 일반 학교와 달리 방학이 길지 않기에 가능합니다. 다니엘리더스스쿨에서는 여름방학 3일 겨울방학 설날 5일 빼고는 특별한 방학이 없습니다. 수학 진도도 3개월 과정인 확률과 통계를 제외하고 대략 4개월이면 1학기 과정을 마치도록 되어 있습니다.

유급 없이 정상적으로 진도를 마치면 중학교 수학은 2년, 고등학교 문과 수학은 1년 4개월, 고등학교 이과 수학은 2년 안에 진도를 마칩니다. 3학기 제도로 구성되어 있어 보통 학생들보다 1.5배 앞서 나갈 수 있다는 장점이 있습니다. 예를 들어 중학교 1학년에 입학한 학생의 경우 중3 이전에 고입 검정고시와 대입 검정고시를 다 통과한 후 중3 11월에 수능을 보는 일이 많습니다. 다니엘리더스스쿨에 들어오기 전에 여러 가지 이유로 방황하며 학습을 포기하거나 소홀히 했던 학생들에게는 흘려버린 시간을 만회하고 역전할 수 있는 매우 유용한 제도입니다.

방학이 길지 않은 가장 큰 이유는 방학 때 학생들이 집으로 돌아가면 시간관리와 신앙관리 및 학습관리가 잘 이루어지지 않기 때문입니다. 방학 기간은 양보다는 질이 중요합니다. 다니엘리더스스쿨 학생들은 보통 방학을 이용하여 가족들끼리 집중적으로 시간을 보냅니다. 온 가족이 함께 행복한 시간을 보내기 위해 미리 꼼꼼하게 계획을 세웁니다. 물론 부모님이 요청하거나 타당한 사유가 있으면 방학을 연장을 해줍니다.

4. 월반과 유급제도 — 안주는 금물, 노력한 만큼 보상받는다

다니엘리더스스쿨에는 일반 학교에서 보는 중간고사와 기말고사 대신에 2주마다 그동안 배운 수업 내용을 점검하는 시험이 있습니다. 1학기 4개월간 총 8번의 시험이 있습니다. 그 시험 점수가 좋지 못하면 국어, 영어, 수학은 1학기를 마쳐도 유급을 하게 됩니다. 최종적으로 수업 담당 선생님과 제가 시험 성적과 수업 태도 등 모든 상황을 고려하고 의논하여 유급을 결정합니다. 유급이 결정된 학생은 다시 한 번 해당 수업을 들어야 합니다. 학생들은 유급되지 않기 위해 많은 노력을 기울입니다.

일반 학교에서는 수업 내용을 잘 이해하지 못하고 시험 점수가 나빠도 시간이 지나면 저절로 학년이 올라갑니다. 그러면 점점 더 수업에 대한 이해가 어려워져 결국에는 스스로 학습을 포기하는 일이 발생합니다. 이것은 본인에게도 국가적으로도 큰 아픔이자 손해입니다. 다니엘리더스스쿨에서는 수준별로 반편성을 하기에 나이와 상관없이 내용을 제대로 이해하면 넘어가고 이해가 충분하지 못하면 수업을 다시 들으면서 제대로 실력을 갖출 기회를 제공합니다.

유급과 반대로 월반제도가 있습니다. 수업을 열심히 잘 따라가서 실력이 향상되면 현재 반보다 수준이 높은 반으로 월반이 가능합니다. 월반을 하기 위해서는 학생이 우선 저에게 월반신청서를 제출합니다. 그리고 그 학생의 실력에 대한 종합적인 평가를 한 후 월반 승인이 결정됩니다. 매일 새벽예배를 마치고 월반신청을 할 수 있고 월반이 결정된 친구들은 그날부터 새로운 반에서 학습할 수 있게 반을 배정해줍니다. 이 일은 제가 매우 중요하게 기도하며 하는 일 중의 하나입니다. 월반과 유급을 통해 학생들은 언제든지 자신의 실력에 맞는 수업을 듣고 그 수업의 효과를 최대한 높일 수 있기 때문입니다.

유급과 월반제도는 학생들로 하여금 적당히 안주하기보다는 노력한 만큼 남들보다 앞서 나갈 수 있고 방황으로 시간을 흘려보낸 친구들이 역전할 수 있는 좋은 기회를 제공합니다. 실력이 없는 친구들이 학기가 끝났다고 다음 학년으로 그냥 올라가면 수업 내용을 제대로 따라가지 못해 비효율적인 학습을 하게 됩니다. 그것이 반복되면 결국 스스로 학습을 포기하는 경우가 생기고 맙니다.

하나님의 영광을 위해서 공부하는 학생들이 스스로 학습을 포기하는 일이 발생하지 않도록 매우 신중하게 수준별 학습을 운용하고 있습니다. 자신의 실력에 맞는 수업을 들을 수 있고 그 수업을 충분히 따라가지 못할 경우는 다시 수업을 듣게 하여 부족한 부분을 잘 보완하며 진도를 나가는 것이 학습자 중심의 질적 교육을 추구하는 다니엘리더스스쿨의 자랑이자 특징입니다.

이러한 제도 덕에 중학교 2학년과 3학년 가운데 고입 검정고시와 대입 검정고시를 다 끝낸 학생들이 많습니다. 그들은 중2 혹은 중3 때부터 정식 수험생의 자격으로 시험장에 가서 수능시험을 치릅니다. 중2, 중3, 고1 학생들이 수험표를 달고 실제 수능시험장에서 수능시험을 보고 나면 그때부터 학습하는 태도가 많이 달라지기 시작합니다. 수능시험에 대해 진지하게 생각하고 마음을 더욱 가다듬어 학습에 임합니다. 고3이 되기 전에 미리 수능시험을 두세 번 경험하면서 고3 때 좀 더 여유롭게 시험을 볼 마음의 힘이 길러집니다.

실제로 고2 때 원하는 점수가 나와서 원하던 대학과 학과에 가는 학생들도 있습니다. 민준이가 대표적인 경우입니다. 민준이는 중3 때 와서 고2 때 2015년 수능을 보았는데 전체에서 3개 틀리고 고려대학교 자유전공학부에 합격했습니다. 중3 입학 당시 수학이 30점대, 영어가 60점대였던 민준이는 하나님의 놀라운 은혜와 역사하심 속에서 신앙과 실력과 인격이 많이 변화되었습니다(민준이의 이야기는 5부에서 자세히 다룹니다).

5. 학습컨설팅 — 개인별 맞춤 학습 계획을 세운다

다니엘리더스스쿨에서는 일반 학교와는 다르게 매주 목요일 수능시험과 동일한 시간대에 수능 모의고사를 실시합니다. 이후 학생의 실력을 정확하게 평가한 뒤 전교생을 대상으로 개인별 학습컨설팅에 들어갑니다. 이때 구체적인 학습 계획과 방법을 가르쳐줍니다.

학습컨설팅은 20년 넘게 학습컨설팅을 해온 필자가 담당합니다. 우선 아이들의 꿈과 비전, 목표 대학과 학과를 적습니다. 그리고 그것을 위한 목표 점수와 현재 점수를 적습니다. 현재 점수와 목표 점수의 차이를 극복하고 목표 점수를 받기 위해 각 과목별—국어, 영어, 수학, 사회탐구, 과학탐구, 제2외국어—시간 배분과 수업 선택과 학습 방법을 세밀하게 설명해줍니다. 그리고 어느 정도 기간을 들여 공부하면 목표 대학에 갈 수 있는지 구체적으로 정리해줍니다.

학습컨설팅을 통해 각 학생에게 맞는 학습 계획과 학습 목표를 세워준 후 각자의 수준에 맞는 수업을 들으면서 3학기 제도를 이용해 남들보다 1.5배 빠르게 학습하고 매주 목요일 수능 모의고사를 보며 수능시험을 준비합니다. 이런 방식으로 다니엘리더스스쿨 학생들은 남들보다 빠르고 정교하게 학습 실력을 향상시킬 수 있었으며 현재도 향상하고 있습니다.

6. 탁월한 교사진 — 신앙과 실력을 겸비한 선생님들

다니엘리더스스쿨이 개교하고 7년 동안 늘 기도하는 제목은 신앙과 실력을 겸비한 선생님들을 보내달라는 것이었습니다. 현재 90% 이상이 하나님을 믿지 않는 한국 사회에서 신앙과 실력을 겸비한 선생님들을 찾기는 정말 어려웠습니다. 실력이 뛰어난 선생님들 가운데 대부분이 하나님을 믿지 않았고 설사 교회를 다닌다고 해도 예수님을 삶의 구원자와 주인으로 모신 분들을 만나기가 매우 어려웠습니다. 한때는 신앙과 실력까지 겸비한 선생님들을 찾는 것이 너무 무리한 일이고 불가능한 일인가 하는 생각이 들었습니다. 그렇게 기도하면서 간절히 선생님들을 찾았습니다. 그러던 어느 날 서울 ○○교회 집회를 마치고 나오는데 처음 뵙는 어느 여자분이 저에게 감사인사를 했습니다.

필자: 무슨 일이신지요?

오민석 선생님 어머니: 저희 남편이 꼭 목사님 찾아뵙고 감사인사 드리라고 해서요. 저희 아들이 초등학교 때 많이 방황했거든요. 그런데 6학년 때《다니엘학습법》을 보고 난 뒤 그때부터 애가 달라지기 시작했어요. 그리고 그 책에 나온 대로 기도하고 성경 보고 공부하면서 성적도 오르기 시작했어요. 그렇게 중학교를 보내고 고등학교에 가서도 꾸준히《다니엘학습법》에 나온 방법대로 공부해 결국에는 서울대 공대에 들어갔습니다. 현재 대학교 4학년이에요. 남편이 꼭 감사하다고, 귀한 책 써주셔서 감사하다고 인사하라고 해서 이렇게 인사드려요. 목사님 정말 귀한 책 써주셔서 감사드려요. 우리 아들에게 목사님은 멘토예요.

가끔 세미나를 마치고 나면 이런 이야기를 종종 듣습니다. 부모를 통해서 듣기도 하지만 학생들로부터 직접 듣기도 합니다.《다니엘학습법》이 나온 지도 13년이 지났기에 초등학교, 중학교, 고등학교 때

책을 읽었던 학생들 가운데 벌써 대학을 마치고 사회로 나간 친구들이 많습니다. 그런 이야기를 들을 때마다 저같이 몸 아프고 부족한 사람을 사용해주신 하나님께 감사할 따름입니다.

그 어머니께 아들의 이름(오민석)과 전화번호를 물어보았습니다. 그리고 언제나처럼 매일 하나님께 신앙과 실력을 겸비한 선생님들을 보내달라고 간절히 기도했습니다. 그러던 중 어느 날 새벽 하나님께서 오민석 씨에게 연락하는 것에 대해 강하게 마음을 주셨습니다. 그날 저는 오 선생님께 전화를 드렸습니다. 그리고 대화하면서 그가 수학과는 아니었지만 서울대 공대에서 수학을 탁월하게 잘하는 것을 알게 되었습니다. 그리고 기도하며 기다린 끝에 하나님의 은혜로 다니엘리더스스쿨 수학 선생님으로 들어오게 되었습니다.

그렇게 기도하면서 놀라운 일들이 생겨났습니다. 서울대학교 국어교육과, 국어국문학과, 영어영문학과, 수학과, 수학교육과 출신의 쟁쟁한 실력과 신앙을 겸비한 선생님들이 연결 연결되어 다니엘리더스스쿨 선생님으로 오게 되었습니다. 모두 교육청에서 정식으로 인정받은 선생님들이었습니다. 이들은 세상적으로도 자기 전공에서 탁월한 실력을 가졌을 뿐만 아니라 신앙 면에서도 예수님을 삶의 구원자와 주인으로 모시고 예수님을 위해 살고자 하는 분들이었습니다.

현재 다니엘리더스스쿨에는 김민주 선생님(서울대 국어교육과), 정상호 선생님(서울대 국어국문학과), 강재운 선생님(서울대 수학과), 이철 선생님(서울대 수학과), 정강수 선생님(서울대 영어영문학과), 이정현 선생님(서울대 영어영문학과), 김은미 선생님(서울대 영어영문학과), 최철민 선생님(서울대 수학교육과), 김은수 선생님(고려대 수학과), 정운민 선생님(고려대 수학과), 강민수 선생님(고려대 공대), 이소현 선생님(고려대 국어교육과), 이은주 선생님(고려대 영어교육과)이 계십니다. 저 역시 교목이면서 영어, 국어 과목을 강의하고 있습니다.

실력과 신앙을 겸비한 탁월한 선생님들이 계시지만 저도 20년 동안 고3 학생들 국어, 영어 수업을 매년 빠지지 않고 해왔습니다. 군대를 카투사로 복무했기 때문에 비록 전공이 국문학, 영문학은 아니지만 국어, 영어를 가르치는 일은 누구보다 자신이 있습니다. 20년간 고3 수업을 진행했기에 그동안 쌓인 노하우가 매우 많습니다. 특히 대학 시절 야학에서 10개를 가르쳐주면 1개를 아는, 학습에 특별히 재능이 없는 친구들을 10년 정도 가르치면서 그때 쌓인 학습 노하우들이 많습니다.

제 수업의 특징은 '중3 단어로 영어 50점대 학생들 수능영어 100점 만들기'와 '국어 40점대 학생들 수능국어 100점 만들기'입니다. 10년 동안 거의 국어, 영어 기초가 없는 수험생들을 가르쳤기에 수능문제를 푸는 방법과 원리를 설명하면서 터득한 저만의 노하우를 담은 수업입니다. 그렇게 수험생들을 대상으로 20년간 쉬지 않고 영어, 국어를 가르치면서 이제는 수능 출제 방향과 문제 난이도까지도 예측

하고 정교하게 준비할 수 있게 되었습니다. 저같이 몸이 아픈 사람이 꾸준히 20년을 한다는 것은 쉽지 않은 일이었습니다. 오직 하나님의 인도하심과 은혜 주심을 통해 가르칠 수 있었습니다. 하나님께 감사드립니다.

각 과목별 신앙과 실력을 겸비한 쟁쟁한 선생님들이 아이들을 위해 기도로 수업을 시작하고 기도로 수업을 마칩니다. 이 선생님들은 모두 기도와 눈물의 결과 하나님이 보내주신 분들입니다. 이 귀한 선생님들이 마음껏 행복하게 강의하고 생활할 수 있도록 섬기는 것이 바로 저의 역할입니다. 교장의 역할은 바로 이런 것이라 생각합니다. 모든 선생님이 행복하게 아이들을 가르치는 데 전념할 수 있도록 시스템을 만들고 조정하는 일입니다. 선생님들의 보수도 다른 교육기관보다 더 높습니다. 선생님들을 최대한 잘 섬기면 그것이 아이들에게 고스란히 돌아가기 때문입니다.

7. 교권의 보장 — 교권이 바로 서야 학생권도 보장된다

우리 학교는 신입생을 선발할 때 부모님과 학생이 함께 면접을 봅니다. 면접 볼 때 선생님들의 교권을 분명하게 강조하여 교권을 보장합니다. 물론 선생님들은 사랑으로 학생들을 대해야 합니다. 선

생님들이 먼저 사랑으로 가르쳐야 학생들이 감동하여 선생님의 가
르침에 순종할 수 있습니다. 그렇지만 사랑으로 가르침에도 불구하
고 선생님에게 기본 예의가 없는 학생의 경우는 부드럽지만 견고한
경책을 통해 선생님에 대한 예의범절을 가르쳐 선생님의 인권과 학
생의 인권 모두를 보장합니다.

8. 공부도 예배 — 모든 학습은 기도로 시작하고 기도로 마친다

예배는 주일에 교회에서만 보는 것이 아닙니다. **로마서 12장 1~2절**
(1. 그러므로 형제들아 내가 하나님의 모든 자비하심으로 너희를 권하노니 너
희 몸을 하나님이 기뻐하시는 거룩한 산 제사로 드리라 이는 너희의 드릴 영
적 예배니라 2. 너희는 이 세대를 본받지 말고 오직 마음을 새롭게 함으로 변
화를 받아 하나님의 선하시고 기뻐하시고 온전하신 뜻이 무엇인지 분별하도
록 하라)에서 사도 바울은 우리의 몸을 하나님이 기뻐하시는 거룩한
산 제사로 드리라고 말합니다. 이것이 우리가 삶 속에서 드릴 영적
인 예배입니다.

고린도전서 10장 31절(그런즉 너희가 먹든지 마시든지 무엇을 하든지
다 하나님의 영광을 위하여 하라)에서 보듯 우리가 하는 공부도 하나님
이 기뻐하시는 거룩하고 살아 있는 예배로 드려야 합니다. 이것을

위해 다니엘리더스스쿨의 모든 학습은 기도로 시작하고 기도로 마칩니다. 학습 전에 기도를 통해 학습의 예배를 하나님께 드린다고 말씀드립니다. 그리고 하나님의 마음을 시원케 하는 준비된 일꾼이 되기 위해 학습을 시작합니다. 학습하면서 순간순간 찾아오는 잡념과 부정적 생각을 기도로 물리치며 집중하고자 노력합니다. 그런 후 기도로 학습을 마무리합니다.

9. 철저한 6일 학습 — 하나님께서 말씀하신 안식의 중요성

가끔 이런 질문을 듣습니다. "구약을 지켜야 하나요? 신약시대인데 꼭 구약을 지켜야 하나요? 십계명은 구약에 있는데 지켜야 하나요?" **마태복음 5장 17~19절(17. 내가 율법이나 선지자나 폐하러 온 줄로 생각지 말라 폐하러 온 것이 아니요 완전케 하려 함이로다 18. 진실로 너희에게 이르노니 천지가 없어지기 전에는 율법의 일점일획이라도 반드시 없어지지 아니하고 다 이루리라 19. 그러므로 누구든지 이 계명 중에 지극히 작은 것 하나라도 버리고 또 그같이 사람을 가르치는 자는 천국에서 지극히 작다 일컬음을 받을 것이요 누구든지 이를 행하며 가르치는 자는 천국에서 크다 일컬음을 받으리라)**에서 예수님은 구약과 신약 모두 하나님의 자녀가 지키고 순종해야 함을 강조합니다.

십계명은 하나님의 자녀라면 마땅히 지켜야 할 열 가지 계명입니다. 많은 기독 청소년이 시험 기간이 되면 시험 준비로 예배를 빠지고 교회를 가지 않는 일이 허다합니다. 고3이 되면 수능시험을 마칠 때까지 예배를 빠지는 일도 많습니다. 신약시대에 살고 있는 우리는 예수님께서 부활하신 날, 안식 후 첫날인 일요일에 부활하신 예수님을 찬양하고 예배드리고 성도의 교제를 나누고 하나님 안에서 안식을 취합니다.

기독교에서 안식의 개념은 정말 중요합니다. 왜냐하면 하나님께서 6일 일하시고 하루를 쉬셨기 때문입니다. **출애굽기 20장 10~11절(10. 제 칠일은 너의 하나님 여호와의 안식일인즉 너나 네 아들이나 네 딸이나 네 남종이나 네 여종이나 네 육축이나 네 문안에 유하는 객이라도 아무 일도 하지 말라 11. 이는 엿새 동안에 나 여호와가 하늘과 땅과 바다와 그 가운데 모든 것을 만들고 제 칠일에 쉬었음이라 그러므로 나 여호와가 안식일을 복되게 하여 그날을 거룩하게 하였느니라)**에서 하나님은 하나님의 형상을 닮도록 창조한 인간에게도 6일 일하고 하루는 쉬라고 말씀하십니다. 요즘처럼 치열한 경쟁사회에서 하루를 쉰다는 것은 너무 부담이라고 생각하는 분들이 많으십니다. '경쟁에 뒤처지지 않기 위해서 열심히 일해야 하는데, 남들은 일요일도 일하고 공부하는데 나만 주일날 예배드리고 안식을 취하는 것이 너무 안이한 것 아닌가?' 하고 걱정하십니다.

왜 인간이 주일을 거룩히 지키며 지내야 할까요? 첫째, 다른 이유도 많겠지만 가장 중요한 이유는 *하나님께서 하나님의 피조물이자 소유물이자 자녀인 우리에게 그렇게 하라고 말씀해주셨기 때문입니다.* 주일을 거룩히 지키는 것에 대해 어떤 이득이나 효과나 보상이 없을지라도 하나님의 자녀들은 하나님이 우리에게 주신 말씀이라는 한 가지 사실만으로도 이 말씀을 순종할 수 있습니다.

둘째, 하나님의 창조 질서와 생명 질서에 따르면 6일 일하고 하루 쉬는 것이 하나님이 주신 생명력을 유지하며 가장 건강하고 행복하게 살 수 있는 방법입니다. 프랑스 혁명시대에 6일 일하고 하루 쉬는 체제를 10일 일하고 하루 쉬는 체제로 개혁했습니다. 일을 더 많이 하면 생산력이 더 높아질 것이라고 생각했는데 결과는 반대였습니다. 오히려 생산력이 줄어들고 불량률이 높아졌습니다. 그래서 5일 일하고 하루 쉬는 체제로 바꾸었습니다. 더 적게 일하고 하루 쉬니 더 좋을 것이라 생각했지만 결과는 그렇지 않았습니다. 생산력이 더 줄어들었습니다. 결국 혁명정부는 6일 일하고 하루 쉬는 것이 생산력과 삶의 행복도를 가장 높이는 것으로 판단하여 다시 6일 일하고 하루 쉬는 체제로 돌아갔습니다.

이것은 하나님의 창조 질서가 인간에게 가장 좋은 방식으로 구성되었음을 의미합니다. 인간은 6일 일하고 하루 쉴 때 생명력을 가장 잘 복원할 수 있습니다. 최근 이를 뒷받침하는 많은 의학적 논문이 나왔습니다. 인간의 생체주기 리듬이 6일 일하고 하루 쉬면서 재조정되고 회복된다는 것입니다. 무쇠로 만든 공장의 기계도 쉬지 않고 내내 가동하면 고장이 납니다. 인간의 몸과 마음도 쉬지 않고 일할 경우 생산성도 떨어지고 건강도 잃게 됩니다. 하나님의 창조 질서에 맞게 일하고 쉴 때 비로소 인간은 가장 건강하고 행복하게 삶을 영위할 수 있습니다.

이것은 학습에도 동일하게 적용됩니다. 일주일 내내 학습한다고 해서 결코 공부를 잘하는 것이 아닙니다. 실제로 제 주변에서 하나님을 믿지 않는 세상 친구들(서울대학교 학부생들과 대학원생들과 동료 연구원들) 가운데 학습을 아주 탁월하게 잘하는 일부 학생들은 하나님을 믿지 않음에도 불구하고 일요일은 푹 쉬거나 취미활동을 하며 보내는 경우가 많습니다. 그들에게 왜 일요일은 쉬느냐고 물어보면 이렇게 답합니다. "일요일은 쉬어야지 머리가 돌아가죠. 일요일도 공부하면 공부도 잘 안 되고 월요일부터 제대로 공부하고 연구하기가 어려워요. 학습 능률을 높이고 꾸준히 학습하려면 반드시 하루는 잘 쉬어야 해요."

그들은 하나님을 믿지 않지만 그들의 학습 스타일은 하나님의 창조 질서를 따릅니다. 비록 그들은 그것이 하나님의 창조 질서라는 것을 모르지만 그것을 순종하면서 학습에 좋은 결과를 얻고 있습니다. 하나님의 자녀들이 아닐지라도 인간이 하나님의 창조 질서에 순종하며 살 때 일과 학습과 삶에 행복한 열매들이 생깁니다. 하나님의 자녀들 역시 6일 학습을 통해 동일한 학습 효과와 능력을 얻을 수 있습니다.

물론 하나님의 자녀들은 비록 이런 이득과 보상과 효과의 열매들이 없을지라도 하나님의 말씀이기에 당연히 순종해야 합니다. 그리고 순종해야 인간이 하나님 안에서 가장 건강하고 행복하게 살 수 있습니다. 하나님은 순종하는 하나님의 자녀들에게 한없는 축복을 선물해주십니다. 많은 분이 제게 묻습니다.

"6일 학습만 해도 과연 서울대학교를 갈 수 있나요? 수험생이 1년에 52일을 공부를 못 해도 좋은 성적 받을 수 있나요? 공부에 손해가 아닌가요?"

제 대답은 한결같습니다. "네, 갈 수 있습니다." 다니엘리더스스쿨 학생 가운데 서울대학교 사범대를 수석 입학하여 전액 장학금을 받은 기철이, 남들보다 1년 일찍 고2의 나이에 고려대학교 자유전공학부에 합격한 민준이, 고려대학교 영어교육과에 넉넉히 합격한 지은이, 고려대학교 사범대에 합격한 준우, 이화여대 건축학과 차석으로 반액 장학금을 받은 정은이, 총신대 4년 장학생으로 합격한 윤수 등 참 많은 학생이 있습니다. 물론 저도 있습니다.

다니엘리더스스쿨 전교생은 월요일부터 토요일까지 6일 학습을 한 후 주일은 일체의 교과학습을 하지 않고 온전히 하나님 안에서 안식하며 보냅니다. 1년이면 52일을 공부하지 않습니다. 고3, 재수생, 삼수생도 동일하게 주일을 그렇게 보냅니다. 이들은 1년간의 수험 생활 가운데 다른 수험생들보다 52일 적게 학습합니다. 그렇지만 7년 동안 다니엘리더스스쿨 학생들의 성적은 입학하기 전보다 대부분 큰 폭으로 향상되었습니다.

중고등학생들도 그렇지만 재수생과 삼수생 대부분이 이곳에 들어오기 전에는 교회를 다니면서도 일요일에 학습을 했던 친구들입니다. 이 친구들은 처음에는 많이 불안했다고 합니다.

'재수를 하면서 다른 친구들보다 52일이나 적게 공부하고 하루 매일 2시간 30분 예배를 드려야 하니 공부시간이 다른 세상 친구들보다 적은데 괜찮을까? 혹시 또 떨어지면 어떡하지? 점수가 오르지 않으면 어떡하지?' (은주)

그런 고민과 걱정을 가진 친구들이 막상 1년을 지내고 결과를 보면 입학하기 전보다 더 좋은 성과를 냅니다. 최근에 온 삼수생 은주는 재수 때 유명 입시학원에서 일요일도 쉬지 않고 열심히 공부를 했다고 합니다. 그렇지만 결국 원하는 학교에 입학하지 못하고 다시 공부를 하게 되었습니다. 삼수를 이곳 다니엘리더스스쿨에서 했습니다. 은주는 말합니다.

"솔직히 재수 때보다 공부시간은 적었어요. 왜냐하면 DLS에서는 일요일에 공부를 안 했으니까. 재수 때는 일요일에도 정말 열심히 공부했거든요. 진짜 지독하게 했어요. 그런데 수능시험이 다가올수록 마음이 너무 불안하고 초조해서 사실 공부가 손에 잘 안 잡히고 시험 당일에도 최상의 컨디션으로 시험을 보지 못했어요. 그런데 삼수 때는 주일을 온전히 하나님 안에서 예배드리고 쉬면서 몸과 마음이 참 평안해졌어요. 그래서 재수 때보다 공부시간은 적었지만 결과는 훨씬 좋게 나왔어요. 역시 하나님이 도우셨어요. 참 신기해요."

저 역시 서울대학교에서 공부할 때 수많은 친구가 일요일에 도서관에서 공부할 때도 오전에는 대예배를 드리고 오후에는 대학부 예배와 대학부 리더로서 아이들에게 성경을 가르치며 하루를 보냈습니다. 주일날 도서관에 가지 않고 온전히 6일 학습을 했지만 서울대학교 수석 졸업이라는 귀한 결실을 하나님께서 허락해주셨습니다. 제가 그랬던 것처럼 저의 제자들도 철저히 6일 학습을 하며 주일을 온전히 거룩히 지키고자 애쓰고 있습니다.

저는 아이들에게 비록 6일 학습을 해서 성적이 떨어진다 하더라도 하나님의 말씀을 지키고 사는 것이 성적보다 더 중요하다고 말합니다. *성적이 우리 인생을 책임지는 것이 아니라 하나님의 말씀을 순종하고 하나님을 섬기는 것이 우리 인생을 책임집니다.* 하나님이 우리의 주인이시고 우리의 전능하신 아버지 하나님이십니다. 할렐루야! 오직 하나님께만 영광을!

도서관과 예배당,
하나님께서 허락하신
소중한 선물

영국에서 공부할 때 우연한 기회에 하나님의 은혜로 옥스퍼드대학과 도서관 내부를 둘러보았습니다. 생각보다 아주 작고 아담한 도서관이었습니다. 공부하기 아주 좋은 곳이었습니다. 그때부터 저는 다니엘리더스스쿨 도서관을 어떻게 만들면 좋을지 계속 생각했습니다.

현재 저는 다니엘리더스스쿨 도서관 한구석에 연구실이 있어 아이들과 함께 공부하며 사역하고 있습니다. 어디에 내놓아도 손색이 없을 정도로 최첨단의 공기정화 장치와 온도와 습도 조절 시스템과 최적의 조도를 갖추고 있습니다. 하루 종일 공부해도 덜 피곤하고 즐겁게 공부할 수 있는 도서관입니다. 저는 강의할 때와 운동치료

시간을 빼고 대부분의 시간을 이곳 도서관에서 학생들과 보냅니다. 열심히 아이들을 가르치고 연구하다보면 금세 아침식사 시간이 되고 열심히 공부하다보면 하루가 지납니다.

우리 학생들이 가장 좋아하는 장소 중 하나는 예배당입니다. 광주에서 아주 솜씨 좋으신 목수분들께서 오셔서 원목으로 직접 지어주신 예배당입니다. 이분들은 하나님을 믿지 않는 분들이지만 공사하시면서 DLS 학생들이 예배드리고 공부하는 모습을 몇 번 보았습니다. 그분들은 "나는 교회에 안 다니지만 애들 보니까 요즘 애들 같지 않네요. 우리 애들도 교회 가라고 하고 싶네요"라고 자주 말씀해주셨습니다. 아이들이 늘 깍듯하게 인사드리며 귀한 공사 감사하다고 공사 도중에 감사편지도 써서 드렸습니다. 공사해주시는 분들께서 지금까지 공사하면서 이런 편지를 받은 적은 처음이라고 저에게 다음과 같이 말씀하셨습니다.

"목사님, 저는 지금까지 누구 눈치 본 적도 없고 제 마음대로 제 성격대로 살았습니다. 제가 좀 한 성격 합니다. 그런데 예배당 공사할 때는 이상하게 마음이 달라져요. 제가 공사하고 있으면 뒤에 누가 있는 것 같아요. 아기 천사들이 뒤에서 보고 있는 것 같아요. 그래서 대충 농땡이 치며 하려 해도 도저히 그렇게 못 하겠더라고요. 저도 지금까지 공사 많이 했지만 이렇게 마음으로 정성을 다한 공사는 처음 같습니다.

목사님 말씀처럼 하나님이 계신가봐요. 여기 애들 봐도 얼굴이 정말 밝고 정말 많이 다르네요. 목사님도 항상 한결같이 잘 대해주셔서 감사드립니다."(최규석 목수님)

지금도 최규석 목수님께 진심으로 감사드립니다. 정성껏 지어주신 예배당에서 매일 세 번 뜨겁게 예배드리고 마음껏 찬양하고 있습니다. 손으로 일일이 만들어주신 멋지고 아름다운 예배당에 오면 참 감사드립니다. "목사님, 이놈이 향나문데요. 제가 이 벽은 아예 향나무로 했어요. 아이들이 공부하다가 피곤하면 여기 와서 이 냄새만 맡아도 많이 좋아질 거예요. 피톤치드 아시죠. 그게 여기서 많이 납니다."

진심 가득히 섬세하게 만들어주신 예배당에서 DLS 아이들은 오늘도 열정적으로 예배드리고 치열하게 기도하고 있습니다. 그 예배당 바닥에 오늘도 눈물과 콧물과 땀방울이 떨어집니다. 이 모든 것이 하나님께서 우리에게 주신 소중한 선물이라고 생각합니다. 주님 영광 위해 더 행복하고 치열하게 공부하기 위해 주신 귀한 도서관과 예배당 잘 사용하고 관리하겠습니다. 그리고 부족한 부분들은 부단히 혁신하고 개혁해나가겠습니다. 이 사역을 위해 머리 숙여 기도 부탁드립니다.

세 번째 기적.
하나님의 성품으로 닮아가는 것

다니엘리더스스쿨은 어떻게 인격훈련을 하는가?

친구가 모르는 문제를 물어보면 시간이 아까워 알아도 모른다고 대답하던 친구들, 힘들고 지친 친구가 보여도 모른 체하고 자신의 공부만 하던 친구들, 하나님을 믿지 않는 친구들에게 천국복음을 한 번도 전하지 않던 친구들, 부모님께 감사하지 않고 불평불만을 가지고 신경질적으로 대하던 친구들이 DLS 공동체에서 하나님을 경외하고 사랑하는 믿음의 선배, 친구, 후배들과 함께 살면서 이기적이고 연약한 인격들이 다듬어지고 새롭게 변화하는 모습을 보게 됩니다.

자신의 시간을 내어 모르는 친구와 후배에게 학습을 지도하는 친구들, 힘들고 지친 친구를 위해 기도해주고 편지 써주는 친구들, 하나님을 믿지 않는 친구들에게 열정적으로 천국복음을 전하는 친구들, 부모님께 직접 손편지를 쓰고 매주 감사인사를 전하는 친구들로 변하는 일이 DLS 공동체에서는 아주 일상으로 이루어집니다. 하나님을 만나 서로 사랑하고 배려하는 삶 속에서 이런 인격들이 무럭무럭 아름답게 자라고 열매 맺는 것을 봅니다.

저는 이것을 DLS에서 하나님을 만난 학생들이 경험하는 세 번째 기적이라고 생각합니다. *이기적이고 자기중심적인 성격의 학생들*

이 선한 사마리아인을 롤모델로 삼아 자신의 이기심을 십자가에 못 박으며 주변 친구들과 가족들을 돌보며 섬기는 것으로 변화하는 것을 저는 기적이라고 믿습니다. 사람은 쉽게 변하지 않습니다. 겉으로 볼 때 변한 것 같아도 내면까지 변하기는 쉽지 않습니다. 하나님께서는 인격까지도 훈련시키시고 변하게 하실 수 있습니다. **잠언 17장 3절(도가니는 은을, 풀무는 금을 연단하거니와 여호와는 마음을 연단하시느니라)과 에베소서 4장 13절(우리가 다 하나님의 아들을 믿는 것과 아는 일에 하나가 되어 온전한 사람을 이루어 그리스도의 장성한 분량이 충만한 데까지 이르리니)**에서 알 수 있듯이 하나님은 하나님의 자녀의 마음을 훈련시키고 연단시키셔서 그리스도의 온전한 분량까지 이루기를 원하십니다.

DLS 학생들은 하나님 안에서 사랑과 희락과 화평과 오래 참음과 자비와 양선과 충성과 온유와 절제라는 성령의 아홉 가지 인격의 열매들을 맺기 위해 부지런히 인격훈련에 힘쓰고 있습니다. 자신의 부족하고 날카롭고 모난 부분들이 DLS 안에서의 인격훈련을 통해 부드러워지고 남을 배려하는 성품으로 변하는 기적이 매일 눈앞에서 펼쳐집니다. 이런 기적들이 벌어지는 DLS 인격훈련 시스템에 대해 좀 더 구체적으로 살펴보면서 그 가운데서 역사하시는 성령의 역동적인 은혜들을 함께 나누고자 합니다.

공동체 생활:
철이 철을
날카롭게 만든다

인격은 학교에서 수업을 많이 듣는다고 저절로 생기지 않습니다. 어떻게 훈련될 수 있을까요? 저는 20년간 청소년들을 가르치고 양육하면서 이 부분에 대해 많이 기도하며 연구했습니다. 어떤 시스템을 만들면 인격훈련이 잘될 수 있을까? 그러던 중에 어머니 박삼순 전도사님의 이야기에서 큰 깨달음을 얻었습니다. 박삼순 전도사님은 자주 말씀하십니다.

"형제들이 많은 아이들은 형제들과의 다양한 관계 속에서 어려서부터 사회성을 배우고 남을 배려하는 인격훈련이 잘된다."

요즘 대부분의 가정들이 자녀가 한 명 혹은 두 명으로 형제자매가 많지 않습니다. 그들은 부모님께 집중적으로 사랑과 돌봄을 받습니다. 그러다보니 내면이 건강하지 못하고 지나치게 부모를 의지하는 아이들이 늘어가고 있습니다. 심지어 대학에 가서도 부모가 수강신청을 대신 해주고 수업 계획을 대신 짜주는 일까지 벌어집니다. 형제자매가 없거나 적다보니 다양한 관계 속에서 성격의 모난 부분들이 잘 연마되는 인격훈련을 기대하기가 어려워졌습니다.

그와 더불어 청소년들은 또래집단과의 건강한 인격적인 교제를 통해 자기 인격의 부족한 부분들이 채워지고 다듬어질 수 있는데 현재 한국 중등교육의 현실에서는 쉽지가 않습니다. 교과 중심의 입시경쟁 교육체제이기에 학생들은 같은 반 학생을 친구라고 여기기 이전에 내신 경쟁자, 대학입시 경쟁자로 여겨 깊이 있는 대화와 마음을 연 교제는 잘 이루어지지 못합니다. 모든 생활이 지나치게 공부에 집중되어 친구들과 대화하고 함께 운동하고 어울리며 서로의 인격이 부딪치고 다듬어지고 보완되는 인격훈련의 시간이 턱없이 부족한 실정입니다.

학교, 학원, 독서실, 집 등 주로 혼자 있는 시간이 많기에 아이들은 그 고독함을 이기기 위해 스마트폰, 컴퓨터 게임, 야동 등 혼자 놀 수 있는 것들에 집중합니다. 여러 친구들과 선후배들과 가족들과의 인격적인 부딪침을 통해 모난 부분들이 깎이고 둥글둥글해지는 경험이 없이 날카로운 부분들이 삐죽삐죽 삐져나오지만 문제의 심각성을 모른 채 학습에만 집중합니다. 그 결과 개인주의적인 성격은 점차 이기적인 성격으로 변화되고 학습은 잘하지만 인격이 삐뚤어지거나 지독하게 자기중심적인 성격을 가진 학생들이 많아졌습니다. 이들이 소위 사회의 엘리트가 되어 지도층이 되었을 때 연약한 사람들을 배려하고 섬기는 일들이 잘 이루어지기란 어려운 일입니다.

이런 문제들을 해결하기 위해 다니엘리더스스쿨에서는 학생들이 함께 횡과 종으로 어우러져 있습니다. 믿음의 좋은 선후배들과 친구들에게 포위(?)됩니다. 24시간 믿음의 형제자매들과 말 그대로 신앙 공동체 생활을 하게 됩니다. 주일날만 잠깐 보는 교회학교 형제자매들이 아니라 하나님께 뜨겁게 찬양하고 기도하고 예배드리며 하나님 안에서 함께 격려하고 기도해주는, 24시간을 함께 생활하는 믿음의 신앙 공동체 생활이 시작됩니다. 그런 공동체 삶 속에서 가치관이 형성되는 중요한 시기인 청소년기를 보내는 학생들은 서로의 삶과 행동에 선한 영향을 미치게 됩니다.

이제 다니엘리더스스쿨의 공동체 생활에 대해 좀 더 구체적으로 살펴보고자 합니다. 수능을 위한 단순 군집이 아닌 신앙 공동체라고 부를 수 있는 이유들이 무엇인지 자세히 들여다보고자 합니다.

엘더시스템:
믿음의 형과 언니를
신입생의 엘더로 임명한다

엘더시스템은 다니엘리더스스쿨에서만 볼 수 있는 아주 특별한 장점입니다. 신입생의 성격과 잘 어울리면서 신앙과 실력을 갖춘 믿음의 형과 언니를 면접을 통해 신입생의 엘더로 임명합니다. 엘더는 신입생이 다니엘리더스스쿨에 잘 적응하고 생활할 수 있도록 늘 함께 있으며 도와주는 선배를 의미합니다. 도서관에서 신입생은 엘더 옆자리에 배정됩니다. 숙소에서는 이층침대를 함께 사용합니다. 식사할 때도 함께 식사하고 예배드릴 때도 함께 옆에서 예배드리며 후배가 학교 생활에 잘 적응하도록 도와줍니다. 갓난아기를 24시간 돌보는 것처럼 옆에서 도와주고 챙겨줍니다.

부엘더는 두 명의 동급생으로 이루어집니다. 엘더가 좋은 형과 언니라면 부엘더는 좋은 친구라고 보면 됩니다. 신입생이 들어오면 낯선 환경에서 적응하도록 같은 또래의 친구 두 명이 함께 신입생을 챙겨줍니다. 이렇게 선배와 친구들로 구성된 세 명이 신입생을 도우며 섬깁니다. **전도서 4장 2절(한 사람이면 패하겠거니와 두 사람이면 능히 당하나니 삼겹 줄은 쉽게 끊어지지 아니하느니라)**처럼 엘더, 부엘더로 이루어진 삼겹 줄인 엘더시스템 덕에 신입생은 낯선 환경에서 잘 적응할 수 있습니다.

아래 편지는 사랑하는 진성이의 편지 중 일부입니다. 진성이는 다니엘리더스스쿨에 들어온 지 1년이 된 현재 중2 남학생입니다. 그의 엘더는 부팀장을 맡고 있는 참 믿음직한 준우입니다. 엘더시스템이 얼마나 소중하고 필요한 시스템인지 잘 알려주는 내용입니다.

사랑하는 김동환 선생님께

안녕하세요? 김동환 선생님.
저는 2016년 3월 1일로 1년 된 정진성 학생입니다. 정말 어떻게 시간이 흘러갔는지 알 수 없을 정도로 소중하고 감사한 시간이었습니다. 이곳에서 이렇게 많은 것을 얻었다는 것에 대해 하나님께 감사드리고 부모님께 감사드리고 선생님께 감사드립니다.

지난 1년을 돌아보면 저는 좋은 엘더(준우 형), 좋은 선생님들과 형과 누나들 그리고 좋은 믿음의 친구들, 인격, 실력, 신앙을 얻었습니다. 세상에서는 얻지 못하는 아주 귀한 시간이었습니다. (…)

저에게 좋은 엘더 준우 형을 배정해주셔서 감사합니다. 입학 당일 저는 많은 두려움이 있었습니다. 그때 준우 형이 옆에서 많이 도와주셔서 그래도 잘 적응할 수 있었습니다. 입학 당일부터 자기 전에 같이 기도하고 자자고 하셔서 같이 기도하고 잤습니다. 그렇게 기도를 하고 자니 마음이 평안했습니다. 그뿐만 아니라 준우 형이 제가 첫 후배라고 안 되는 것은 바로 안 된다고 신경 써 말해주셔서 저는 DLS에서 바르게 생활할 수 있었습니다.

너무 많이 신경 써 주셔서 의견이 안 맞을 때도 있었습니다. 그러나 형은 항상 저를 위해 기도해주시고 또 제가 아파서 집에 자주 갔었는데 아플 때마다 항상 저에게 와서 "빨리 낫게 해주세요"라고 기도해주셨습니다. 그때마다 표현을 못했지만 감사했습니다.

또 준우 형뿐만 아니라 다른 형들도 다 좋은 길로 갈 수 있도록 도와주셔서 무척 감사했습니다. 덕분에 자신감이 없었던 저는 지금 다니엘리더스스쿨 밴드에서 베이스기타로 섬기고 있습니다. 이것이 정말 하나님의 은혜입니다. 앞으로도 봉사도 열심히 하고 하나님의 좋은 군인이 되도록 노력하겠습니다. 선생님을 위해 열심히 기도하겠습니다. 선생님 사랑합니다. 존경합니다.

2016년 3월 1일
정진성 학생 올림

엘더학습 제도:
먼저 배운 학생이
뒤처진 학생을 도와준다

다니엘리더스스쿨의 아주 특별한 점은 엘더학습 제도입니다. 먼저 배운 학생이 자신보다 학습이 뒤처진 학생 혹은 후배에게 시간을 내어 학습을 가르쳐주는 것을 의미합니다. 교육학에서 '배운 내용을 가장 확실하게 자기 것으로 만드는 가장 좋은 방법의 하나는 배운 것을 남에게 가르치는 것'이라 말합니다. 엘더학습은 배우는 학생에게도 도움이 되지만 가르치는 학생에게도 복습이 됩니다. 선생님이 가르쳐주는 것과 별도로 또래 혹은 선배가 가르쳐줄 때 자연스러운 분위기에서 좀 더 편하게 모르는 것을 물어보고 배울 수 있습니다.

"여기 오기 전에는 당연히 엘더학습 같은 거 안 했죠. 수험생인 제가 제 공부시간도 아까운데 왜 하겠어요? 그런데 하나님을 인격적으로 만나고 나니깐 정말 너무 감사한 거예요. 그래서 하나님이 이웃을 사랑하라고 말씀하신 것 지키고 싶은데 제가 뭘 하면 좋을까 생각해봤어요. 저는 엘더학습을 통해 아이들을 도울 수 있겠더라고요. 그래서 시작했어요. 그런데 참 신기한 게 하다보니 제가 얻는 것이 더 많더라고요.

사실 제가 성격이 좀 덜렁대서 평소에 실수를 많이 해요. 후배 지훈이에게 확률과 통계를 가르쳐주면서 그날도 풀이해주다가 실수를 하더라고요. 순간 많이 창피했죠. 그다음부터는 더 철저히 예습도 하고 실수를 줄이려고 노력하게 되더라고요. 후배를 가르치다보니 혼자 공부할 때 무심코 지나간 것도 꼼꼼히 보게 되고요. 그렇게 몇 달 지나면서 수학 실력이 늘어 1등급이 되었어요. 제 실력 향상을 위해 시작한 건 아닌데 정말 신기하고 감사해요." (강성호)

성호의 이야기처럼 아이들이 엘더학습을 시작하는 계기는 오직 하나님과의 만남에서 오는 하나님의 깊은 사랑과 은혜 체험 덕분입니다. 그것을 통해 시작한 사랑 나눔이자 지식 나눔인 엘더학습이 배우는 학생에게만 이익을 주는 것이 아니라 가르치는 학생에게도 실력 향상이라는 선물을 줍니다. 엘더학습은 하나님의 깊은 사랑을 받은 사람이 이웃을 사랑하라는 하나님의 말씀을 순종하는 것만으로도 충분한 의미가 있습니다. 그런데 하나님께서는 이웃사랑을 나누고 실천하는 가르치는 친구들에게 실력 향상의 선물까지 주시는 것을 7년 동안 지켜보았습니다. 그 놀라움은 이루 다 말할 수 없습니다.

엘더학습을 통해 공부를 배우는 학생과 가르치는 학생은 건강하고 좋은 상호 인격 작용을 합니다. 가르치는 선배의 섬김을 통해 배우는 후배는 섬김과 나눔에 대해 직접 배우고 경험하게 됩니다. 엘더학습을 받은 학생들은 받기만 하는 것이 아니라 학습 실력이 향상된 뒤 자신보다 부족한 후배들에게 또 받은 사랑을 나누어줍니다.

이렇게 엘더학습을 통해 사랑과 나눔과 섬김이라는 건강한 성품들이 청소년들 사이에서 자라고 선순환합니다. 이런 인격적 상호 섬김 관계를 통해 학생들은 하나님 안에서 성령의 아홉 가지 열매인 사랑과 희락과 화평과 오래 참음과 자비와 양선과 충성과 온유와 절제를 잘 배우고 자신의 것으로 익힐 수 있습니다.

팀 모임:
팀장과 팀원들이 서로
부족한 부분을 채운다

다니엘리더스스쿨 학생들은 모두 각 팀에 소속되어 있습니다. 팀은 보통 10~12명으로 구성됩니다. 한 명의 팀장과 한두 명의 부팀장이 팀을 이루어나갑니다. 팀원들은 세 테이블에 나누어 함께 앉아서 도서관에서 학습합니다. 매일 하루 일과를 마치면 도서관에서 팀장의 인도로 팀원들이 하루 삶을 나누고 함께 기도하며 하루를 마무리합니다. 신입생들은 엘더의 섬김뿐만 아니라 팀장과 여러 팀원들과 귀한 교제를 통해 인격의 부족한 부분들이 채워지고 튀어나온 부분들은 부드럽게 변합니다.

팀은 일종의 소그룹으로 이루어진 형제 혹은 자매 모임입니다. 나이가 어느 정도 있으면서 신앙과 실력과 인품이 다니엘리더스스쿨 전체에서 뛰어난 친구들이 팀장으로 선발됩니다. 대개 고3 혹은 재수생이나 삼수생 가운데 선발됩니다. 간혹 신앙과 실력과 인격이 남다른 친구는 고2 때 되는 경우도 있습니다. 부팀장은 팀장보다 나이가 한두 살 어리면서 신앙과 실력과 인격이 좋은 친구들로 선발됩니다. 팀원의 연령층은 중1부터 고3까지 다양합니다. 큰 형인 팀장과 작은 형인 부팀장이 8~9명의 동생들과 함께 공부하며 부족한 부분은 채워주고 권면합니다.

때로 아이들은 선생님보다 약간 나이 있는 형들의 이야기를 더 잘 듣곤 합니다. 형제 많은 아이들이 서로 부대끼고 대화하며 관계성과 사회성이 발달되는 것처럼 팀은 작은 형제 혹은 자매 공동체이자 인격훈련의 훈련체입니다. 팀장들은 각 팀의 팀원들을 친동생처럼 여기고 돌보는 책임을 지고 있습니다. 그래서 팀장들은 맏형처럼 의젓하고 믿음직스럽습니다.

매주 팀별로 교칙을 잘 지켰는지 점수로 환산하여 1등팀과 꼴등팀을 뽑습니다. 꼴등팀은 주일 모든 예배가 끝나면 2시간 정도 '벌'로 함께 기도하고 대화하는 시간을 가집니다. 점수가 가장 낮은 팀이 꼴등이 되는 것이 아닙니다. 꼴등이어도 점수가 마이너스로 내려가지 않으면 '벌'을 받지 않습니다. 1등팀은 가장 점수가 높은 팀을 뽑습니다. 상은 다양합니다. 맛있는 것 사주기, 자유시간 주기, 음료나 케이크 쿠폰 등입니다. 팀장과 부팀장과 팀원들은 매일매일 다니엘리더스스쿨의 교칙을 잘 지키며 성실하게 생활하도록 서로를 격려하고 함께 기도합니다.

일반 학교에서는 또래집단 30명 정도가 모여 반을 이루지만 다니엘리더스스쿨의 팀은 다양한 연령층이 10~12명 정도가 모인 '가족'의 개념이 매우 강합니다. 부모형제와 떨어져 다니엘리더스스쿨에 왔기에 팀은 '새로운 가족', '형제자매'의 역할을 합니다. 예수 그리스도를 머리로 두고 각 팀원들이 손과 발과 몸의 역할을 하며 유기적으로 연결된 DLS 안의 작은 생명 공동체입니다.

수능이 다가오면 팀원들은 수능을 보는 형, 언니를 위해 마음을 다해 기도해줍니다. 대략 한 팀에 수험생이 2~3명은 있기에 팀원들이 형, 언니 손을 잡고 둘러싸서 집중적으로 기도해줍니다. 그 모습이 참 귀하고 아름답습니다. 서로 어려운 일이 있으면 팀원들이 도와주고 팀원이 해결하기 어려운 문제가 있으면 팀장이 나서서 함께 해결합니다. 이들은 파송을 받고 다니엘리더스스쿨을 떠난 후에도 긴밀하게 연락하고 교제하며 '거룩한 네트워크'를 형성합니다.

"수능이 다가오는데 동생들이 쪽지를 주거나 같이 기도해주면 동생들이 정말 나를 사랑하는구나! 이 동생들을 통해서 내가 정말 따뜻한 사랑을 받고 있구나! 수험 기간 정말 치열한데 밖에 있는 다른 사람들은 다른 것으로 위로받지만 여기서는 동생들을 통해서 위로받을 수 있구나! 하고 느낍니다. 특히 붙잡아주고 기도해줄 때 은혜를 많이 느낍니다. 서로 붙잡아주고 하니까 마음이 더 확 느껴져요. (…)

반이랑 팀이랑 다른 것은 반은 끼리끼리예요. 친한 사람은 친하고 안 친한 사람은 안 친하고 별로 신경을 안 쓰는데 팀은 가족! 가족 공동체라고 하나? 저는 친구들한테 잘 지내는지 물어보거든요. 제가 챙겨주니까 그 친구들도 다른 팀원들을 또 챙기면서 애들한테 모두 플러스 플러스가 되는 것 같아요. 저는 팀을 DLS 안의 작은 공동체라고 생각해요. 작은 공동체가 모인 것이 큰 DLS고요. 그게 DLS의 힘이라고 생각해요."
(성주민)

"형들이 많으니까 외롭지 않아요. 든든해요. 힘들 때 잘 챙겨주니까 덜 힘들어요. 저처럼 어린 친구들은 거의 다 형이니까 형들이 잘해주면 힘이 많이 나요. 특히 팀장 형이 밑의 형들에게 동생들 잘 챙겨주라고 하면 밑의 형들은 동생들 잘 챙겨주고 제가 거의 제일 막내니까 사랑도 제일 많이 받고요."(정은수)

팀장을 뽑는 것은 필자가 직접 합니다. 무척 소중하고 중요한 일이기에 많이 기도하고 뽑습니다. 팀장이 되기까지 긴 훈련 기간과 기도와 눈물이 필요합니다. 그렇게 훈련된 친구들이 세워지는 것이기에 팀장을 임명할 때 전교생이 크게 박수를 칩니다. 그 팀장이 그

동안 하나님과 선배에게 받은 사랑을 다시 팀원들에게 나누어주고, 그렇게 사랑을 받은 팀원들이 또 다른 후배들에게 나눠줍니다. 그렇게 해서 후배들은 신앙과 실력과 인격이 성장하여 다시 팀장이 되어 후배들에게 '내리사랑'을 해줍니다. 이것이 팀 모임의 가장 큰 장점 중 하나라고 생각합니다.

스승과 제자의 관계:
다니엘과 같은
믿음의 인재를 키운다

매일 출근하면서 스스로에게 물어봅니다.

'나는 왜 출근하는가? 나는 왜 이 새벽에 출근하는가? 나는 목자인
가? 만약 내가 목자라면 나는 좋은 목자인가?'

저는 보통 월요일 새벽부터 토요일 밤 12시까지 일합니다. 주일에
는 교회에서 사역합니다. 보통 새벽 5시에 출근하여 저녁 10시, 토
요일은 저녁 12시에 퇴근합니다. 집에 있는 시간이 별로 없습니다.
남들에게는 열심히 사역하는 것처럼 보일 수도 있습니다. 하지만 사
도 바울이 사역하는 것을 보면 늘 부족함을 느낍니다. 사도 바울은

아팠지만 자신의 생명을 돌보지 않고 죽으면 죽으리라는 마음으로 사역했습니다. 저도 그렇게 해야 한다고 생각합니다.

그렇지만 저도 사람인지라 때로는 힘이 듭니다. '나도 좀 쉬고 싶다. 나도 좀 편안하게 살고 싶다. 지난 20년 동안 쉼 없이 많이 사역했으니까 좀 쉬어도 되지 않을까?' 그럴 때마다 왜 출근해야 하는지를 저 자신에게 물어봅니다.

'내가 하는 이 일은 하나님을 위한 것인가 나를 위한 것인가? 만약 나를 위한 것이라면 너무 힘드니까 이렇게 하지 말자. 적당히 하자. 그렇지만 하나님을 위한 것이라면 힘들어도 죽도록 충성하자. 사도 바울 선배님 사역에 비하면 이것은 천분의 일도 안 된다. 아직 멀었어.'

이렇게 새벽에 일어나서 다짐을 하고 출근합니다.

매일 아침 새벽예배에 와서 아이들을 보면 힘이 납니다. 아이들이 예배드리는 눈동자만 보면 행복해집니다. 7년간 매일 이렇게 새벽을 깨우며 아이들과 동고동락할 수 있었던 것은 하나님 안에서 뜨겁게 예배드리고 변화하는 아이들을 돌보는 일이었기에 가능했다고 생각합니다.

설교시간은 저에게 가장 행복한 시간입니다. 설교는 제가 하는 것이 아니라 하나님이 저에게 하시는 말씀을 듣는 시간이기 때문입니다. 설교가 저의 입에서 나오는 것은 맞지만 저는 그 설교 내용을 듣는 첫 번째 대상입니다. 그래서 저는 새벽설교를 하고 나면 다음 설교가 기다려집니다. 하나님께서 설교를 통해 저에게 어떤 말씀을 해 주시고 제가 무엇을 순종하면 되는지 알고 싶기 때문입니다.

이 책을 쓰는 오늘 새벽에도 고린도전서 6장 말씀을 하려고 준비를 마쳤지만 출근하는 길에 하나님께서 마태복음 12장 말씀에 대하여 강한 감동을 주셨습니다. 그리고 어김없이 저는 하나님이 감동 주신 말씀을 가지고 설교를 하면서 설교하는 동시에 제가 가장 집중해서 설교를 듣습니다. 정말 큰 은혜와 깨달음과 새 힘을 얻었습니다. 하나님께 오직 모든 영광 돌립니다. 하나님 감사드립니다.

설교를 시작하고자 강단에 서면 하나님께서 아이들을 얼마나 사랑하는지 느껴집니다. 강단에 서면 제일 먼저 아이들 얼굴을 찬찬히 한 명씩 봅니다. 어제저녁 아이들이 잘 잤는지 밤사이 영적으로 건강한지 잘 들여다봅니다. 아이들과 서로 얼굴을 보면서 강단에서 인격적인 교류를 한 후 설교를 시작합니다. 하나님이 아이들에게 주시고 싶은 말씀은 정말 꿀송이보다 달고 귀합니다.

하나님 말씀은 몇십 년을 보고 듣고 외웠어도 늘 새롭습니다. 수십 번 아니 수백 번을 본 내용인데도 아직 깨달을 것이 많음을 설교하면서 발견하기에 늘 저 자신이 얼마나 부족한 존재인지 깨닫습니다. 그와 동시에 하나님 말씀이 얼마나 위대하고 측량이 불가능한지 알게 됩니다. 하나님 말씀을 전하면서 아이들의 얼굴을 봅니다. 말씀을 듣는 얼굴에 서서히 빛이 나기 시작합니다. 전하는 말씀을 받아먹으면서 영혼이 살아나는 것을 직접 눈으로 보는 것만큼 설교자에게 행복한 순간은 없습니다. 참 감사하고 거룩한 순간입니다.

예배를 드린 후 저는 아이들과 함께 도서관으로 올라옵니다. 도서관 한구석에는 제 자리가 있습니다. 여기서 지금 이 책을 쓰고 있습니다. 아이들과 같은 도서관에서 함께 공부하고 연구합니다. 저는 연구할 것이 매우 많습니다. 목사로서 해야 할 연구와 사역, 교육학자로서 해야 할 연구, 종교학자로서 해야 할 연구 그리고 국어, 영어 선생으로서 해야 할 연구와 예습할 책들이 잔뜩 있습니다. 작가로서 해야 할 연구와 저술도 무궁무진합니다. 새벽부터 저녁까지 강의할 때를 제외하고 매일 쉬지 않고 도서관에서 아이들과 함께 공부하고 연구하고 가르치고 배웁니다. 공부하다 힘들면 도서관을 한 바퀴 돌면서 아이들 공부하는 모습을 돌아보고 피곤한 친구들 등을 두드려줍니다. 아이들은 저를 보고 힘을 얻고 저는 하나님의 영광을 위해 열심히 애쓰는 사랑하는 제자들을 보고 힘을 얻습니다.

"선생님은 항상 도서관에서 공부하는 저희 학생들을 생각하셔서 세밀한 하나하나까지도 그냥 내버려두지 않으십니다. 심지어 습도와 형광등 불빛 세기, 온도까지도 철저히 신경 써주십니다. 몸이 많이 아프신

중에도 저희에게 본을 보여주시려고 도서관에서 12시간 이상 동안 저희와 함께 공부하세요. 그 때문인지 도전을 받아서 열심히 안 할 수가 없습니다."(정민수)

잠자는 시간을 빼고는 1년 365일을 아이들과 보냅니다. 설과 추석 때를 제외하고는 크리스마스와 공휴일도 함께 지냅니다. 매년 크리스마스 날 저녁에는 팀별로 장기자랑과 성극을 공연합니다. 아이들이 공연하는 것을 보면 얼마나 끼가 많고 에너지가 넘치는지 모릅니다. 평소에 신앙훈련과 학습훈련에 매진하는 친구들이 언제 저렇게 준비하고 열정적으로 공연하는지 참 신기할 정도입니다.

아이들과 그렇게 매일 지내다보니 정이 많이 듭니다. 그래서 아이들을 보지 않으면 보고 싶어서 집에 왔다가도 다시 갑니다. 이런 마음을 주신 하나님께 진심으로 감사드립니다. 이 모든 것이 제가 하는 것이 아니라 하나님께 붙들려 출근하고 사역함을 하나님 앞에서 고백합니다.

저는 꼭 다니엘과 같은 믿음의 인재를 키우고 싶습니다. 저는 21세기 바나바와 같은 사람이 되고 싶습니다. 바울이 바울이 될 수 있었던 것은 바나바의 도움이 컸습니다. 대한민국에 각 분야마다 다니엘과 같은 믿음의 인재들이 그 어느 때보다 절박하게 필요합니다. 저는 21세기 하나님의 천리마를 양성하는 하나님의 백락이 되고 싶습니다.

하나님의 자녀들이 현재 국어, 영어, 수학 성적에만 매달려 하나님이 주신 천리마와 같은 재능들을 사용하지 않은 채 너무 쉽게 하나님이 주신 비전과 꿈을 포기하고 하나님이 주신 소중한 시간을 그냥 흘려보내고 있습니다. 하나님이 주신 재능이 무엇인지도 모른 채 그냥 성적이 나오지 않기에 제대로 준비해보지도 못하고 그 재능들이 사장되고 있습니다.

하나님 안에서 얼마든지 다시 시작하고 역전할 수 있습니다. 7년 동안 다니엘리더스스쿨에서 수많은 학생들을 가르치고 양육하면서 내린 결론은 하나님 안에서 어떤 학생이라도 새로워질 수 있고 다시 시작할 수 있다는 것입니다. 심지어 교도소를 다녀온 친구도 이곳에서 하나님을 만나 변화를 받아 대학을 가고 정말 멋지게 하나님의 일꾼으로 준비되고 있습니다. '폭력 일짱' 윤철이도 하나님을 만나서 완전히 새롭게 변했습니다.

"처음 DLS에 와서 두 번 크게 놀랐어요. 첫째는 우리 학교 일짱 윤철이가 이곳에 있어 놀랐고 둘째는 윤철이가, 제가 알던 윤철이가 완전 달라졌다는 데 놀랐어요. 윤철이는 학교에서 감히 제가 쳐다볼 수도 없는 존재였거든요. 윤철이는 말 그대로 보통 학생들은 감히 말 걸 수 없는 존재였어요. 학교에서 폭력문제로 잘린 다음 어떻게 됐나 했는데 정말 깜짝 놀랐어요. 하나님을 만난 윤철이는 180도 변했어요. 저 같은 애도 이

제는 윤철이랑 말도 하고 친해졌어요." (강민웅)

폭력 일짱이든, 술, 담배, 게임, 야동에 중독되어 폐인처럼 살았든,
2년 동안 가출했든, 하나님을 강하게 부정하던 목사님 자녀든, 그 누
구든지 하나님은 절대로 하나님의 자녀들을 포기하지 않습니다. 그
자녀들이 하나님을 원망하고 떠날지라도 하나님은 탕자를 기다리
는 아버지처럼 그들을 변함없이 기다리십니다. 우리 마음 문 밖에서
우리가 마음 문을 열기를 기다리고 또 기다리십니다. 그렇기에 우리
가 하나님 안에서 새롭게 하나님을 찾기를 시작할 때 하나님은 우리
와 만나주시고, 우리를 하나님 안에서 예수의 피로 새로운 피조물로
변화시켜주시고, 새로운 능력과 지혜를 공급해주십니다.

**사무엘이 이스라엘 온 족속에게 일러 가로되 너희가 전심으로 여호
와께 돌아오려거든 이방 신들과 아스다롯을 너희 중에서 제하고 너희
마음을 여호와께로 향하여 그만 섬기라 너희를 블레셋 사람의 손에서
건져내시리라**

_사무엘상 7장 3절

**2. 너와 네 자손이 네 하나님 여호와께로 돌아와 내가 오늘날 네게
명한 것을 온전히 따라서 마음을 다하고 성품을 다하여 여호와의 말씀**

을 순종하면 3. 네 하나님 여호와께서 마음을 돌이키시고 너를 긍휼히 여기사 네 포로를 돌리시되 네 하나님 여호와께서 너를 흩으신 그 모든 백성 중에서 너를 모으시리니 4. 너의 쫓겨 간 자들이 하늘가에 있을지라도 네 하나님 여호와께서 거기서 너를 모으실 것이며 거기서부터 너를 이끄실 것이라 5. 네 하나님 여호와께서 너를 네 열조가 얻은 땅으로 돌아오게 하사 너로 다시 그것을 얻게 하실 것이며 여호와께서 또 네게 선을 행하사 너로 네 열조보다 더 번성케 하실 것이며 6. 네 하나님 여호와께서 네 마음과 네 자손의 마음에 할례를 베푸사 너로 마음을 다하며 성품을 다하여 네 하나님 여호와를 사랑하게 하사 너로 생명을 얻게 하실 것이며 7. 네 하나님 여호와께서 네 대적과 너를 미워하고 핍박하던 자에게 이 모든 저주로 임하게 하시리니 8. 너는 돌아와 다시 여호와의 말씀을 순종하고 내가 오늘날 네게 명한 그 모든 명령을 행할 것이라

_신명기 30장 2~8절

11. 나 여호와가 말하노라 너희를 향한 나의 생각은 내가 아나니 재앙이 아니라 곧 평안이요 너희 장래에 소망을 주려 하는 생각이라 12. 너희는 내게 부르짖으며 와서 내게 기도하면 내가 너희를 들을 것이요 13. 너희가 전심으로 나를 찾고 찾으면 나를 만나리라 14. 나 여호와가 말하노라 내가 너희에게 만나지겠고 너희를 포로 된 중에서 다시 돌아

오게 하되 내가 쫓아 보내었던 열방과 모든 곳에서 모아 사로잡혀 떠나게 하던 본 곳으로 돌아오게 하리라 여호와의 말이니라 하셨느니라

_예레미야 29장 11~14절

이 세 구절의 말씀을 보면 우리가 하나님께 마음 문을 열고 전심으로 돌아가기만 하면 하나님께서 우리를 만나주시고 회복시켜주심을 알 수 있습니다. 귀한 믿음의 후배들 아직 늦지 않았습니다. 하나님 안에서 하나님 방식으로 얼마든지 역전할 수 있습니다. 하나님의 자녀들이 세상의 골리앗을 부러워하며 골리앗의 방식으로 공부한다면 돈은 돈대로 들고 성적은 성적대로 나오지 않고 결국 아이들의 영혼은 죽습니다. 하나님의 자녀들에게는 하나님의 자녀에게 맞는 신본주의 학습 원리가 있습니다. 다니엘리더스스쿨에서는 바로 이 신본주의 학습 원리에 의하여 학습하며 생활하기에 놀라운 기적들이 있었던 것입니다.

저는 앞으로도 사랑하는 귀한 제자들이 하나님이 주신 비전을 이루는 것을 도울 것입니다. 아무리 힘들어도 매일 새벽을 깨우며 그들이 하나님의 마음을 시원케 하는 준비된 일꾼이 되는 것을 도우며 양육할 것입니다. 하나님이 보실 때 참 귀한 스승과 제자 관계로 인정받을 수 있도록 더욱더 분발하겠습니다.

자발적 경건기도 모임:
영적인 믿음의 교제가
이루어진다

같은 학년 친구들 혹은 믿음의 선후배들이 적게는 몇 명에서 많게는 수십 명이 모인 다양한 소그룹을 만들어 예배당에서 시간을 정해 경건기도 모임을 가집니다. 저는 이 모임들을 '다니엘리더스스쿨 경건모임'이라고 부릅니다. 이들이 기도하는 것은 누가 시킨 것이 아닙니다. 서로 뜻이 맞는 친구들이 함께 모여 기도합니다. 어떤 기도 모임이든 나라와 민족을 위한 기도, 한국 교회를 위한 기도, 학교를 위한 기도는 포함됩니다. 이 기도 모임을 통해 서로의 기도 제목을 나누고 서로 영적인 믿음의 교제가 이루어집니다.

엘더시스템, 엘더학습, 팀 모임, 스승과 제자의 관계, 자발적 경건기도 모임 등 다니엘 공동체 안에서 다양한 형태의 인격적인 만남과

모임을 통해 예수의 좋은 군인 인격 형성이 이루어지고 사회적 인간 관계를 맺는 기술들이 습득되어집니다. 아무리 실력이 뛰어나도 덕이 없으면 결국 그 사람의 한계가 정해지는 것을 자주 보았습니다. 덕이 있고 인품이 따뜻한 사람들이 결국 공동체와 사회를 살릴 수 있다고 생각합니다.

학습이 아무리 중요하다 해도 인성이 뒷받침되지 않는 탁월함은 주변 사람들을 상처 주는 칼로 사용될 수 있습니다. 다니엘리더스스쿨에서는 믿음의 선생님들과 선배와 친구와 후배 간의 다양하고 건강한 인격적 교제와 기도를 통해 청소년들이 하나님 안에서 거룩한 성품의 열매들을 맺을 수 있습니다.

네 번째 기적.
하나님을 위해 체력을 키우는 것

다니엘리더스스쿨은 어떻게 운동하는가?

다니엘리더스스쿨 학생들이 DLS에서 반드시 해야 할 네 가지 일은 지금까지 살펴본 신앙훈련, 학습훈련, 인격훈련 그리고 체력훈련입니다. DLS 입학 전에 학생들은 자기 몸을 자기 것으로 생각하는 경우가 많습니다. 그런 그들이 DLS에서 하나님을 인격적으로 만난 후 자신의 몸이 자신의 것이 아니라 하나님의 소유라는 것을 깨닫게 됩니다.

우철이는 병원에서 더 담배를 피우면 생명에 위협이 된다는 이야기를 듣고도 담배를 끊지 못한 채 하루 서너 갑을 피우면서 니코틴 중독자로 하나님이 주신 귀한 육체를 망가뜨리고 있었습니다. 민웅이는 매일 소주 5~6병을 마시면서 마음속의 공허감을 잊으려 노력했습니다. 돈이 없을 때는 술을 훔쳐서라도 마실 정도로 알코올에 깊이 빠져 있었습니다. 이 두 친구는 모두 자신의 몸은 자신의 것이라고 생각했습니다. DLS에 들어와서 하나님을 만나기 전에는 한 번도 자신의 몸을 하나님의 것이라고 생각해본 적이 없었다고 고백합니다.

그런 친구들이 하나님을 깊이 인격적으로 만난 후 처음으로 자신의 몸이 자신의 마음대로 할 수 있는 것이 아니라 하나님의 소유로 하나님의 영광을 위해 잘 관리되고 쓰여야 함을 깨닫게 됩니다. 그때부터 이들은 담배와 술을 끊기 위해 처절하게 싸웁니다. 담배와 술 생각이 간절할 때마다 예배당에 가서 정말 많이 울었다고 합니다. 울면서 하나님의 깊은 은혜를 다시 경험하면 담배와 술에 대한 욕구를 견딜 수 있었습니다. 그렇게 몇 개월을 기도하면서 결국 술과 담배를 완전히 끊었습니다.

이들 말고도 많은 친구가 자신의 육체를 대부분 자신의 것으로 여기고 잘 관리하기보다는 함부로 하고 무리하는 경우가 많았습니다. 그런 그들이 하나님을 만나고 그들의 육체가 하나님의 소유로 성령의 전으로서 하나님의 영광을 위해 잘 관리해야 할 것임을 분명히 깨달으면서 체력훈련을 시작합니다. 저는 인간이 자신의 육체를 자신의 것이 아니라 하나님의 소유로 인정하고 그것을 소중히 여기고 관리하기 위해서 체력훈련을 열심히 하는 것을 기적이라고 생각합니다.

이런 기적들이 일어나는 다니엘리더스스쿨 체력훈련 시스템에 대해 좀 더 구체적으로 살펴보면서 그 가운데서 살아 역사하시는 하나님의 불꽃같은 은혜들을 함께 나누고자 합니다.

주 6시간
의무적으로
운동하기

다니엘리더스스쿨의 모든 학생은 의무적으로 주 6시간 운동을 해야 합니다. 운동은 결코 시간 낭비가 아닙니다. 하나님이 주신 육체를 잘 단련하는 시간입니다. 우리의 육체는 우리의 것이 아닙니다. **고린도전서 6장 19~20절(19. 너희 몸은 너희가 하나님께로부터 받은바 너희 가운데 계신 성령의 전인 줄을 알지 못하느냐 너희는 너희의 것이 아니라 20. 값으로 산 것이 되었으니 그런즉 너희 몸으로 하나님께 영광을 돌리라)**에 보면 우리의 몸은 우리의 것이 아니라 예수 그리스도의 핏값으로 하나님께서 사신 것이라고 분명히 말합니다. 우리 몸의 소유주는 우리가 아닌 하나님이십니다. 하나님의 것인 이 몸을 하나님의 영광을 위해 사용하고 잘 관리할 것을 성경은 말합니다.

체력이 뒷받침되지 않으면 하나님의 영광을 위해 제대로 신앙훈련을 하고 학습하기가 어렵습니다. 다니엘리더스스쿨 학생들은 인근 체육센터와 자매결연을 하여 의무적으로 주 3회 저렴한 비용으로 수영을 배웁니다. 수영을 의무적으로 하는 이유는 수영이 학생들에게 여러 가지 장점이 많기 때문입니다. 장시간 책상에 앉아 있는 학생들에게 전신 운동인 수영은 등과 허리 근육을 튼튼하게 만들어 줍니다. 심장을 튼튼하게 하여 혈액순환이 잘 이루어져 뇌에 산소를 원활하게 공급하여 집중력을 높여줍니다. 정신적인 긴장과 스트레스를 해소하는 데 도움을 줄 수도 있습니다. 또 물에 빠졌을 때 자신의 생명과 타인의 생명까지 구할 수 있는 훌륭한 도구가 됩니다.

잠영으로 25미터를 수영할 수 있는 친구들은 헬스, 배드민턴, 탁구, 권투, 자전거, 필라테스 등 원하는 운동을 택해 주 3회 6시간 운동을 할 수 있습니다. 현재 한국 공교육에서는 고3 학생의 경우 체육시간도 자율학습으로 보내는 경우가 허다합니다. 재수종합학원과 기숙학원에서는 의무적인 체육활동 시간이 없습니다. 건강보다는 수능시험이 우선입니다. 건강을 잘 챙기는 것이 결코 공부에 손해되지 않습니다. 적절한 운동은 시간을 들여서라도 반드시 해야 합니다. 그래야 대학입시라는 장기 레이스에서 지치지 않고 지속가능한 학습을 할 수 있습니다.

수능시험은 오전부터 오후까지 하루 종일 집중하여 앉아서 치러야 합니다. 보통 힘든 시험이 아닙니다. 이 시험을 최고의 컨디션으로 치르기 위해 튼튼하고 강인한 체력이 필요합니다. 이를 위해서 운동으로 체력을 단련하는 것은 꼭 필요하기에 다니엘리더스스쿨 학생들은 고3, 재수, 삼수생일지라도 의무적으로 주 6시간 운동을 합니다.

운동을 싫어하는 학생들도 있습니다. 그 친구들은 DLS 방침에 따라 운동을 의무적으로 하라고 하면 무척 싫어합니다. 하지만 운동을 꾸준히 3개월 정도 하고 나면 운동이 주는 기쁨과 힘을 깨닫게 됩니다. 처음에는 강제로 했지만 나중에는 자발적으로 운동을 합니다.

운동을 하면 왜 운동이 학습에 도움이 되는지 분명하게 알게 됩니다. 장시간 책상 앞에 앉아 있어도 허리가 아프지 않고 등이 굽지 않습니다. 하루 종일 시험을 치러야 하는 수능시험 당일에도 지치지 않고 집중력을 발휘할 수 있습니다. 이 책을 보는 많은 청소년이 아직 운동을 시작하지 않았다면 오늘부터 시작해보기를 강력하게 권합니다. 처음부터 수영을 하기 부담되시면 걷기, 스트레칭부터 시작해보십시오.

공부를 하고 싶어도 건강을 제대로 돌보지 않으면 몸이 따라주지 않아 공부를 제대로 잘하기 어렵습니다. 제가 그랬습니다. 저는 고3부터 퇴행성 디스크로 고생하여 현재까지도 치료를 받고 있습니다. 잘못된 자세로 너무 오랜 기간 앉아 공부하면서 생긴 병입니다. 그때 운동을 꾸준히 하여 건강관리를 잘했다면 이렇게 괴로움을 당하지 않았을 것입니다. 저는 하나님을 위한 열심을 가지고 노력했지만 지혜롭게 노력하지는 못한 것 같습니다.

하나님을 위해 하나님이 주신 몸을 지혜롭게 잘 돌보면서 하나님의 영광을 위해 열심히 학습하는 것이 중요합니다. 이 책을 보시는 귀한 독자분들은 저처럼 하지 마시고 미리미리 지혜롭게 건강관리를 잘하시면서 학습하시길 간곡히 권면드립니다.

규칙적인 운동과
생활이 가져온
놀라운 변화들

규칙적인 운동과 생활을 통해 DLS의 사랑하는 우리 아이들에게 놀라운 변화들이 나타났습니다. 요즘 많은 학생들이 아토피로 고생합니다. DLS에도 아토피로 고생하는 학생들이 많이 입학했습니다. 제가 지금까지 본 학생들 가운데 가장 심한 친구는 정웅이였습니다. 정웅이는 여름에도 긴 팔을 입고 다닙니다. 온몸에서 진물이 나와 도저히 반팔을 입을 수 없었습니다. 그런 정웅이가 DLS에서 하나님을 뜨겁게 만나고 규칙적으로 생활하고 운동하면서 몸이 건강해지기 시작했습니다. 나중에는 여름에 반팔을 입을 정도로 좋아졌습니다. 정웅이가 치료받던 병원에서는 도저히 믿을 수 없는 일이라고 놀라워했습니다. 정웅이 외에도 아토피로 고생하던 많은 친구들이

DLS 입학 전보다 훨씬 호전되었습니다.

저는 이 모든 것이 하나님의 은혜라고 생각합니다. 하나님을 뜨겁게 만난 아이들이 하나님을 위해서 운동하고 절제된 생활을 하여 몸과 마음이 더욱더 단련되는 것을 보게 됩니다.

민철이는 부모님이 모두 초등학교 선생님이십니다. 민철이는 6학년 때 DLS에 입학했습니다. 두 분 모두 일을 하시기에 민철이를 우리 학교에 맡기셨습니다. 처음 왔을 때 민철이는 키가 무척 작고 몸이 마른 편이었습니다. 저는 민철이가 어린 나이에 왔기에 마음이 많이 쓰였습니다. 저는 민철이에게 이렇게 이야기해주었습니다. "운동 절대로 빠지지 말고 수영 열심히 하렴. 수영 열심히 하면 밥맛이 좋아지고 몸도 튼튼해져. 꼭 하렴. 규칙적으로 자고 일어나고 식사하고 운동하면 키도 지금보다 훨씬 크고 몸도 튼튼해질 거야. 힘내렴."

민철이는 시키는 대로 열심히 수영하고 규칙적인 생활을 하였습니다. 군대에 가면 청년들이 규칙적으로 생활하고 운동하면서 체력이 좋아지듯이 민철이는 나날이 눈에 띄게 건강해졌습니다. 1년에 키가 10센티미터 이상씩 자라서 현재는 고1인데 180센티미터가 넘었습니다. 저는 규칙적인 생활과 운동이 학생들의 건강과 성장에 얼마나 좋은지 7년 동안 생생히 지켜보았습니다. 그래서 이 글을 읽는 많은 학부모님께서 자녀들에게 규칙적으로 운동하고 생활하도록 강권해주시길 간곡히 부탁드립니다.

아래 편지는 사랑하는 귀한 제자 민철이 어머니께서 보내주신 것입니다. 저는 이런 편지를 받을 때마다 가장 힘이 나고 행복합니다. 저도 민철이가 주님 안에서 무럭무럭 자라는 것을 보면서 정말 감사합니다. 꼭 민철이를 예수의 최정예 군인으로 양육하겠습니다. 귀한 편지 감사드립니다.

사랑하고 존경하는 김동환 목사님께

목사님, 안녕하세요? 김민철 엄마입니다. 민철이 목사님께 보내놓고 이제야 감사의 편지를 드림을 용서하세요. 마음으로는 늘 감사의 편지를 보냈는데 행동이 너무 늦었어요. 좀 더 조용한 시간에 집중해서 감사의 마음을 담아 편지를 쓰자, 하고 마음먹었더니 오히려 시간 내기가 더 어렵더군요. ㅎㅎ

생각만 가득하다 9개월이 훌쩍 지나버렸습니다. 그러네요. 벌써 만 10개월이 다가옵니다. 하나님의 인도하심으로 다니엘에 보내긴 했지만 처음엔 여러 가지 생각에 항상 마음 한쪽이 자유롭지 못했습니다. 아직 홀로서기가 안 된 탓에 여러 가지 기본 생활 습관이 부족해서 주변의 형들이 힘들어하지 않을까…… 또래 친구와 사귀지 못해 학교 생활에 재미를 붙이지 못하면 어쩌나 등등…… 그러나 10개월이 지나고 있는 지금, 모든 것이 기우였음을 고백합니다.

민철이에게 가장 알맞은 학교, 가장 행복한 학교로 인도해주신 하나님께 감사의 기도를 드리지 않을 수 없습니다. 더불어 목사님께도 깊은 감사의 말씀을 드립니다.

민철이가 목사님의 수업이 무척 재미있다고 합니다. 너무 높으신 분이라 어려워하면서도 가끔씩 해주시는 격려의 말씀이 민철이에게 큰 힘이 되는 듯 목사님의 이야기를 자주 하는데…… 저번 설에 와서는 목사님의 칭찬에 걸맞은 사람이 되도록 더 열심히 공부하겠다고 다짐의 말을 하더군요. 자기는 실력이 많이 부족한데 목사님께서 항상 실력 이상의 칭찬을 해주시기에 많이 부담되면서도 영어, 수학 점수를 꼭 끌어올려서 목사님께 학습 컨설팅을 받겠노라고 다짐의 말을 했었는데, 얼마 전 목사님께 컨설팅을 받았다며 좋아하는 모습을 보고 아이가 참 많이 컸구나 하는 생각을 했습니다.

한 3년 정도 혼자 외국에서 살다 온 아이처럼…… 몸도 마음도 훌쩍 커버렸더라고요. 저희들과 살았다면 저렇게 많이 달라졌을까 싶을 정도로 굉장히 많이 성장했습니다. 하나님을 사랑하는 마음, 예배드리는 모습, 가족을 생각하는 마음, 세상을 바라보는 눈 등등 전혀 달라진 아이의 모습에 저희 부부는 늘 감사한 마음뿐입니다.

감사의 깊이에 비하면 너무 약소하지만 조금이라도 저희의 마음을 표현하고 싶어 학교로 곶감을 보냈습니다. 맛있게 드시고 힘내세요. 한참 혈기왕성하고 럭비공처럼 어디로 튈지 모르는 요즘 아이들을 가르치면서 어찌 어려움이 없을까 싶어요. 하지만 세상의 악함과 사단의 공격에 죽어가는 청소년들의 영혼을 다시 살리고 하나님의 신실한 일꾼들을 양육하는 DLS의 사역은 참으로 하나님께서 기뻐하시고 다음 세대에게 믿음을 흘려보내는 귀하고 귀한 사역이라 생각됩니다.

비록 몸은 멀리 떨어져 있지만 저희 부부가 새벽을 깨우며 이 시대 하나님의 준비된 7000의 그리스도 군사로 우뚝 일어설 DLS의 아이들을 위해, 이 귀중한 사역을 위해 헌신하시는 목사님과 선생님들을 위해 기도로 열심히 후원할게요. 항상 건강하시고 늘 행복하시고 언제나 평안하시길 두 손 모아 기도드립니다.

그리스도 안에서 축복과 평강이 늘 함께하길 바라며 사랑의 마음을 목사님께 보냅니다. 목사님! 사랑하고 존경합니다~♥

2013년 4월 11일

김민철 엄마 올림

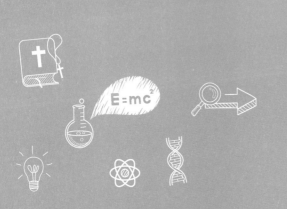

5

기적을 경험한
여덟 명의 아이들

사랑하는 귀한 제자들 민준, 정훈, 민기, 수남, 은주, 민성, 민수, 이느헤미야는 모두 다니엘리더스스쿨에 들어와 하나님을 뜨겁게 인격적으로 만나 인생의 네 가지 기적을 모두 경험한 친구들입니다. 그들은 하나님을 인격적으로 만나는 첫 번째 기적을 경험합니다. DLS 입학 전 하나님에 대해 무관심하거나 형식적으로 교회를 나가던 친구들이 DLS에서 전심으로 하나님을 찾고 부르짖어 기도하면서 하나님을 인격적으로 만나게 되었습니다.

그들은 하나님을 위해 공부하는 두 번째 기적을 경험합니다. 그들은 대부분 공부를 포기했거나 포기하려는 상태였습니다. 그런 그들이 하나님의 영광을 위해 준비된 일꾼이 되고자 새벽을 깨우며 포기했던 공부를 다시 시작합니다. 자신의 정욕과 영광을 위해서가 아닌 하나님의 영광을 위해 하나님 안에서 행복하고 치열하게 공부합니다.

공부를 포기했던 청소년들이 이렇게 열심히 공부를 시작한다는 것은 교육학자의 눈으로 보아도 기적이라 볼 수 있습니다. 물론 그들의 성적 변화는 객관적으로도 놀라운 향상이 맞습니다. 하지만 놀라운 성적 향상을 보고 기적이라고 말하지 않습니다. 진정한 기적은 그들이 눈에 보이지 않지만 살아 계신 하나님을 인격적으로 만나고 그 하나님의 영광을 위해 준비된 일꾼이 되고자 공부하는 것입니다.

하나님을 믿지 않고 자신의 정욕을 위해 공부하는 세상 청소년들 가운데서도 하나님의 도우심 없이 자신의 의지와 노력으로 수능 만점을 받고 소위 명문대학에 얼마든지 합격했고 할 수 있습니다. 세상 각 분야마다 골리앗들이 얼마나 많습니까? 그들을 보고 저는 기적이라고 말하지 않습니다. 진짜 기적은 하나님을 만나 공부의 목적이 하나님의 영광을 위하는 것으로 변화되고, 변화된 목적을 위해 자신의 몸을 쳐서 복종시키며 삶의 예배로 공부를 드리는 것입니다. 바로 이러한 기적을 여덟 명의 제자들은 경험했습니다. 그래서 저는 그들이 무척 자랑스럽고 대견합니다.

그들은 하나님의 성품을 닮아가는 세 번째 기적을 경험합니다. **잠언 27장 17절(쇠붙이는 쇠붙이로 쳐야 날이 날카롭게 서듯이, 사람도 친구와 부대껴야 지혜가 예리해진다)**에서 알 수 있듯이 이기적이고 자기중심적인 모난 성격들이 DLS에 들어와 믿음의 선후배들과 친구들과 함께 기도하고 격려하고 권면하고 부대끼면서 성령의 아홉 가지 열매를 맺기 시작합니다.

그들은 자신의 몸을 하나님의 것으로 인정하고 하나님의 영광을 위해 관리하는 네 번째 기적을 경험합니다. DLS 입학 전에는 한 번도 자신의 몸을 하나님의 것으로 생각해본 적이 없었습니다. 그런 그들이 하나님을 인격적으로 만난 후 자신의 몸은 예수의 핏값으로 산 하나님의 소유물이자 거룩한 성령의 성전임을 깨닫게 됩니다. 그들은 세상에서 했던 술과 담배를 끊고 그들의 몸을 하나님의 영광을 위해 건강하게 관리하고자 규칙적으로 생활하고 꾸준히 운동하기 시작합니다.

이러한 네 가지 기적을 경험한 여덟 명의 제자들은 오늘도 주님 께 죽도록 충성하는 예수의 최정예 군인이 되고자 새벽을 깨우며 훈련하고 있습니다. 세상의 골리앗들과 영적 전쟁에서 승리하고 앞으로 다가올 통일한국 시대에 북한의 수많은 죽은 영혼을 살리는 인간 방주가 되고자 날마다 치열하고 행복하게 준비하고 있습니다.

이들의 기적의 이야기를 통해 전심으로 찾는 자들을 만나주시는 하나님을 인간이 만나면 얼마나 위대한 기적들이 일어나는지를 직접 보시고, 여러분도 전심으로 하나님을 찾고 또 찾아 위대한 기적을 동일하게 경험하시길 간곡히 소원합니다. 이 책을 위해 그리고 이 책을 읽는 친구들을 위해 다니엘리더스스쿨 생활 체험을 글로 써서 보내준 사랑하는 제자들에게 감사의 마음을 보냅니다.

김민준

게임 중독을 끊고 고2 때
고려대에 합격하다

민준이가 DLS 입학 후 목표 대학을 고려대학교라고 했을 때 수많은 학생이 웃었습니다. 입학 당시 민준이의 성적은 중학교 내신 기준으로 국어 84점, 수학 34점, 영어 62점이었기 때문입니다. DLS 입학 전에 민준이는 왜 공부를 해야 하는지 몰랐고 공부를 하기 싫어했던 학생이었습니다. 그런 민준이가 20개월 후에 2015년 11월 12일 수능 시험 원점수로 국어 100점, 수학 92점, 영어 97점, 생활과 윤리 50점, 윤리와 사상 50점, 표준점수 합 534점으로 청솔 기준 상위 0.2% 성적을 받았습니다. 민준이는 고려대학교 자유전공학부에 고2의 나이로 남들보다 1년 일찍 우수한 성적으로 합격했습니다.

일반 상식으로는 불가능해 보이는 일들이 민준이에게 일어났습니다. 성적이 좋은 편이 아니었던 민준이가 매일 2시간 30분 예배를 드리고 일주일 가운데 주일은 온전히 하나님 안에서 쉬며 6일만 공부하여 전과목에서 3개밖에 틀리지 않은 일은 도저히 상상하기 어려운 일이기 때문입니다. 성적이 오른 것만 해도 기적 같은 일이지만 롤게임에 빠져 하나님에 대해 무관심하던 민준이가 하나님의 영광을 위해 치열하게 학습하고 눈물로 기도하는 신앙의 변화를 보인 것은 더욱 놀라운 기적이었습니다. 이 모든 것은 민준이가 하나님을 깊이 인격적으로 만났기 때문에 가능한 일이었습니다.

게임 중독과 같은 여러 이유로 학습을 소홀히 했던 수많은 학생에게 하나님 안에서 아직 늦지 않았다는 희망의 메시지를 줄 수 있다고 생각하기에 민준이의 기적의 이야기를 함께 나누고 싶습니다.

DLS에 들어오기 전 나의 삶

저는 모태신앙으로 부족함 없는 가정의 둘째로 태어났습니다. 사랑을 많이 받으며 자라서 그런지 어릴 때부터 엄청 활발했고 장난기도 많았습니다. 그림자와 키를 재고 싶다며 도로에 누워 있다가 교회 집사님이 데려가기도 했고, 나무가 추워 보인다고 온 동네 나무에 휴지를 감고 오기도 했고, 모래를 곱게 만든다고 외제차에 모래를 긁어 부모님이 물어내신 일 등등이 있는데 많이 장난꾸러기였던 것 같습니다.

아직도 기억나는 것이 초등학교 2학년 때 슬기로운 생활 수업에서 부모님 직업을 발표하는 시간이 있었는데 제가 아버지가 의사라고 하니 선생님께서 "민준아, 직업은 다 소중한 거야. 잘나고 못난 게 없어"라고 하셨습니다. 아버지가 의사가 맞는다는데 계속 그렇게 말씀하셔서 답답함에 울었습니다. 당시 저는 장난으로 흙을 먹기도 하고 옷도 매일 같은 것만 입고 눈싸움 같은 것도 장갑 없이 하고 말 그대로 '시골아이'처럼 지냈기 때문에 선생님이 보시기에는 돈 없는 집의 아이가 아버지 직업을 부끄러워하는 모습으로 보였던 것 같습니다.

초등학교 고학년이 될수록 제 안에 있는 죄성인 '남보다 인정받기', '싫어하는 사람 짓밟고 내 맘대로 하기'라는 죄가 꿈틀거리기 시작했습니다. 세상은 섬김을 받는 사람, 인정받는 사람이 높은 자리고 항상 저를 가르쳤고 저는 그것을 동경했습니다. 원했습니다. 대장놀이하는 것을 좋아했는데 지금 생각해보면 어린놈이 그런 쪽으로 정말 치밀했던 것 같습니다. 교회에서는 아이들을 모아놓고 마음대로 등급을 올려준다 하면서 심부름 같은 것을 시키기도 했고,

장난감도 나를 이길 수 없게 가장 강한 장난감을 만든다고 일주일 동안 방 안에 박혀 연구하기도 했습니다. 학교에서도 너는 악당이고 나는 대장이니 너는 맞는 게 당연하다는 논리로 맘에 들지 않는 친구를 때려 집에 전화가 가기도 했고, 인터넷 게시판에 우리 내일 누구누구 때리자, 이런 글을 올리다가 부모님이 읽고 호되게 혼난 적도 있습니다.

고학년이 될수록 반장 같은 것을 하면서 아이들을 맘대로 함부로 대하고 무시하고 친한 친구들끼리만 다니며 특권집단처럼 행동했습니다. 그런 행동들로 6학년 때는 선생님께서 《우리들의 일그러진 영웅》에 나오는 엄석대 같다고, 나쁜 쪽으로 빠지면 큰일 날 놈이라고 혼내기도 하셨습니다.

그 예측은 중학교에 올라와서 들어맞았습니다. 공부를 안 해도 성적이 나오는 초등학교 때와 달리 중학교 첫 시험을 망치고 그래도 인정받고 싶다는 욕심 때문에 성적표를 조작하기도 했습니다. 중학교에서 새롭게 만난 친구들이 조금만 맘에 안 들고 나를 인정하지 않는 것 같으면 싸웠습니다. 내가 이긴 것 같지 않으면 그 애 집 앞에서 기다리다가 때리고 가거나 의자를 던지기도 했습니다.

건드리면 안 되는 애로, 화나면 무서운 애로 인정받는 것이 좋았고, 그렇게 내 가치와 지위가 친구들 사이에서 높은 것만 같아서 좋았습니다. 귀찮아서 나를 건드리지 않는 선생님들은 만만해 보였습니다. 반항했을 때 아이들이 보내는 인정이 좋았던지 수업을 열심히 방해했고 선생님들과도 항상 마찰을 빚었습니다. 선생님과 무단결석으로 처리하지 않는 것으로 약속하고 그 선생님 수업마다 밖에 나가 있을 정도였습니다.

1학기에 여러 문제로 징계를 받고 친구들과 단체로 문제를 많이 일으켜 담임선생님이 우리 반이 너무 힘들다고 학교를 떠나서 새로운 선생님이 오신 적도 있습니다. 그 선생님이 가실 때 김민준 때문이라고 선생님들에게 소문이 나 선생님들께 한 번씩 불려가 혼날 정도였습니다. 점심이 맛이 없으면 항상 옆 친구 집에 가 라면을 먹어서 라면을 사서 그 집에 쌓아두었고, 시험 기간 체육시간에 선생님이 축구를 안 시켜주면 뒤에서 애들을 선동해 밖에 다 같이 나가 계속 축구를 했습니다.

학교 생활 통지표에는 "규칙을 왜 지켜야 하는지 모르며 지키지 않음, 공동체 생활에 부적합, 아이들에게 주는 영향력을 높이 사지만 좋지 않은 쪽으로만 사용"이라고 쓰여 있습니다. 분노를 조절하는 능력은 거의 장애 수준으로 부족했고, 윗사람에 대한 예의는 교감선생님에게 욕을 하다 징계 직전까지 갈 정도로 바닥을 기었습니다. 집에서도 누나와 싸울 때면 서로 손에 잡히는 대로 물건을 던져 선풍기, 리모컨 등이 다 부서지고 유리가 깨지기도 하고 문에 구멍이 나기도 했습니다. 부모님께는 그런 모습을 보여주기 싫었는지 거의 이중적인 모습을 보였습니다. 부모님 앞에서는 문제없이 생활하는 아이처럼 보이려고 노력하고 학교에만 가면 골치 아픈 문제아가 되었습니다.

그러다가 중학교 2학년 한 번의 터닝포인트를 만났습니다. 수련회 때 아버지 하나님 설교를 듣던 도중 저의 아버지가 저를 얼마나 사랑하시는지 전도사님이 알려주셨습니다. 하나님도 아버지처럼 널 사랑하지만 네가 몰랐다면, 못 느낀다면 그 사랑은 너에게 없는 거라는 말씀을 듣고 울면서 기도했고 그날 인격적으로 하나님을 만났습니다. 부모님께 죄송해서라도 똑바로 생활하고 싶었고 성경을 읽자 기도를 하자 다짐을 했습니다. 어렸을 때부터 하나님의 존재는 인정해서 시험 전에 기도를 한다거나 성경은 읽던 터라 낯설지 않고 뭔가 행복했습니다.

그렇게 얕게나마 신앙 생활을 한 덕분에 생활도 많이 안정되고 화를 내는 일도 줄어들었지만 본질적인 문제는 해결되지 않았습니다. 한 번 은혜받은 것으로 살아가기에는 세상이 너무 강력했습니다. 롤이라는 게임이 우리나라에 출시되기도 전 게임을 좋아하는 친구가 재미있다고 알려줘서 북미 서버에서 게임을 시작했습니다. 한 판을 하니 재미가 없어 다른 게임을 하려고 했는데 두 번째 판에 "오, 재밌는데" 세 번째 판에는 "오오오" 하더니 그 뒤로 열심히 키보드를 두들겼습니다.

게임을 하다보니 1년이 좀 지나자 포인트 제도였던 것이 등급 제도로 바뀌었습니다. 그것이 아이들 사이에서는 자랑처럼, 또 뭐라도 되는 것처럼 여겨졌습니다. 또 이런 것에서 지기 싫었는지 열심히 게임을 해댔고 잘하는 애들이 많으니 나름 머리를 굴려 전문성을 높이자며 한 캐릭터만 2000게임 가까이 했습니다. 이제 와서 생각해보니 2000 곱하기 40분이면…… 이 글을 읽는 여러분도 게임 수에 40분을 곱해 그 시간에 다른 일을 했더라면, 하고 생각해보시길 추천합니다.

그렇게 게임에 빠지고 또 친구와 이성 친구에게 빠졌습니다. 친구들과 중2 때 만든 카톡방이 아직도 있는데 새벽 자기 직전까지 카톡, 아침에 일어나자마자 카톡, 학교에 가서는 계속 같이 있다가 학교가 끝나면 놀다가 집에 가서 또 카톡, 밥 먹으면서도 카톡, 만나서 놀자고 카톡…… 친구들과 싸우는 이유는 애들이 게임하느라 카톡을 안 봐서일 정도로 몸이 떨어져 있어도 하루의 대부분을 친구들과 보내고 싶어했습니다. 거의 집착 수준이었습니다.

학생들이라면 공감할 텐데 그렇게 모이면 일단 할 것이 없습니다. 그러다가 게임하러 가고 게임도 질려서 할 것을 찾게 됩니다. 그때 제 생각으로는 특이한 것을 하면 재미가 있을 것 같았습니다. 돈을 모아서 이온음료로 목욕을 해보자는 생각도 해봤고 도서관에서 술래잡기를 하기도 하고 베개를 가져와 노숙을 해보기도 했습니다. 그러다가 나중에는 그냥 할 것도 없으니까 정자에 앉아서 이야기하는 것이 다였습니다.

이성 친구와는 결혼할 거라고 집에서 부득부득 우기고, 돈이 생기면 몰래 선물을 사다주고, 강아지 산책을 핑계로 강아지를 데리고 집 앞에 찾아가 만나고 했습니다. 독서실을 핑계로 밤에 만나는 게 가장 좋았는데 지금 생각해보면 독서실 돈이 그렇게 아까울 수가 없었습니다.

그렇게 생활했음에도 성적은 그럭저럭 나왔습니다. 방법은 이렇습니다. 중학교 성적은 평균이 중요하고 평균을 보기 때문에 상대적으로 공부해도 잘 오르지 않는 국어, 영어, 수학은 선생님이 시험에 나온다고 한 것만 공부를 잘하는 친구에게 노트를 빌려 한두 번 봅니다. 그리고 벼락치기가 가능한 기술, 도덕, 가정, 체육 같은 걸 열심히 팝니다(특히 도덕은 선생님이 예뻐서 진짜 열심히 했습니다). 그러면 평균이 어느 정도 높게 나옵니다.

그렇게 살다가 시간은 훅 지나가고 고등학교 원서 쓸 때가 되었습니다. 그때까지도 생각이 없던 저는 '어떻게든 되겠지, 친구들이랑 게임만 있으면 돼' 하는 생각을 했습니다. 아버지가 주위 일반고는 절대 보내주지 않는다고 하셔서 가장 쉬워 보이는 자율형 공립고에 지원했지만 낮은 성적과 생활기록부에 쓰인 징계 기록, 안 좋은 이야기들로 당연히 떨어졌습니다.

불합격 발표가 나던 그날도 저는 친구들과 롯데월드에 가 있었습니다. 불합격 소식을 엄마에게 전화로 듣고 바로 탔던 롤러코스터에서의 그 기분은 아직도 잊을 수가 없습니다. 무섭지가 않았습니다. 찍힌 사진을 보니 친구들은 다 무서워서 눈을 감거나 웃고 있는데, 저는 눈을 뜨고 영혼이 나간 것처럼 카메라를 쳐다보고 있었습니다. 그렇게 집에 와 별의별 이야기를 다했습니다. 미국에 가자느니, 홈스쿨링을 하자느니, 그냥 일반고를 보내달라고 떼쓰기도 했습니다.

그러던 어느 날 10년 전쯤에 알고 지내던 친구 부모님께 연락이 왔습니다. 민준이 고등학교 어디 가냐며 학교 얘기를 했나봅니다. 진짜 우연찮게 그 친구 형이 DLS에 다니고 있었고, 부모님은 그때 저를 DLS에 보내기로 다짐하셨습니다. 저는 미안한 마음도 있었고 그냥 학교 정도로 생각했기 때문에 알았다고 했습니다. DLS 가는 것을 볼모로 졸업식 때까지의 시간을 알차게 보내리라 생각했습니다.

무슨 군대 가는 사람처럼 가기 전에 해야 할 일 리스트를 적었습니다. '큰 사우나 가보기'라는 계획으로 인천까지 갔고, '겨울 바다에서 놀아보기'로 하고 펜션을 잡고 친구들과 바다에 가기도 했고, 초등학교 선생님, 초등학교 친구들까지 다 연락하고 만났습니다. 나중에는 부모님이 자리를 비우신 친구 집에 가 다 같이 술을 마시고 잠들고 하는 일이 반복됐습니다.

제 기억으로는 술을 마실 때마다 엉엉 울어서 친구들은 '얘 이제 멀리 학교 가서 그런가보다' 하고 생각했는데 제가 계속 "왜 안 행복하냐, 어떡해야 행복하냐"면서 계속 중얼거렸다고 합니다. 추측이지만 하나님께서 DLS에 들어가기 전 세상은 너를 채울 수 없다는 사실을 명확하게 알려주시고 싶었던 것 같습니다. 그렇게 지내다 2014년 2월 DLS에 입학했습니다.

하나님의 은혜

김동환 선생님께서 이런 말씀을 하신 적이 있습니다. DLS에 처음 들어왔을 때부터 죽자 살자 하나님을 찾는 경우가 있고, 나중에 정신 차리고 찾는 경우 두 가지가 있다고 하셨습니다. 저는 첫 번째 경우였습니다. 일단 너무 힘들었습니다. 늘 같이 있던 친구도 옆에 없고, 새 친구를 사귀자니 뭔가 배신하는 듯한 기분이 들고, 내가 최고인 줄 알았는데 형들은 무섭고, 게임도 못 하고 밥시간도 정해져 있고 책상에 앉아 있는 것도 힘들었습니다.

어릴 때부터 힘들면 하나님께 부르짖으라 하는 것을 부모님과 교회에서 배웠기에 처음으로 주님을 열심히 찾았습니다. 예배를 드리면서 처음으로 주님의 음성을 들은 것이 아직도 어제 일처럼 생생합니다. '왜 힘들어하느냐, 왜 아파하느냐, 내가 너를 항상 사랑하고 있었는데 이제는 날 좀 보지 않을래?' 하시는 음성이었습니다. 주님은 늘 악으로 달려가는 제 뒤에서 자기를 보라고 기다리고 계셨고 제가 뒤를 돌아보는 순간 저를 꼭 안아주셨습니다. 얼마나 좋으신 하나님 이신지요. 그리고 깨달았습니다. '내가 사랑했던 것들은 사실 내가 사랑받고 싶어서 의지하던 것이었구나, 나의 어떠함이 아니라 내가 어느 모습을 하고 있든 있는 그대로 사랑하시는 분은 주님뿐이구나.'

매일 새벽 설교를 들으며, 뜨거운 찬양예배를 드리며 하나님은 제 마음을 계속 두드리셨습니다. 날마다 강요하시는 것이 아니라 끝없이 사랑으로 설득하셨습니다. 이제 나를 따르라고, 그만 낑낑대고 짐을 주님께 내려놓으라고. 선한 것이 하나도 없는 제 안에는 처음으로 주님의 사랑에 조금이라도 보답하고 싶다는 마음이 넘쳐났습니다. 힘들 때마다 안아주시는 하나님의 품이 무척이나 사랑스럽고 감사했습니다.

아기가 배고프면 자지러지듯 울다가 밥을 먹으면 금세 평온해지 듯, 늘 채워지지 못해 혼란스러웠던 저는 주님을 알고 주님이 채워 주시자 모든 것이 안정되었습니다. 인정받으려고 사랑받으려고 부들부들 떨던 것이 사라졌습니다. 그 사랑이 사라질까 늘 마음에 있던 불안함도 평온으로 바뀌었습니다. 어릴 적에나 느끼던 순수한 인격이 다시 내 안에 있는 것을 느꼈습니다.

어떤 때에는 너무 갑자기 변한 모습에 혼란이 찾아와 진짜 이상하게 발걸음이 예배당으로 향했습니다. 하나님께 솔직하게 "하나님 진짜 저 사랑하세요? 제가 뭐라고, 저는 하나님 찾지도 않았는데. 하나님에게 저는 뭔가요? 어떤 존재인가요?" 하고 기도한 적도 있습니다. 어느 순간 "예수님, 어떻게 나 같은 것 때문에 십자가에 달리셨나요?" 하면서 울었고 그때 하나님께서 '너는 당연히 나에게 아들이지, 너도 알고 네 입으로 고백하고 있잖아. 예수가 널 위해 십자가에 달린 것을' 하시는 음성이 제 안에 들렸습니다.

그때 정말 감격 속에 침대에서 잠을 못 이뤘던 것 같습니다. 우리 예수님을 믿는 사람들의 가장 큰 기적은 예수님의 그 사랑이 지금 내 안에서 믿겨져 감격해하는 것임을 느꼈습니다. 너무 행복하고 설렜습니다. 저녁에 찬양할 때면 제 인생에 가장 즐거웠던 순간들을 떠올려보고 지금 느끼는 행복과 비교해보면서 '아! 하나님을 찬양할 때 이 행복이 진정한 행복이구나!' 느꼈습니다. '하나님의 자녀는 하나님의 사랑으로만 채워질 수 있는데 그것을 알지 못해서 그토록 공허했구나. 그토록 채워보려고 했지만 헛수고였구나' 하는 것을 깨달았습니다.

하나님은 다른 사람에게 보이는 것만을 생각하며 집착하던 제게 하나님이 보시는 저에 대해 알려주셨습니다. 어떤 것을 요구하시는 게 아니라, 나의 어떤 모습을 보시는 게 아니라, 있는 그대로 저를 사랑해주시는 주님을 알게 되었습니다. 자꾸만 세상에서 배운 대로 나의 어떤 것을 들고 나오려는 저에게 '그런 것 다 필요 없다. 나는 너와 함께 있는 것을 원한다'고 말씀해주셨습니다. **미가서 6장 "내가 무엇을 가지고 여호와 앞에 나아가며 높으신 하나님께 경배할까 내가 번제물로 1년 된 송아지를 가지고 그 앞에 나아갈까 여호와께서 천천의 순양이나 만만의 강수 같은 기름을 기뻐하실까 내 허물을 위하여 내 맏아들을 내 영혼의 죄를 인하여 내 몸의 열매를 드릴까. 사람아 주께서 선한 것이 무엇임을 네게 보이셨나니 여호와께서 구하시는 것은 오직 정의를 행하며 인자를 사랑하며 겸손히 네 하나님과 함께 행하는 것이 아니냐"** 하는 말씀으로 사랑받고 싶어하는 저를 안아주셨습니다.

사실 생각해보면 공부를 잘하려 했던 것도 외모에 관심이 많았던 것도 친구관계를 더 잘 유지하려 했던 것도 사랑받고 싶어하는 내 마음에서 비롯되었다는 것을, 그리고 그 사랑은 주님만이 주실 수 있고 '그토록 원하던 사랑을 받으니 내가 이렇게 기쁘구나' 하는 것을 알게 되었습니다. 의지로써는 절대 못 꺾을 것 같았던 죄악들도 '아! 하나님이 나를 이렇게 사랑하시는데 어떻게 이럴 수 있나' 하며 성령님이 함께하심을 느끼며 하나씩 꺾어나가고 있습니다.

제 인생에 가장 아름다울 것 같은 그 두 달이 지나고 처음으로 집에 돌아간 날 아빠 엄마는 돌아온 탕자 맞는 기분이라고 반 농담으로 말씀하셨습니다. 아빠는 제가 해맑게 웃는 것을 초등학생 이후로 처음 본다고 좋아하셨고 눈빛이 돌아왔다고 말씀하셨습니다.

진짜 거울을 보고 사진을 보니 흐리멍덩한 눈에 초점이 잡혀 있었고 평안 같은 것이 흘렀습니다. 정말 오랜만에 누나에게 사랑한다고 말할 수 있었고 같이 놀 수 있었습니다. 누나의 소중함도 알게 되었습니다. 부모님이 무척 감사했고 죄송했고 부모님의 존재 자체에 깊은 사랑을 느꼈습니다. 하나님 다음으로 부모님이 고마웠고 죄송했습니다. 우리 가족이 있다는 것을 생각할 때마다 기도할 때 감사가 쏟아졌습니다.

성령님이 내 안에 함께 계심을 느끼자 공부를 하든 밥을 먹든 잠을 자든 행복을 느꼈습니다. 정말 주님을 위해 살자, 내 삶을 드리자, 예수님이 먼저 다가오시고 사랑해주셨는데 나는 그냥 반응하는 것뿐인데 그것도 못하나, 예수님이 죽기까지 순종하셨는데, 이제 누구 차례인가 하는 다짐을 하며 생활했습니다.

은혜의 통로 DLS

DLS에 왔다고 무조건 하나님을 만나는 것은 아니지만 하나님께서 더 준비되기 원하시는 자에게는 준비되는 곳으로, 하나님을 모르고 지내던 자에게는 하나님을 알게 하시는 축복의 장소로 준비하셨다는 것을 확신합니다. 하나님 입장에서는 강력한 도구로 사용하신다 할까요. 어떤 면에서 그러한지 이야기해보려고 합니다.

첫째, 우선 수많은 믿음의 선배들이 함께 생활합니다. 믿음에 관해서 청소년이 착각하기 쉬운 것 중 하나가 '나 정도면' 하는 의식이 박혀 있다는 것입니다. 사실 세상이 너무 악해 모두가 주님의 기준보다 하향 평준화되어 있는데도 교회 안 빠지고 가고 가끔 도와달라고 기도하면 천국에 갈 수 있다고 생각합니다. 부끄럽지만 이것은 다 제 이야기입니다. 그렇게 교만이 넘치던 저는 DLS에 와서 충격적으로 다가온 믿음의 선배들의 모습을 보았습니다. 내가 거의 지하 1층이면 저 꼭대기에 있는 것만 같은 믿음의 선배들, 일단 김동환 선생님께서 날마다 그 존재만으로 자극을 주십니다.

선생님은 우리보다 훨씬 앞서 있는데 자신은 너무 부족해서 더 열심히 한다고 말씀하십니다. 실제로 날마다 열정을 다해 강의하시고 저희를 돌보시고 연구하십니다. 정말 닮고 싶은 형들의 신앙의 모습들, 나이가 어리다고 무시하고 군림하는 것이 아니라 도리어 섬겨주시고 전심으로 찬양하는 모습들, 솔직히 처음에는 저만큼만 되도 좋겠다는 생각을 할 정도였습니다. 믿음의 선배들이 있으니 절대 안주하지 않고 더 앞으로 달려나갈 수가 있습니다. 예의에 관해서나 삶에 대해서도 여러 조언들을 해주시기 때문에 집에 형제가 엄청 많지 않은 이상 경험할 수 없는 정말 귀한 경험입니다.

둘째, 신앙이 곧 삶입니다. 제 또 다른 문제점은 교회에서의 나와 삶 속에서의 내가 단절되어 있다는 것이었습니다. 주여! 주여! 부르는 자마다 천국에 가는 것이 아니라고 하신 말씀이 이런 것을 경계한 것이 아닐까 생각합니다. 하지만 DLS에서는 삶이 예배라고 배웁니다. 그 중심이 흐트러지려는 순간 30초면 예배당에 내려가 기도할 수 있습니다. 아무리 기도하기 싫고 예배드리기 싫어도 하루 세 번 드리는 예배를 통해 하나님의 회복하심을 받을 수 있기 때문에 신앙과 삶이 점점 하나가 되어갑니다.

DLS의 이런 장점도 정말 엄청난 것이지만 실력 면에서도 소홀하지 않습니다. DLS 교육환경을 말하면 일단 수학 수업의 경우 모든 단원마다 다른 선생님이 수준별로 강의를 하십니다. 저 같은 경우도 원래는 교과 과정상 미적분1부터 배워야 합니다. 일반 고등학교에서는 미적분1과 확률과 통계 수업을 들으면 6개월이 걸리는데 여기서는 일반적인 고2 학생들은 학교에서 배울 수 없는 미적분과 통계 기본 수업을 들을 수가 있어서 3개월 동안 그 수업을 듣고 확률과 통계에서 약간 추가된 부분만 수업에 들어가 배움으로써 훨씬 효율적으로 학습할 수 있었습니다.

이처럼 자기에게 맞는 수업을 자기 실력에 맞춰 배울 수 있습니다. 영어 수업도 고등학생이라도 초등학교 영문법도 모른다면 그냥 기초 영문법 수업에 들어가 기초부터 쌓을 수 있습니다. 선생님들이 많이 계신다고 실력이 떨어지는 것도 아닙니다. 대부분 서울대 출신으로 김동환 선생님께서 면접을 통해 신앙심이 깊은 분들로만 뽑으십니다. 가끔 신기할 때도 있습니다. '내가 밖에 있었다면 과연 저렇게 실력과 영성을 가진 사람을 알 수나 있었을까' 하고 말입니다.

저 같은 경우 김경준 선생님의 수학 수업을 듣고 있는데 어떻게 공부해야 수학 성적이 오르지 하는 막막함을 뚫어준 수업이었습니다. 제가 그랬듯 대부분 개념을 학습할 때 그냥 문제 풀고 틀리면 답지 보고 이해하고 맞히면 넘어가고 이런 식으로 공부했을 텐데, 김경준 선생님의 수업에서는 한 문제 한 문제 그 문제가 평가하고 싶었던 것, 그 문제가 가지는 의미, 출제 원리와 수학의 뼈대가 되는 알고리즘을 배울 수 있었습니다.

한 문제 한 문제 정확하게 풀자 실력이 빠르게 향상되었습니다. 수업을 듣기 전 첫 모의고사 60점에서 다섯 달 만에 1등급이 되었습니다. 또 개인과외처럼 서로가 서로의 학습을 도와주는 엘더학습 시스템이 있는데 배우는 사람은 배우는 사람대로, 가르치는 사람은 가르치는 사람대로 실력이 늡니다. 실력 향상뿐만 아니라 섬김 자체만으로도 의미가 있는 DLS만의 전통입니다.

김동환 선생님께 공부도 배우지만 학습컨설팅을 통해 공부 방법도 배울 수 있습니다. 실력 때문에 주님이 주시는 꿈을 포기하지 말라는 말들을 하지만 DLS는 그냥 말로 끝내지 않고 실질적인 도움을 줍니다.

셋째, 정이 두텁습니다. DLS에서 감사한 것 중 하나는 세상에는 없는 따뜻한 정이 있다는 것입니다. '공부하고 예배만 드리면서 무슨 정이 있어' 하고 생각하실 수도 있지만 그렇지 않습니다. 공부하기 바쁜 수험생이 다른 힘들어하는 학생을 위로해주는 장면이 상상이 가지 않겠지만 DLS에서는 흔합니다. 저도 힘들었을 때 물론 하나님의 위로가 있었지만 하나님이 선배의 입술을 통해서 저를 위로해주실 때도 있었습니다. 얼마나 고맙던지요. 앞서 배운 선배들이 후배들에게 도움을 주는 것은 대가를 바라는 것이 아닙니다. 있는 그대로 주님께 사랑받은 자들이 그 사랑을 나누어주는 그런 도움입니다.

또 엘더와 선배들이 신입생이 잘 적응할 수 있도록 옆에서 형 누나처럼 챙겨줍니다. 저도 후배가 있는데 후배가 잘못을 해서 제가 혼날 때도, 어리숙한 모습을 보일 때도 밉지가 않고 그냥 후배라는 존재 자체로 "다 내 잘못이다, 더 기도해줄게" 하고 말해줍니다. 동생 생긴 기분이랄까요. 그런 과정에서 섬김과 감사를 경험합니다.

또 일반 학교에서 반 친구들끼리 둘러앉아 "야, 옥한흠 목사님 설교 진짜 좋지 않냐, 나는 어디어디서 진짜 은혜 받았어" 이런 이야기를 하는 모습은 상상하기 힘들지만 DLS에서는 흔한 모습입니다. 진짜 귀한 믿음의 동역자들이 있기에 힘들면 기도해줍니다. 서로 쪽지 같은 거 주고받을 때 정말 따뜻한 정이 느껴집니다. 예수님께 받아서 넘치는 사랑을 나눠주는 것을 경험할 수 있습니다.

넷째, 예배의 회복이 이루어집니다. 이것이 DLS의 최대 장점이라고 생각합니다. DLS의 예배는 정말 뜨겁습니다. 찬양예배는 열정을 가지고 뛰며 찬양하고 기도합니다. 새벽마다 김동환 선생님의 강해 설교를 들으니 일주일에 한 번씩 듣는 정도로는 이해할 수 없는 깊은 말씀들에 대해서도 묵상하게 됩니다. 말씀을 들은 후 다 같이 기도하는 기도시간은 자신을 다잡고 마음속 죄들을 죽이고 하루를 시작할 수 있게 해줍니다.

하루의 시작마다 자신을 꺾는 사람과 그냥 일어나서 아침밥 먹는 사람이 순종의 정도가 같을 수는 없습니다. 박삼순 전도사님이 인도하시는 금요예배에서는 많은 학생이 방언을 받고 땀에 젖을 정도로 뜨겁게 기도합니다. 저도 그 시간 간절히 하나님을 찾을 때 하나님을 만날 수 있었고 은혜를 받을 수 있었습니다. 부모님의 강요로 할 수 없이 드리는 예배가 아니라 주님을 만나는 설레는 마음을 가지고 뜨겁게 찬양하면서 힘들었던 일, 슬픈 일 다 잊고 주님 앞에 기뻐하는 예배로 변화합니다. 물론 가만히 앉아서 말씀을 읽다가 은혜를 받고 성령이 임하실 수도 있지만 전심으로 기도하고 하나님을 찾을 때 주님이 찾아주실 가능성이 훨씬 크다고 생각합니다.

그렇게 하루하루 하나님 앞에서 오직 은혜로만 준비한 저는 2015년 11월 고등학교 2학년의 나이로 목표하는 고려대학교 자유전공학부에 진학할 수 있었습니다. 먼저 제가 올해 수능에서 받은 성적은 원점수로 국어 100점, 수학 92점, 영어 97점, 생활과 윤리 50점, 윤리와 사상 50점, 표준점수 합계 534점으로 청솔 기준 상위 0.2% 2014년 고려대 경영대 정시 최초 합격에 해당하는 점수입니다. 며칠 전에 책장을 정리하다가 중학교 3학년 이맘때쯤 받았던 마지막 기말고사 성적표를 발견했는데 국어 84점, 수학 37점, 영어 62점이었습니다. 이렇게 저는 중학교 시절 공부 잘하는 학생과는 거리가 멀었습니다.

DLS에 입학한 후 중학교 3학년 수학 기초가 너무 없어 고1 나이였지만 수학은 중3 과정부터 다시 해야 했습니다. 영어는 단어를 몰라 모의고사를 풀지 못해 단어부터 외워야 했습니다. 저와 같이 수학 수업을 들은 학생들은 기억하겠지만 자꾸만 똑같은 것을 물어봐 '바보' 소리를 듣기도 하고, 곱셈 공식을 못 외워서 혼나기도 하고, 영어 단어 시험을 보면 계속 걸려 몰래 시험을 빠질 정도였습니다. 중학교 수학을 마치고 고등학교 수학을 보니 너무 어려웠습니다.

예배 때에 큰 은혜를 받았지만 막상 삶으로 돌아와 공부 자리에 앉으면 이런 생각을 했습니다. '내가 이걸 왜 하고 있지? 왜 앉아 있지?' 저는 이유 없이 힘든 일을 세상에서 가장 싫어합니다. 그래서 공부도 딱 목적에 필요한 만큼만 하고, 잠도 지각하기 직전까지는 꼭 자고, 씻는 것도 냄새가 나고 위생상 문제가 있어 보여야 씻고, 누워서 할 수 있는 일은 다 누워서 하는 그런 성격입니다. 그래서 공부 자리에 앉아도 '왜 해야 하지? 그냥 하나님 믿고 잘 살면 되지 않나? 어떻게든 먹고는 살 텐데' 하는 생각이 들었습니다.

'상위 1% 대학이면 99%는 그 대학을 안 다니는 것인데 내가 보는 100명 중에 문제없이 사는 사람이 1명뿐인 것은 말도 안 되는 소리다' 하고 나름 논리적으로 생각했습니다. 그 뒤로 이렇게 기도했던 기억이 납니다.

"하나님 저는 공부가 너무 싫어요. 그리고 왜 해야 하는 거죠? 다니엘이 공부 잘했나요? 모세 때는 공부도 없었잖아요. 이건 저한테 고통만을 안겨주는 악입니다. 하나님, 공부가 하나님의 뜻이 아니라면 빨리 다 때려치우게 해주세요."

그렇게 기도하고 자리에 돌아와 말씀 읽고 단어 외우고 책 읽기를 반복했습니다. 똑같이 기도하던 어느 날 하나님께서 이런 마음을 주셨습니다. '내가 우리 가정에서 태어난 것이 우연일까? 내가 이 나라에, 학생으로서 살고 있는 것이 그저 우연일까? 하나님이 주사위

를 휙 던지는 것처럼 아무 계획 없이 그냥 나온 대로 나를 세상에 던지신 것일까?'

아무리 생각해도 제가 만난 하나님은 그러실 분이 아니었습니다. 그리고 알게 되었습니다. 예배를 드리고 싶어도 못 드리는 나라가 있다는 것을, 공부를 하고 싶어도 못 하는 환경이 있다는 것을, 능력을 보이려고 해도 객관적인 기준이 없이 계급 같은 것이 판을 치던 시대가 있었다는 것을. '만약 이 시대 이 현재에 나의 삶이 모두 우연이 아니라 다 하나님의 계획이라면, 이 공부라는 것을 통해서 하나님께서 이루고자 하시는 것이 있는 게 아닐까? 내가 아무렇지도 않게 누리고 있었던 공부할 수 있는 기회, 직업 선택의 자유, 노력으로 얻을 수 있는 영향력 같은 것들이 사실은 다 하나님이 주신 은혜고 기회였다면, 나에게는 그 은혜를 갚아야 할 책임과 주신 그 기회들에 최선을 다해야 할 의무가 있는 것이 아닐까?' 하는 생각이 가슴을 찔렀습니다.

예배는 예배당에서만 드리는 것이 아니라 삶에서 올려드리는 것이라고 김동환 선생님께 배웠습니다. 상식적으로 공부할 수 있는 대한민국 학생으로서 내가 원하는 대로 놀고먹고 하는 것은 누가 봐도 나의 유익을 좇는 것이고 하나님이 기뻐하지 않을 것 같다는 생각을 할 수 있었습니다. 또 막연하게 생각하던 비전, 예수님의 사랑을 실천할 수 있고 전도하기 좋은 변호사라는 직업에 공부가 필수적이라는 것

또한 저의 뒷머리를 때렸습니다. 그리고 기도했습니다.

"하나님, 베드로도 그냥 그물을 던지라니까 던지고 그 뒤에 하나님께서 역사하셨잖아요? 저도 다른 곳이 아닌 제게 주신 이 삶 속에서 최선을 다하고 순종할게요. 어떤 일을 이루실지는 아직 잘 모르겠지만 하나님께서 다 이루시겠죠? 베드로가 그물을 던지지 않았더라면 그 기적을 보지 못했겠죠? 하나님께서 계획이 있으신데 제가 불순종해서 이루지 못하면 너무 비참할 것 같습니다. 한번 진짜 열심히 해볼게요. 제게 주신 이 길들과 기회에 최선을 다해보겠습니다."

그 뒤로는 정말 열심히 공부해보려고 했습니다. 공부법을 물어보러 형 누나들을 쫓아다니고, 공부 잘하는 친구에게 계속 질문하고, 수업 때에 눈에 불을 켜고 집중하는 등등. 정말 신기한 것은 만약 평일에 그날 공부를 열심히 못 한 것 같으면 시무룩해졌습니다. 뭔가 죄송한 마음에 죄책감이 들고, 눕기 전에 반성을 하기도 했습니다. 그런데 주일에는 공부를 안 해도 마음이 평안하고 기쁘기만 했습니다.

세상적으로 봤을 때는 공부를 열심히 하려고 하면 예배드리는 시간이 아까워야 하는데 전혀 그렇지 않았습니다. 하나님의 뜻대로 살고자 하니 하나님의 방식을 알려주셨고, 안식일을 기억하여 거룩하게 지키라는 십계명을 양심의 거리낌 없이 지킬 수 있도록 도와주셨습니다. 7일이 아니라 6일만 공부하면 1년 동안 공부시간이 약 52일 줄어드는데 합리적으로 계산했을 때 수능을 준비하는 학생으로서는 멍청한 짓이라고 생각할 수 있습니다.

저 또한 '아니 하나님을 위한 공부면 주일에 해도 상관없지' 하는 마음이 있었습니다. 그러나 김동환 선생님께서 비유로 "네가 아들에게 쉬라고 말했는데 아들이 쉬지도 않고 밤새 네 구두를 닦아놓으면 기쁠 것 같니? 하나님의 일은 특별한 예외를 제외하고는 하나님께서 정해주신 룰 안에서 행하는 것이 가장 좋단다" 하고 말씀해주셨습니다. 그 말을 듣고 '맞아. 공부도 하나님 기뻐하시라고 하는 건데 주일만큼은 예배에 집중하고 휴식하는 것이 하나님이 더 기뻐하실 것 같다' 하는 마음을 가지게 되었습니다. 그런 조언을 해주시는 선생님이 계셨다는 것이 정말 하나님의 은혜라고 생각합니다.

공부를 원래 열심히 하던 학생이 아니다보니 중간에 낙심이 되고 힘이 들 때가 너무나도 많았습니다. 저와 같이 입학한 한 여학생이 있었습니다. 몸도 호리호리하고 운동도 거의 안 하는 학생이었는데 쉬는 시간에도 눈에 불을 켜고 수학 문제집을 풀었습니다. 저는 처음에 수학 공부 최대 한계가 2시간이었습니다. 최대 한계를 경험해보신 분들은 알 것입니다. 그 시간이 넘어가면 아무리 집중하려고 해도 머리가 하얗고 지끈지끈거리고 아무 생각이 안 들고 그렇습니다. 그래서 뻗어서 자게 됩니다. 저는 그렇게 열심히 하려 해도 안 되는데 지치지 않고 계속 집중하는 그 여학생을 보니 '저게 평소 공부 열심히 해놓은 애들의 자산이구나! 중학교 때 공부 좀 할걸' 하는 생각이 들었습니다.

공부를 안 하던 학생이 열심히 해보려고 하면 느끼는 공통점이 있습니다. 선생님들이나 부모님이 "넌 머리는 좋은데 공부를 안 해" 하는 말을 믿었는데 정작 공부해보면 유혹들을 참고 공부하기가 얼마나 어려운지, 갑자기 크게 낙심하게 됩니다. 저도 수학은 개념을 배워도 응용문제를 하나도 못 풀어 자꾸 답지를 보고, 영어는 단어를 모르니까 도저히 풀 수가 없었고, 국어는 분명 한국어인데 아무리 쳐다봐도 모르겠고 시간 안에 다 푼다는 게 가능하기는 한 것인가 하는 벽들에 부딪혔습니다.

심지어 탐구라는 과목이 있어서 선택을 해야 한다는 것은 고등학교 1학년이 끝날 쯤에야 알았습니다. 그쯤 되자 좌절감이 들 수밖에 없었습니다. '나보다 잘하고 열심히 하는 애들이 얼마나 많은데 내가 하나님 위해서 한다고 해도 얼마나 할까? 하나님 기쁘시게 하려고 하는 건데 이런 열매도 없어 보이는 일에 계속 힘을 써야 하나?'

그렇게 수업시간에 미분을 처음 배우고, 나 빼고 다 이해를 하는데 하루가 지나도 이해를 못하는 나를 보며 좌절해서 예배시간에 이렇게 기도한 적도 있습니다.

"하나님, 공부를 잘해서 서울대 나오고 거기서 좋은 성적을 받은 사람도 북한 사람들처럼 어려운 사람들에게 별로 도움을 못 주고 그들을 살리지 못하는데, 저는 서울대는커녕 미분도 이해 못합니다. 하나님이 주신 비전이 있는데 미분을 못한다고요!!"

기도하다가 제가 자꾸 '미분 미분'거리니까 옆에서 기도하던 친구가 장난을 치는 줄 알고 저에게 뭐라고 하기도 했습니다.

그렇게 실력 측면에서 좌절을 하고 '과연 하나님이 이것을 진짜 원하실까' 하는 의문이 자꾸만 생겨났습니다. '온 물질이 다 하나님 것인데 내가 뭐 헌금 얼마 한다고 해서 하나님이 기뻐하실까? 내가 찬양하지 않아도 온 만물이 하나님을 찬양할 텐데 기뻐하시기나 할까? 내가 공부를 열심히 하는 것이 하나님에게 유익이 된다고 해도 진짜 보이지도 않을 정도 아닐까?'

그렇게 하나님의 뜻을 구하자 하나님께서 '너는 이 인생 어느 순간에 가장 행복하니?' 하고 물으셨습니다. 이전까지의 모든 삶에서 즐거운 일들을 떠올려보니 '어떤 일' 때문에 즐거웠다기보다는 그 일을 함께한 사람 때문에 행복했던 기억이 훨씬 더 많다는 것을 알게 되었습니다. 그리고 무엇보다 행복했던 순간들은 하나님께서 함께 해주셨던 때였습니다. 나에게 다가와 위로해주셨을 때, 나의 찬양을 받아주셨을 때, 나의 예배를 받아주셨을 때 정말 행복했습니다.

그래서 "저는 하나님과 동행하는 것을 느낄 때 가장 행복합니다"라고 고백했습니다. 그러자 하나님께서도 딱 기도 내용과 똑같은 말씀의 구절(미가서 6장)로 하나님께서도 내가 하나님과 겸손히 동행하시기를 원한다고, 그 무엇보다 그것을 바란다고 말씀해주셨습니다.

하나님이 기뻐하시는 자리와 슬퍼하시는 자리가 있다는 것을 알게 되었습니다. 상식적으로 클럽에서 술을 먹고 죄를 짓는 그 순간에 성령님이 기뻐하시고 함께해주신다고 생각하기는 어렵습니다. 그러나 하나님의 일을 위해 최선을 다하는 순간에, 비록 부족하지만 과부가 두 렙돈을 드리는 심정으로 올려드리는 삶의 순간에 하나님께서 그것을 기쁘게 받으시고 그 순간들이 나와 함께해주시는 자리라는 것을 알게 되었습니다. 그래서 그냥 하나님이 기뻐하시는 그 자리에 있고 싶다는 마음으로 매일 공부를 시작하기 전에 식사기도를 하는 것처럼 "하나님이 이 자리에 나를 앉히시고 공부시켜주시는 것임을 고백합니다. 내가 최선을 다하는 이 삶을 받아주시고 함께해주세요. 그것을 바라며 이 하기 싫은 공부 오늘도 시작합니다"라고 짧게 기도했습니다.

그러자 공부가 별로 힘든 일처럼 느껴지지 않고 다른 사람과의 비교에서 느껴지는 좋지 못한 감정도 사라졌습니다. 친구들과는 좀 힘든 일을 해도 재미있는 추억으로 남는 것처럼, 하나님이 나의 삶의 주인임을 인정하고 함께하려고 노력하자 공부하고 예배드리는 하루가 참으로 행복했습니다.

그렇게 하루하루 한계와 싸우며 지치고 힘들 때 다시 예배로 힘을 받다보니 어느 순간 열매들이 맺기기 시작했습니다. 1년이 지나자 가장 집요하게 공부했던 국어는 안정적으로 1~2등급을 받았고, 수학은 개념을 다 끝냈습니다. 영어 또한 단어장 하나를 통으로 다 외우고 수업 때 배운 독해법과 문제풀이들을 반복하자 3등급 점수대가 나왔습니다. 수학도 어떻게 해야 할지 너무 막막했는데 경준 선생님 수업을 듣고 수학 공부의 뼈대를 세우는 법을 알게 되어 한창 희망을 가지고 열심히 따라가고 있었습니다.

그러자 마음속에 거만이 스멀스멀 올라오기 시작했습니다. '아니 아직 2년이나 남았는데 놀면서 해도 되는 거 아닌가?' 자꾸만 '내 노력으로 이뤄낸 것이 아닌가?' 하는 마음이 꺾어도 꺾어도 올라왔습니다. 저라는 인간은 참 간사한 것 같습니다. 그렇게 뜨거운 마음이 식은 채로 치른 5월 모의고사에서 저는 국어 82점 4등급, 수학 61점 5등급, 영어 84점 4등급을 받았습니다. 부끄러워서 점수를 숨기기까지 했습니다. 그리고 기도하던 중에 '나는 진짜 하나님 은혜 없으면 아무것도 아니구나. 내 힘으로는 이 정도 한 것도 기적이구나' 하는 것을 알게 되었습니다.

'절대로 절대로 자만하지 말고, 내가 공부하는 목적을 날마다 인식하고 공부해야겠다' 다짐하고 머리를 밀었습니다. 빡빡 민 머리를 보면서 한편으로는 너무 속상하고 후회가 들었지만 거울을 볼 때마다 '맞아. 넌 하나님을 위해서 공부한다면서 저는 것 상한 것 드릴 수 있냐? 계산적으로 생각하지 말고 자만하지 말고 오늘도 최선의 것을 드려라' 하면서 다시 한 번 공부 자리에 돌아왔습니다.

중심을 잃지 않으려고 주위 사람들을 챙기는 것도 잊지 않고, 하나님과의 관계가 흐트러진 것 같으면 바로 예배당에 갔습니다. 공부하는 동안 하나님을 많이 생각하지 않은 것 같으면 예배드릴 때 회개의 눈물이 났습니다. 그런 과정을 계속 반복하며 하루하루 살아갔습니다.

그러자 6월 모의고사에서 국어 100점, 수학 96점, 영어 97점, 생활과 윤리 47점, 윤리와 사상 50점이라는 성적표를 받았습니다. 아무리 컨디션에 따라 바뀌는 게 시험 성적이라지만 한 달을 어떻게 보냈는가에 등급이 몇십 등급씩 움직인다는 것은 상식적으로 이해하기 힘듭니다. 저는 이것을 보며 '아, 정말로 나는 하나님의 은혜로만 공부하는 사람이구나' 하는 것을 깨달았습니다. 그리고 욕심이 생겼습니다. '이번 수능 최선을 다해보자.' 그렇게 선생님께 편지를 드리자 선생님께서도 하나님이 어떻게 하실지 모르니까 최선을 다해보라고 격려해주셨습니다.

그렇게 나이는 한 살 어리지만 수험생이라고 생각하며 매일 계속 공부해나갔습니다. 9월 모의고사가 얼마 남지 않았던 날 몸이 갑자기 아프기 시작했습니다. 처음에는 그냥 감기인 줄 알았는데 열이 40도까지 오르고 약을 먹어도 낫지 않았습니다. 그래서 숙소에서 쉬고 있는데 자다가 숨이 안 쉬어져서 잠에서 깼습니다. 얼굴이 너무 뜨거워서 화장실로 기어가 찬물을 틀고 물을 맞았습니다. 그때 잠깐 필름이 끊겼다가 '아, 진짜 이렇게 있으면 죽겠다' 싶어 흠뻑 젖은 옷을 입은 채로 택시를 타고 근처 응급실에 갔습니다. 너무 아프니까 자연스럽게 하나님을 찾게 되었습니다.

하나님 나에게 왜 이러시냐고 따지듯이 물었습니다. 병원에 가서도 계속 열이 안 떨어져 링거를 맞으며 수건을 덮고 있는데 또 머리가 혼미해졌습니다. 잠이 든 것과 안 든 것 중간쯤에 있는 기분이었습니다. 그때 꿈처럼 하나님의 음성이 들렸습니다. '내가 너를 사용하려고 하는데 아직 너무 부족하구나. 너와 좀 더 대화하기를 원한다.' 사실 그 몇 주 전부터 기도를 하면 이상하게 '성경을 읽어라 성경을 읽어라' 하는 마음이 자꾸 들었지만 시간이 아까워서 '수능 끝나고 많이 읽을게요' 하고 기도하는 시간을 줄인 상태였습니다.

그런 기억이 다 떠오르자 정말 머리가 띵해졌습니다. 알겠다고 꼭 그러겠다고 다짐을 하고 기도를 한 그다음 날부터 열이 떨어져 다시 공부를 하러 학교에 올 수 있었습니다. 정신이 없었던 가운데도 아버지에게 이 말을 했던 것 같은데 아버지께서 "하나님의 사람은 하나님께서 다 인도하신다" 하는 말씀을 해주셨습니다.

저는 이 일이 하나님의 인도하심이라 믿고 성경을 읽고 기도를 하는 시간을 늘려갔습니다. 그때 그렇게 하지 않았더라면 저는 불안함에 쫓겨 공부했을 것이고 좋은 열매도 없었을 것이고 이렇게 간증도 못했을 것입니다. 모두 하나님의 인도하심임을 고백합니다.

수능이 다가오자 마음속에 불안함이 생겨나기 시작했습니다. 그말로 형언할 수 없는 불안함은 수능시험을 준비해본 사람만이 알 것입니다. 모의고사를 잘 봐도 '아, 수능 때 이렇게 안 나오면 어떡하지?' 못 보면 '큰일 났네, 이렇게 못했었나?' 하고 불안해합니다. 제가 깨달은 것은 그 불안함을 지우려고 하는 공부는 실력 향상에 눈곱만큼도 기여를 못했다는 사실입니다. 그런 상태로는 오래 앉아 있어도 공부를 한 건지 안 한 건지 하는 기분만 듭니다. 그러나 하나님 안에서 예배드리고 은혜를 받고 나서 기쁘게 공부하면 이전 몇 시간 공부해도 보이지 않았던 약점들이 하나하나 보이고 실력이 계속 향상되는 공부를 할 수 있었습니다. 그렇게 약점을 보완해가며 서로서로 위로하고 배려해주며 DLS는 다 같이 수능시험을 준비했습니다.

저는 어중간한 위치에 있으니 막 혼자 싸우는 듯한 기분을 느낄 때가 있었습니다. 수험생도 아니고, 그렇다고 비수험생도 아닌 저에게 형을 위해서 기도하고 있다고 포스트잇 하나 남겨주는 동생들, 저를 잡고 기도해주는 친구들을 볼 때 참으로 고맙고 힘이 되었습니다. 그때마다 '맞아, 나는 하나님이 함께해주시지' 하는 것을 떠올릴 수 있었습니다.

동생이 얄미울 수도 있을 텐데 전혀 그런 기색 없이 저와 놀아주시고, 여러 공부법도 알려주시는 형 누나에게도 무척 감사했습니다. 수능이 다가올수록 서로를 위해 기도하는 시간이 많아졌습니다. 진짜 누구도 경쟁자처럼 느껴지지 않았습니다. 한 명 한 명을 바라보며 기도할 때마다 "정말 다 잘 봤으면 좋겠다. 하나님 제발 도와주세요" 하는 기도가 나오곤 했습니다.

김동환 선생님께서도 추석쯤에 갑자기 몸이 편찮으셔서 병원에서는 2주 이상 입원해야 한다고 했는데 수능이 얼마 안 남았다고 한 3~4일 만에 돌아오셔서 수업을 해주셨습니다. 저는 이런 선생님들과 형 누나 친구 동생들 곁에서 공부할 수 있었다는 사실이 행복하고 감사했습니다.

수능이 며칠 남지 않은 어느 날 밤 기도를 하고 자려는데 눈물이 계속 쏟아졌습니다. 30분이 넘는 시간 동안 정말 감사하다고만 중얼거린 것 같습니다. 지난 시간을 생각해보니 그 지경이던 저를 앉혀서 공부시켜주신 분도 하나님이고, 내 별것 아닌 노력에 열매를 주신 분도 하나님이고, 이렇게 행복하게 공부할 수 있도록 해주신 분도 하나님, 좋은 선생님들에게 배울 기회를 주신 분도 하나님이라는 것이 머릿속에 계속 지나갔습니다.

진짜 성적이 어떻게 나오든 상관없겠다, 이 1년이 나의 삶 속에 행복한 기억으로 남을 것 같다는 생각이 들었습니다. '뿌린 분이 하나 님이니까 거두실 분도 하나님이다'라는, 전에는 절대 가지지 못한 믿음이 내 안에 있는 것을 발견하고 '정말 헛되지 않았구나' 하며 행복해했습니다. 수능 하루 전 평소에 힘든 일이 있을 때 도와주던 친구들이 와서 열심히 기도해주겠다는 것을 보며 '그들에게 들인 시간들 또한 하나도 아까운 것들이 아니었구나' 하는 것을 느꼈습니다.

저는 수능 하루 전에도 평안하게 잠을 잤고 아침에 학교로 향하는 발걸음도 가벼웠습니다. 절대 내 실력에 대한 믿음 때문이 아니었습니다. 그저 진짜 결과가 어떻게 나오든 꼭 감사해야겠다는 마음을 주시는 것, 지금 하나님이 나와 동행하고 계시구나 하는 것 때문이었습니다. 수능 때만 반짝 '나와 함께해주세요!!' 하면 너무 부끄러웠겠지만, 준비하는 시간마다 항상 함께하심을 바랐기에 그날 또한 '하나님, 평소처럼 하나님과 함께 동행하기를 바랍니다'라는 기도를 드릴 수 있었습니다.

시험장에서 1교시 국어영역이 끝나고 저는 문제가 어렵게 느껴졌지만 학생들이 "야, 엄청 쉬웠어" 하는 말을 듣고 마음이 흔들렸습니다. 이때부터 '아, 한 번 더 해야 하는 건가' 하는 생각이 들기 시작했습니다. 2교시 수학영역은 전략상 어려운 문제를 버리고 96점을 목표하던 저는 별 어려움 없이 문제를 풀고 시간이 남아서 좋아했습니다. 그런데 점심시간 잠을 자려고 엎드려 있다가 머릿속에 갑자기

계산 실수한 것이 떠올랐습니다. fx의 미분 값을 구해야 했는데 gx의 미분 값을 구하고 끝낸 것입니다. 거의 거저먹는 개념문제였는데 틀렸다는 것을 알고 나니 멘탈이 깨지는 소리가 들렸습니다.

평소라면 좌절했겠지만 하나님께서 1년간 하나님 바라보는 법을 훈련시켜주셨기에 '하나님, 나머지 시험도 최선을 다하겠습니다. 어떤 상황에든 흔들리지 않게 해주세요' 하고 기도했고 그런 일이 있음에도 불구하고 차분하게 영어문제를 풀 수 있었습니다. 유독 어려워 표준점수가 높았던 윤리와 사상까지 시험을 치르고 처음 든 생각은 '아, 못 봤다. 1년 더 공부해야겠다'였습니다.

진짜 이번 수능을 준비하면서 가장 감사했던 순간이 바로 이 순간이었습니다. 수능을 못 봤다고 생각한 이후에 가슴속에서 "그래도 진짜 진짜 감사합니다. 주님" 하는 가식 없는 고백이 나온 것입니다. 결과에 상관없이 함께해주신 하나님께 감사할 수 있는 믿음이 2년이라는 시간 동안 자라왔다는 것을 보았습니다. 저는 이것이 제가 거둔 성적의 열매보다 훨씬 값지고 기쁜 열매라고 생각합니다.

밖에서 기다리는 엄마에게 "엄마, 나 잘 못 본 거 같아. 진짜 그런데도 기쁘고 감사하다는 생각만 든다"고 말했습니다. 채점은 해야 할 것 같아서 채점을 하니 실수를 한 수학 빼고는 좋은 성적이 나왔고 전과목에서 세 문제만 틀렸다는 것을 알게 되었습니다. 저는 기뻐했고 또 감사했습니다.

여기까지의 이야기에서 제가 한 것은 넘어지고 다시 걷고 넘어지고 다시 걷고를 반복한 것뿐입니다. 일으켜주신 분은 오직 하나님이요 걸을 수 있게 힘을 주신 분도 하나님이셨습니다. 저는 수능이라는 시험을 준비하며 인생을 살아가는 법을 배웠습니다. 비록 부족하여 넘어지더라도 하나님이 일으켜주시면 다시 걸어갔습니다. 그저 내가 드릴 수 있는 최선의 것을 드리면 하나님께서 뿌리시고 거두신다는 것을 몸으로 마음으로 1년이라는 시간 동안 경험했습니다. 그렇기에 지금도 '이 열매들은 모두 하나님이 주신 것들이다'라고 말할 수 있는 기회가 있는 것이 무척 감사하고 행복합니다.

김동환 선생님

솔직히 처음에는 김동환 선생님이 많이 낯설었습니다. 멀게만 느껴졌고 가끔씩 "내가 너희 엄청 좋아해!"라고 말씀하실 때에도 와닿지가 않았습니다. 하지만 생활을 하다보니 말이 아니라 행동으로 선생님의 진심을 조금이나마 알 수 있었습니다. 한결같이 새벽마다 나오셔서 밤에 돌아가시는 모습, 치료 후에 병원에서 쉬어야 하는데 학생들 보고 싶다고 오시는 모습, 학생 한 명에게 안 좋은 일이 생기면 엄청 슬퍼하시고 우울해하시는 모습, 한 명에게 좋은 일이 있으면 같이 기뻐하시는 모습, 목소리도 안 나와서 전도사님이 대신 설교하셨는데 그 후에 꼭 전해줘야 할 말씀이 있다고 성경을 펴고 학생들에게 알려주는 모습들을 보면서 '아 진짜구나, 진짜 우리를 좋아하시는구나' 하는 것을 알게 되었습니다.

선생님은 무서울 때는 정말 엄하시지만 그렇지 않을 때가 더 많습니다. 장난치실 때는 굉장히 친근하고 웃겨서 학생들 모두가 웃습니다. 또 학생 한 명 한 명한테 관심을 가지시는데 제가 요즘 살찐 것까지 알고 운동하라고 하실 정도입니다. 우리가 주위 사람들과 견주며 '나 정도면' 하고 있을 때, 선생님은 사도 바울을 보시며 "저분은 진짜 열심히 했는데 나도 그러고 싶다"고 말하곤 하십니다. 아마 선생님의 그런 애정과 열심이 있기에 저희 부모님이나 다른 많은 부모님이 우리 DLS를 믿고 자식들을 보내주시는 것이 아닐까 생각해 봅니다.

저는 그런 선생님께, 그리고 나의 가장 사랑하고 존경하는 엄마 아빠에게, 또 누나에게 받은 것이 너무나도 많은 사람입니다. 무엇보다 이 모든 것을 허락하신 하나님께 평생 감사드리고 목숨을 드려도 부족한 자입니다. 하지만 주님께서 함께 계시기에 어떻게 살았든 어디까지 도달했든 이제는 뒤로 물러가 멸망하지 않을 것입니다. 하나님 손 붙잡고 넘어지면 다시 한 걸음 한 걸음 걸어나가 더 철저히 순종하고 주님 위해 살고 주님 위해 쓰임 받는, 세상이 말하는 예수

쟁이가 될 것입니다. 지금까지 저의 모든 것을 이끄시고 역사하신 하나님께서 영광 받으시기를 간절히 원합니다.

··· ✦ ··· ✦ ··· ✦ ···

민준이 아버님이 주신 편지를 함께 나누고자 합니다. 이 귀한 편지로써 하나님의 살아 계심과 역사하심을 다시 한 번 찬양합니다. 귀한 편지 감사드립니다.

목사님 안녕하세요. 저는 민준이 아빠입니다. 진작에 감사한 마음을 편지로 드렸어야 했는데 많이 늦었습니다. 늦게나마 이렇게 감사의 마음을 전합니다.

민준이가 DLS에 입사한 지가 어느덧 2년이 되어가네요. 2년 전 저는 참 절박했었습니다. 민준이가 DLS에 가지 않겠다고 하거나 입학하지 못하면 희망이 보이질 않았었지요. 그런데 민준이가 엄마랑 DFC에 다녀온 뒤로 DLS에 가겠다고 했을 때 얼마나 기뻤는지 모릅니다. 아들이지만 성격이 제 마음대로 할 수 있는 아이가 아니었기 때문에 가지 않겠다고 하면 억지로 보낼 수가 없었습니다. DLS 합격 통지를 받고 민준이를 입사시킨 후 한 1년 동안 기도하면서 참 많이 울었습니다. 감사해서 울고, 보고 싶어서 울고, 기도할 때마다 왜 그렇게 울게 하셨는지 모르겠습니다.

처음 외출 나왔을 때 자기는 파리바게뜨 빵이 그렇게 비싼 줄 몰랐는데 그런 빵을 집에서 매일 먹게 해주신 부모님께 감사했고, 집에서는 거들떠보지도 않던 우엉된장국이 잘 넘어가더라는 아들의 말에 DLS를 알게 해주시고 입학시켜주신 분들게 감사했던 기억이 납니다.

그리고 2년이 지난 지금, 모두들 목사님께 감사한 마음으로 지내겠지만 저희 부부가 아마도 제일 감사해야 할 것 같습니다. 목사님께서 자기의 꿈을 구체적으로 적어내라고 하실 때 민준이가 고려대 자유전공학부를 적었었습니다. 그때 저는 언감생심 민준이가 고대를 갈 수 있을 거라고는 생각지 않았습니다. 그냥 성실한 아이, 겸손한 아이, 하나님을 경외하고 순종하는 아이가 되었으면 좋겠다고만 바랐습니다. 그리고 DLS의 선생님들을 좋아하고 선배들을 따르는 민준이를 만났을 때는 DLS

에 보내길 참 잘했고 탁월한 선택이었다는 생각이 들었습니다. 모의고사를 보고, 수능을 보고, 좋은 성적표를 우리에게 보여줄 때는 꿈인 것 같았습니다.

이건 설마 조작이 아니겠지? 이런 생각도 들었습니다. (민준이가 중학생 시절 성적표를 조작했던 적도 있어서) 그리고 지금은 미래를 위해 기도하고 고민하는 아들이 대견하고 이렇게 희망이 없던 아이를 바꾸고 하나님을 만나게 인도해주신 목사님과 박전도사님께 무어라 말할 수 없는 감사를 드립니다! 너무 감사하고 또 어떻게 잘 표현하지 못하고 그동안 DLS와 목사님을 위해 열심히 기도하지 않았던 제가 반성도 많이 됩니다.

감사합니다! 그리고 2016년에는 DLS와 목사님을 위해 더 많이 기도하겠습니다.

2016년 1월 11일

민준 아빠 올림

"군대 갈래,
DLS 갈래"

재수생 정훈이가 교대를 목표로 한다고 했을 때 사실 객관적으로
는 도저히 상상할 수 없는 일이었습니다. 성적이 너무 많이 모자랐
습니다. 고등학교 시절 학습 의욕 없이 그냥 성적에 맞춰 대학에 가
겠다는 생각으로 공부를 했기에 수능 성적이 좋지 않았습니다. 그런
정훈이가 초등학교 선생님이 되는 것이 꿈이라고 말하자 어떻게 하
면 정훈이를 교대에 보낼 수 있을까 기도하게 되었습니다. 하나님이
도와주시면 불가능함이 없음을 이미 여러 학생을 통해 경험했기에
정훈이에게 "정말 주님 위해 우리 열심히 해보자" 이야기하며 정훈
이의 다니엘리더스스쿨 생활이 시작되었습니다.

정훈이는 고3 때 수능 성적보다 50점이 올라 2011년 지원한 교대

두 곳에 모두 합격했습니다. 정말 상상하기 어려운 결과였습니다. 성적이 엄청나게 오른 것만 해도 기적과 같은 일인데 그의 신앙의 변화는 더욱 놀라웠습니다. 정훈이의 기적의 이야기를 함께 나누고 싶습니다.

… ✦ … ✦ … ✦ …

우선 DLS를 알기 전 나의 삶에 대해서 이야기하고자 한다.

학창 시절, 고등학교 3학년 말까지 내겐 꿈이라곤 없었다. 아니, 선생님이라는 막연한 꿈이 있기는 했다. 어렸을 때부터 중학교 선생님이셨던 아버지를 보면서 자란 나는 선생님이라는 직업에 흥미를 가져왔다. 나 자신이 가르치는 것을 좋아하기도 하고, 안정된 직업이라는 점도 한몫했다. 그러나 그 당시 나의 성적으로는 선생님이 된다는 것은 꿈같은 일일 뿐이었다. 성격도 우유부단한 탓에 선생님이 되겠다는 굳은 의지도 없이 그저 해야 하니까 하는 수 없이 공부를 했다. 재수는 하지 않고 그냥 성적에 맞춰서 아무 대학이나 가자는 생각으로 하루하루 살아왔다.

그러나 수능을 보고, 부모님과 얘기를 하고, 또 혼자 미래에 대해 많은 생각을 하면서 진심으로 초등학교 선생님이 되어야겠다는 결심을 하게 되었다. 그러나 그때까진 그저 내가 좋아하고, 내가 편한 일을 하기 위한 결심이었다. 하여튼 그렇게 결심을 하고 재수를 시작했다. 소수정예로 하는 종합학원에서 성공했던 형을 본받아 찾아낸 재수학원에서 나름대로 마음을 다잡고 올해는 죽었다 생각하고 최선을 다하려고 했다.

처음 몇 주는 공부에 전념을 다했다. 그러나 새로운 환경에 적응이 되고 점점 얼굴들이 익숙해지면서 서서히 사람들과 친해지기 시작했다. 그리고 접한 술 문화. 사실 고등학생 때까지만 해도 술은 입에 대지 않고 살았다. 물론 기회가 없었던 건 아니다. 아니 오히려 많았다고 할 수 있었다. 부모님의 통제도 엄했고, 또 나름대로 기독교인이라는 자각과 아직 성인이 아니라는 도덕심 등등 여러 가지 이유로 나를 억제해왔다. 그러나 재수를 하면서 성인이 되자 그런 억제력이 서서히 약해지고 그동안 눌러왔던 호기심, 놀고 싶은 마음이 커지면서 자연스럽게 학원 친구들로부터 술 문화를 배웠다.

그렇게 일주일에 한두 번씩 학원 친구들, 학교 친구들 등 여러 사람과 술을 마시면서 점점 공부에 관한 생각들은 지워지고, 다시 학창 시절의 목적 없는 나로 되돌아갔다. 그러다가 설날 연휴를 맞아 공부한다는 핑계로 학원에 와서 학원 친구들이랑 친구 집에 가서 죽자 하고 퍼마셨다. 사실 그동안은 부모님께 들키지 않고 잘 조절하면서 마셨는데, 그날은 뭐에 씌었는지 분위기에 취해 주량도 잊고

하여튼 엄청 마시고 말 그대로 개가 되어 집에 들어갔다.

당연히 부모님은 노발대발하시고, 당장 군대에 보내겠노라 하시면서 군대를 보낼 방법을 모색하셨다. 그다음 날은 설날이었기에 다음 날 할아버지 댁에서 모인 우리 가족은 가족회의를 했는데, 나는 친척들에게 재수 때도 맘 못 잡고 술 마시고 놀다가 군대 가는 아이로 낙인찍혀버렸다.

자! 이런 방탕한 탕자 같은 나를 위한 하나님의 놀라운 계획은 여기서부터 시작된다. 밤늦게 할아버지 댁에서 집으로 오는 길이었다. 가족들은 다 자고 아버지만 운전하던 중에 아버지는 우연히 극동방송에서 흘러나오는 한 광고에 귀 기울이시게 되었다. 하나님의 방법으로 아이들을 가르치고 매일매일 말씀과 찬양을 통해 마음관리를 하는 DLS에 관한 이야기.

그리고 다음 날 아침. 난 아무것도 모른 채 그저 '아⋯⋯ 끝이구나' 하면서 방문을 나와 아침을 먹는데 가족이 둘러앉아서 내게 한 가지 선택을 요구했다. 대충 요약하면 이런 것이다. "군대 갈래, DLS 갈래?"

DLS라니 그건 또 뭔가⋯⋯ 들어보니 매일매일 말씀과 찬양, 뜨거운 기도를 드리면서 하나님을 위해 목숨 바쳐 공부하는 곳이 있다는 것이었다. 거기 가면 나도 갱생해서 주님을 위해 쓰임 받을 수 있을 것이라는 이야기였다. 나도 크리스천으로서 그동안 나름 교회도 열심히 다녔기에 주님을 위해 쓰임 받기를 원하는 마음이 있었다. 아무것도 이룬 것 없이 군대에 가는 것보다 백배 낫지 않은가. 그리고 항상은 아니지만 그래도 교회에서 수련회를 다녀오면 매일매일이 수련회 같았으면 좋겠다는 생각을 하곤 했다. 나는 감지덕지하며 망설임 없이 DLS에 가기로 결정했다.

그리고 나의 삶은 180도 바뀌었다. 신앙, 인격, 실력까지. 일단 늦은 아침에 일어나 밤늦게 자던 저녁형 인간이 새벽 4시 20분에 일어나서 밤 10시에 자는 새벽형 인간이 되었다. 매일 새벽예배를 드리면서 하루를 시작하고 마무리 기도를 통해 하루를 마감했다. 하나님의 살아 계심과 역사하심을 알게 되고, 하나님께서 나를 정말 사랑하신다는 사실에 뜨거운 눈물을 흘렸다. 기도할 때 묵상하는 것이 아니라 하나님께 소리쳐 간구하게 되었고, 찬양도 전심으로 드렸다.

김동환 선생님의 매일매일의 설교말씀을 통해서 예수님에 대해 점점 더 알아갈 수 있었다. 나의 꿈 또한 나 자신만을 위한 것이 아닌 하나님의 나라를 위한 비전이 되었다. 이 세대의 교육난 속에서 죽어가는 아이들에게 꿈을 주고, 공부를 해야 하는 이유와 동기를 부여해 자신이 스스로 목적을 갖고 공부할 수 있도록 활기를 불어넣어주는 교육을 하고 싶다.

DLS를 통하여 나의 꿈이 단지 꿈이 아니라 현실이 되도록 실력을 쌓을 수 있었다. 학창 시절, 공부가 안 되었던 이유 중 하나가 목적이 없었다는 것이다. 있어도 희미했다. 그런 상태에서 공부를 해봤자 의욕도 안 생기고, 왜 하는지 허무함만 느낄 뿐이었다. 그러나 DLS에서 하나님의 나라를 위해 공부한다는 확실한 동기와 이유를 갖게 되었다. 아무리 힘들어도, 아무리 공부하기 싫어도, 하나님을 위해 공부한다는 사실을 상기하면 공부를 놓을 수가 없었다. 매일매일 예배와 기도를 통해 하나님께 위로를 받고 마음을 다잡았다. 그렇게 수능 때까지 쉬지 않고 꾸준히 공부하다보니 나도 모르게 성적이 향상되었다.

성적 향상은 군더더기 없이 나만의 스케줄을 짤 수 있는 DLS의 시스템 덕이었다. 사실 재수학원에서는 오후 늦게까지 수업을 듣고 나서 밤까지 자습을 하는 시스템이라 자습을 하는 시간이 그렇게 많지 않다. 그러나 DLS에서는 원하면 하루 종일 자습하면서 실력을 쌓을 수 있다.

자기주도 학습법인 다니엘학습법으로 공부하는 이곳은 필수로 들어야 하는 몇몇 수업 외에는 김동환 선생님의 학습컨설팅을 통해 학습 계획을 짜고 스케줄을 정할 수 있다. 부족한 부분이 있으면 수업을 통해 보완하거나 엘더학습을 하면서 채워나갈 수 있다. 나는 특히 실력 있는 선배에게 질문을 하면서 수학 실력을 많이 개선시켰다. 이러한 방법들을 통해서 세상과는 다르게 6일만 공부하고 또 매일 세 번 예배를 드리면서도 7일을 공부하는 아이들 못지않게 실력을 향상시킬 수 있었다.

실력 향상 외에도 하루 세 번의 예배를 통한 마음관리. 이것이 숨은 저력이다. 수능을 준비하면서 대학을 바라보고 있다면 누구나 압박감이 생긴다. 그러면 공부를 해도 효율이 떨어지고 항상 불안감에 사로잡힌다. 그건 수능이 다가올수록 점점 심해지기 마련이다. 그러나 나는 DLS에서 예배를 통한 마음관리로 누구보다도 행복한 수험생활을 했다고 자부할 수 있다.

미래에 대한 막연한 불안감 같은 것은 다 하나님께 던져버리고 그저 감사함으로 기쁘게 하루하루를 지냈다. 수능이 다가와도 마음은 흔들리지 않았고, 결국 수능도 주님이 주시는 평안함 가운데서 잘 치를 수 있었다. 한 가지 더하자면 여기는 친구를 사귀어도 공부하는 데 전혀 방해가 되지 않는다. 방해는커녕 서로 격려해주고 기도해주기에 정말 가족 같은 따뜻함을 느낄 수 있고 공부하느라 힘든 마음을 치유받을 수 있다.

그리고 결과. 재수해도 오르기 힘들다는 점수는 지난해에 비해 50점 가까이 올랐고, 나는 감사하게도 가, 나군에 지원한 교대에 모두 합격했다. 꿈 없이 살던 내가 이렇게 확고하게 꿈을 갖고 그 꿈을 위한 첫 관문을 통과한 것은 다 하나님의 섭리라고 믿는다.

대학도 못 가고 군대 가서 실패자의 인생을 살아야 할 것만 같았던 내게 하나님은 DLS란 곳을 알게 하시고, 내 삶의 목적을 알게 하셨으며, 하나님을 위해 목숨 바쳐 살기로 다짐한 21세기 다니엘의 꿈을 주셨다. 그리고 정말 소중한, 살아가면서 두 번 만나기 힘들 법한 귀한 믿음의 동역자들과의 만남도 허락해주셨다. 이곳 DLS에 들어와 김동환 선생님을 만나고, 이곳에서 생활하면서 공부했다는 사실에 하나님께 진심으로 감사드린다.

"웹툰도 그 여자애도
끊게 해주세요"

민기는 하루에 보통 300~400편의 웹툰을 볼 정도로 웹툰에 깊이 빠져 있었습니다. 어려서 교회를 나갔지만 하나님의 존재 유무와 천국과 지옥에 대한 관심 없이 웹툰과 이성교제에 몰입된 상태였습니다. 그러다가 우연한 기회에 다니엘 온가족학습수련회에 참여했습니다. 그곳에서 민기는 하나님을 위해 공부해야 한다는 사실을 처음 들었고 그때부터 왜 공부해야 하는지 태어나 처음으로 분명히 알게 되었습니다. 그 후 민기는 하나님의 은혜로 DLS에 입학했고 다니엘 리더스스쿨 생활이 시작되었습니다.

현재 민기는 신앙과 실력과 인격 면에서 엄청난 향상을 보이고 있습니다. 민기가 처음 다니엘리더스스쿨에 들어왔을 때 고3 모의고사에서 국어는 30점 중반, 영어는 지문을 읽을 수 없어서 거의 풀지 못했습니다. 수학은 중학교 3학년 1학기부터 시작했습니다. 그런 그가 1년이 지난 지금 2015년 수능을 기준으로 국어 89점 2등급, 영어 81점 3등급, 수학은 고1 9월에 진도를 다 끝냈고, 고1 11월에 본 수능에서 52점 6등급을 받았습니다.

고3 수능시험까지 민기에게는 2년이라는 시간이 남았습니다. 현재 서울대학교 수학과를 목표로 할 정도입니다. 고등학교 2학년 때 고려대학교 자유전공학부에 합격한 민준이처럼 많은 발전이 있었습니다. 하나님의 영광을 위해 치열하고 뜨겁게 공부하는 민기의 기적의 이야기를 함께 나누고 싶습니다.

··· ✦ ··· ✦ ··· ✦ ···

저는 1999년 11월 26일, 서울시 관악구의 3대째 예수님을 믿고 있는 가정에서 태어났습니다. 모태신앙으로 유치원 때 하나님의 음성을 듣고 초등학교 때 교회 수련회에 가서 방언을 받았던 경험이 있을 정도로 신앙심이 좋았습니다. 그랬던 제가 초등학교 4학년 때 친구들의 권유로 스타크래프트를 알게 되고, 피시방 또한 알게 되었습니다. 부모님이 알면 당연히 못 가게 하실 테니까 부모님(특히 어머니) 몰래 피시방을 다녔습니다. 집에서는 게임을 할 수 없었던 제게는 피시방이 안식처였고 놀이터였습니다. 심지어 아프다는 핑계로 학교에서 조퇴를 하고 피시방에서 게임을 했습니다. 주일 오전에 친구와 피시방에 가서 예배에 40~50분을 늦는 일도 종종 벌어졌습니다.

처음에는 자주 가지 않았지만 나중에는 가는 빈도수가 잦아져 머지않아 부모님께 걸렸습니다. 혼나지 않으려고 거짓말도 해보고, 담배 냄새를 없애기 위해 옷도 여벌로 가져가보았지만, 결국은 걸려서 혼났습니다. 평일에 피시방에 3~4시간씩 있다보니 성적은 떨어지고 신앙심은 바닥이었습니다.

어머니는 제 성적을 올리고 공부 습관을 길러주기 위한 특단의 조치로 학원에 보내셨지만, 학원 수업을 땡땡이 치고 또 피시방에 갔습니다. 결국 어머니는 학원 다니는 효과가 없다면서 그만 다니게 하셨고 저에 대한 기대 또한 거의 접으셨습니다. 어머니와 놀러 가기로 했던 약속도 잊어버리고 게임에 정신이 팔려 있기도 했습니다. 그런 일이 있자 집에서 쫓겨나기도 했지만 고쳐지지 않았습니다. 초등학교 시절 내내 피시방에 가고 걸리고 혼나는 일이 반복되었습니다.

신이 있는지 없는지, 죽은 후에 어떻게 될지 별로 신경 쓰지 않았습니다. 신앙심이 바닥난 결정적인 계기는 중학교 1학년 겨울방학 때 갔던 한 달간의 필리핀 유학이었습니다. 필리핀에서 저는 어학연수를 온 형들과 함께 열심히 놀았습니다. 말이 어학연수지 그저 재미있게 놀다 온 캠프였습니다.

거기서 배워서는 안 될 이상한 것들 참 많이 배워 왔습니다. 먼저 형들과 선생님들께 술 배웠지요. 야동 보는 법 배웠지요. 한 달간의 어학연수를 마치고 한국에 들어와서 거기서 배운 대로 열심히 야동을 시청했습니다. 부모님한테 몇 번 걸리기도 했지만, 안 걸리려고 노력하면서 보았습니다. 일주일에 세 번 1시간 정도 보았습니다. 많이 봤다고 생각하는 분들도 계시겠지만 예전에 다니던 중학교에서 같은 반 친구들의 하루 평균 야동 시청시간은 최소 1시간 30분이었습니다.

그런데 감사하게도 야동에는 별로 오래 빠져 있지 않았습니다. 저에게 야동은 음, 재미있는 예능프로그램 정도였습니다. 좀 보다보니 질려서 관심이 다른 곳으로 향했습니다. 바로 웹툰이었습니다. 보통 다른 남자아이들은 중학교에 들어오면서 게임의 절정을 치닫지만, 저는 게임을 중학교 1학년 때까지 열심히 하고 그 뒤에는 친구들이 피시방에 가자고 계속 조르면 같이 가주는 정도였습니다. 게임을 하는 시간은 일주일에 3시간 정도였던 것 같습니다. 하지만 웹툰은 이야기가 달라집니다.

보통 남자아이가 게임이 아닌 웹툰에 빠지는 건 드문 일인데, 저는 그중에서도 조금 유별난 경우였습니다. 웹툰이란 네이버나 다음 같은 포털사이트에서 만화작가들을 섭외해 그 작가들이 사이트에 연재하는 만화들을 지칭합니다. 처음엔 조금씩 보았지만 공부를 하지 않고 남는 시간을 때우기 위해서 웹툰을 보는 시간을 꾸준히 늘려갔고, 점차 중독으로 치달았습니다. 제가 웹툰을 얼마나 많이 보았느냐면 네이버에서 연재하는 웹툰의 90% 이상을 정기구독했고, 다음에서 연재하는 웹툰은 최소 50% 이상 정기구독했습니다. 그리고 웹사이트 자유게시판에 올라온 웹툰도 재미있는 것들은 찾아서 보았습니다.

세어보지는 않았지만 평균적으로 하루에 300~400개 정도는 보았을 것입니다. 거짓말이라고 생각하는 분들도 있을 것 같은데 학교 수업시간에 몰래 보고, 또 예전부터 열심히 보았기 때문에 읽는 속도가 빨라져서 한 편 보는 데 2분도 안 걸려서 충분히 다 볼 수 있었습니다. 연재하고 있던 것뿐 아니라 완결되었던 것도 갑자기 당기면 처음부터 다시 보았습니다. 또 앞 내용을 다시 보고 싶으면 역시 처음부터 다시 보았습니다. 전문용어로 '정주행'이라고 하는데, 그게 몇백 편인지는 신경 쓰지 않고 시간이 없으면 짬을 내서 보았습니다.

네이버 웹툰 중 '정글고'란 웹툰은 전체가 대략 400~500편은 되는데 처음부터 끝까지 5번 정도 보았습니다. 웹툰 보는 시간을 따지자면 때에 따라 다르지만 정말 적게 보는 날은 2~3시간, 많이 볼 때는 하루 종일도 보았습니다. 학교에서는 주요과목 시간이면 수업 듣고 재미없으면 웹툰 보고, 주요과목이 아닌 시간에는 거의 웹툰을 보는 것이 학교 생활의 전부였습니다.

그냥 한마디로 웹툰 중독이었습니다. 친구들에게 제 별명중 하나는 웹툰 폐인이었고, 다른 하나는 이상하게 공부 잘하는 놈이었습니다. 인생의 허전함을 웹툰으로 달래보았지만, 그 공허함은 끝이 없어 그냥 보는 웹툰 개수를 늘려갔고 완결된 웹툰을 하염없이 다시 보았습니다. 웹툰을 본 시간과 열정을 가지고 공부를 했으면 지금 과학고나 영재고를 다니고 있었을 것입니다. 거기서 전교 1등을 하는 애들의 공부하는 시간과 열정이 제가 웹툰에 쏟아부은 시간과 열정보다 적을 것입니다.

이렇게 웹툰을 봐대니 당연히 신앙심은 웹툰에 쏟은 제 열정과 반비례했습니다. 심지어 주일 찬양시간, 설교시간에도 웹툰을 보았습니다. 하루는 설교가 시작한지도 모르고 서서 웹툰을 보다가 교회 선생님이 알려주셔서 앉은 적도 있었습니다. 예배시간이 지루하다기보다는 시간이 아까웠던 것 같습니다.

웹툰에 대한 열정은 점점 커져만 갔습니다. 저도 사람인지라 한곳에 미친 듯이 빠져 있으면 문제가 있다는 것을 인식하고 있었습니다. 끊으려고 나름대로 노력했지만, 오랫동안 보아와서 쉽게 끊을 수가 없었습니다. 그때의 제게는 웹툰이 그 어떤 것보다도 달콤했고 재미있었습니다. 이런 제게도 웹툰을 끊을 수 있는 계기가 생겼습니다. 바로 2013년 겨울 DFC에서 만난 김동환 목사님의 설교 및 뜨거운 예배와 DLS 학생들의 간증이었습니다.

방학을 즐기던 중 어머니 지인의 소개로 DFC를 가게 되었습니다. 제 일생의 가장 큰 축복이 이 DFC에서 DLS를 알게 된 것이 아닐까 생각해봅니다. DFC 당일 찬양예배의 모습과 김동환 목사님의 설교는 제게 신선한 충격으로 다가왔습니다. 처음부터 끝까지 무식하게 소리 지르고 뛰는 예배는 처음이었습니다. 삶은 자신의 것이 아닌 하나님 것이라는 내용 또한 처음이었습니다. 또 공부를 하나님을 위해서 해야 하고 인생과 목숨까지도 하나님이 값 주고 사신 것이라는 설교를 들은 저는 '멘붕'이 왔습니다. 그때까지 수없이 고민하고 답을 찾기 위해 많은 베스트셀러 책들을 읽어보았지만, 그 답을 한 번의 설교에서 찾을 수 있었습니다. 그 이후부터는 제 가슴에 '하나님'이란 단어가 꽉 박혔습니다. 그리고 웹툰을 끊어야 하는 제대로 된 이유를 처음으로 알게 되었습니다.

예전의 제게 웹툰을 끊는다는 것은 상상조차 할 수 없었지만, DFC에 다녀와서는 하나님이란 확실한 동기가 생겨서 결국에 이렇게 끊을 수 있었습니다. 저는 하나님이 왜 제게 이런 은혜를 주시는지 모르겠습니다. 처음 방문한 2013년 DFC에서 저는 이상하게도 찬양시간에 뛰게 되었습니다. 그리고 설교시간에 많이, 꽤 많이 졸긴 했지만 나름 열심히 들으려고 최선을 다했습니다. 불과 저번 주만 해도 설교시간에 열심히 웹툰을 봤던 제가 갑자기 DFC에서 기뻐 뛰며 주님을 찬양한다는 것이 진짜 하나님의 은혜 같습니다.

저는 2014년 DFC에 와서 DLS에 대한 광고를 듣자마자 '그곳은 내가 있어야 할 곳이다'라는 확신이 들었습니다. 그래서 집에 돌아오자마자 부모님과 상의해서 DLS에 입학했습니다. 입학하자마자 제가 완전히 변화한 것은 아닙니다. 솔직히 말하면 DLS에 다니면서 가끔 집에 올 때 웹툰을 조금씩 보았습니다. 그렇게 일곱 달간 조금씩 줄이다가 어느 날 김동환 목사님께서 새벽 설교시간에 저희들에게 웹툰 그리고 만화가 얼마나 나쁜 영향을 끼치는지 설명해주신 그날로 바로 웹툰을 끊었습니다. 정말 힘들었습니다. 솔직히 말하면 DLS에 들어온 지 1년 10개월이 지난 지금도 아직도 보고 싶습니다.

저는 제가 DLS에 들어온 것과 2015년 DFC에 어머니께 질질 끌려왔던 것을 전혀 후회하지 않습니다. 다만 너무 늦게 온 것을 후회할 뿐입니다. 웹툰을 끊었다고 하지만, 끊어야 할 것이 한 가지 남아 있었습니다. 바로 제가 좋아했던, 그것도 많이 좋아했던 여자친구였습니다.

학기 초에 같은 반의 한 여자애를 좋아하게 되었습니다. 솔직히 누가 봐도 그렇게 예쁘지도 않고 제 이상형과는 전혀 상관이 없는, 모범생에 성격도 괄괄하기 그지없는 애였습니다. 좋아하게 된 이후로 제 이상형이 그 아이로 바뀌었습니다.

처음 봤을 때는 신경조차 쓰지 않던 친구였습니다. 그저 제가 수업시간에 웹툰 보는 것을 방해할 아이로만 보였습니다. 제가 그 애를 좋아한다고 정말 친한 친구들, 모든 비밀을 마음 놓고 말할 수 있는 친구들에게 말해보았는데 친구들이 모두 저에게 미쳤느냐고 돌았느냐고 할 정도로 특이(?)한 여자애였습니다. 그런데도 이상하게 좋았습니다.

교회 수련회를 제외하면 5분이 넘어가는 기도는 한 번도 해본 적이 없고 하루에 기도시간이라곤 식전기도 10초도 안 되는 시간밖에 없었지만, 저는 그 애를 위해서 기도하기 시작합니다. 금요예배를 가서 온전히 그 애에 대한 기도만 했습니다. 하나님 제가 죽을 것 같으니까 그 아이가 제발 날 좀 좋아하게 해달라고, 최소한 그 친구가 저를 싫어하게는 하시지 말라고, 그렇게 못 하시겠으면 제가 그 아이를 잊을 수 있게 해달라고, 제가 옆에서 못 지켜주니까 하나님이 옆에 계속 계시면서 지켜주시라고, 또 그 애랑 말을 안 해봐서 하나님을 믿는지 안 믿는지 모르겠으니까 혹시라도 안 믿으면 믿게 해달라고, 마지막으로는 그 친구에게 축복 내려주시고 공부 잘되게 하시고 지혜를 달라고 기도했습니다. 진짜 열심히 기도했습니다. 그 애 덕분에 기도하는 습관이 조금이나마 생겨서 그것 하나는 좋은 것 같습니다.

아무튼 그 애는 저를 전혀 신경 쓰지 않았지만, 저는 잘 보이기 위해서 수업시간에 떠들지 않고 최대한 조용히 있었습니다. 그래도 위낙 말이 많다보니 반에서 시끄럽다는 축에 들었습니다. 그리고 그 애 옆에 앉기 위해서 수업시간에 몰래 보는 웹툰을 포기하고 최대한 앞에 앉으려고 몸부림쳤습니다. 그 애가 모범생이어서 앞에 앉아 있었기에 저도 공부를 잘하면 신경이라도 써줄까 싶어 공부를 열심히 했습니다.

웹툰보다 그 여자애가 좋아서 웹툰을 70% 정도 끊었습니다. 30% 정도면 그래도 하루에 대략 80편이긴 하지만요. 열심히 공부해서 중간고사를 평균 96점으로 치르고 전교 9등을 했습니다. 일이 안 되려고 그랬는지 제가 그 애보다 시험을 더 잘 봐서 공부도 많이 안 하는데 점수가 잘 나오는 재수 없는 놈으로 찍혔습니다. 첫사랑은 이루어지지 않는다는 말이 있듯이 이루어지지 않았습니다. 그 애가 절 싫어하든 말든 상관없이 저는 시간이 지날수록 더 열심히 뜨겁게 좋아했습니다.

그 애를 정말 좋아했지만, DLS에서 예배드리고 기도하면서 결국 끊어냈습니다. 너무나 좋아했기 때문에, 그리고 하나님께 죄송하고 쓰임 받고 싶어서 정말 열심히 기도했습니다. 이 여자친구 덕분에 기도 습관이 좋은 방향으로 자리 잡은 것 같습니다. 이제는 그저 가끔 생각나는 쓰라린 첫사랑의 기억으로만 자리 잡았습니다.

웹툰도 끊어내고 좋아하던 여자애도 끊어냈으니 이제 공부를 해야 하는데 몸이 안 따라주었습니다. 학교에서 수업시간에는 웹툰 보거나 자던 것이 전부였습니다. 전교 9등을 했던 것도 시험 2주 전부터 벼락치기로 암기과목만 집중적으로 공부했기 때문이었습니다. 게다가 시험 기간 때도 학교에서 그리고 집에서 웹툰을 최소한 80편씩 보면서 공부했던 제가 DLS에서 운동시간 빼고 하루 종일 공부하는 것을 견디겠습니까? 그래도 은혜 받은 만큼 노력했습니다.

결론부터 말씀드리자면, 제가 DLS에 입학할 당시의 성적은 고3 모의고사 기준으로 국어는 30점 중반, 영어는 지문을 읽어내려갈 수도 없었습니다. 또 수학은 예습을 하나도 하지 않아서 3학년 1학기부터 시작했습니다. 그런데 지금 2015년 고1인 제가 2015년 11월 수능시험에서 국어 89점 2등급, 영어 81점 3등급, 수학은 2015년도 9월에 끝냈고, 수능 점수는 52점 6등급입니다. 고3까지 2년 남았고 그때까지 하나님 위해 열심히 공부해서 꼭 서울대학교 수학과에 입학하고자 합니다.

물론 세상의 날고 긴다는 세상의 골리앗들보다는 훨씬 못 미치는 점수라고 볼 수 있습니다. 하지만 세상에서 굴러다니던 한 웹툰 중독자가, 여자애를 주야장천 쫓아다니던 한 청소년이 고1 때 이렇게까지 공부를 한 것은 오직 하나님의 은혜라고 생각합니다. DLS에서 시키는 것의 70~80% 정도 따라해보니 이렇게 점수가 빨리 올라서 저도 솔직히 좀 당황스러웠습니다.

앞서 말했듯이 처음 이 학교에 와서 생활하기가 좀 많이 버거웠습니다. 웹툰은 보고 싶지, 좋아했던 그 애는 잘 있는지 궁금하지, 공부는 정말 안 됐습니다. 공부시간에는 《삼국지》만 읽기 일쑤였고, 새벽에 일어나는 것이 익숙하지 않아 공부시간에, 예배시간에 특히 새벽예배 시간에 정말 많이 졸았습니다. 예배시간에 졸지 않은 날을 꼽기 힘들 정도였습니다. 선배들한테 많이 혼나고 선생님께도 여러 번 꾸중의 말씀을 들었지만, 고쳐지지 않았고, 설교 후 기도시간에도 머리 박고 푹 잤습니다.

그런데 어느 순간부터 새벽 설교시간에 잠이 오지 않았고, 기도시간에도 열심히 기도할 수 있었습니다. 하나님께 열심히 예배를 드리다보니 공부도 열심히 할 수 있게 되었습니다. 그리고 제게 비전이 하나 생겼습니다. 서울대 수학과에 가고 총신대 신학대학원에 가서 김동환 선생님처럼 DLS와 같은 학교를 하나 더 세우고 싶어졌습니다. 비전을 가지고 공부를 하니 예전보다 열심히 공부할 수 있었습니다. 매일 세 번씩 드리는 예배로 하나님은 제게 감당치 못할 은혜를 너무나 많이 주셔서 제가 조금씩 바뀔 수 있었습니다. 그래서 지금의 점수가 나오고, 지금의 제가 될 수 있었습니다.

저를 이렇게 변화시켜주었던 DLS 이야기를 좀 하려고 합니다. 이곳은 하루 세 번씩 예배를 드리고 그중 두 번은 찬양예배를 드립니다. 저는 DFC에서 찬양예배에 적응을 하고 와서 이곳의 예배에 적응을 빨리 할 수 있었습니다. 첫날부터 전심을 다하여 뛰면서 예배를 드렸고, 금요일 점심마다 있는 박삼순 전도사님의 금요집회 시간에 땀으로 티셔츠가 다 젖을 정도로 열정을 다해 박수를 치고 기도했습니다. 하나님을 만났다는 확신을 얻지 못해 하나님께 제발 만나 달라고 부르짖었습니다. 그러다 기독교에서 말하는 방언이란 것을 받았습니다.

그때에 저는 기도 방법도 몰랐고 그저 십자가에 달리신 예수님이 정말 나를 위하여 돌아가신 것이 맞느냐고, 맞으면 나를 만나달라고 기도했습니다. 그날 갑자기 이유도 없이 내 몸에서 뜨거운 것이 올라옴을 느끼고 울음이 터졌습니다. 그 후 내 의지와는 다르게 혀가 마음대로 움직이며 지금까지 알지 못했던 단어가 나왔습니다. 그때 위에서 뜨거운 물체가 내 안으로 들어오는 듯한 느낌을 강하게 받았습니다.

하나님이 벌레만도 못한 저를 위하여 자신의 아들이신 예수님을 십자가에 못 박으신 것이 떠오르면서 하나님께 무척 죄송하고 감사했습니다. 또 자신의 아들을 버리시면서까지 나를 사랑하신다는 것이 이상하게도 마음에 받아들여졌습니다. 예배 때마다 하나님을 만났고 하나님을 제 삶의 주인으로 받아들였습니다.

지금의 변화받은 삶도 주님의 원하시는 삶에 조금도 미치지 않는다는 것을 깨닫고 더욱 열심히 기도했습니다. 어느 날은 공부가 너무 되지 않아 저녁에 예배당에 내려가 서서 방언으로 기도하고 있었습니다. 그런데 갑자기 다리에 힘이 들어가 어느 순간 제자리에서 뛰며 기도하고 있는 저를 발견하였습니다. 저는 이런 식의 경험들이 너무나 많고 매일매일 하나님을 만나고 있습니다.

웹툰 끊고 그 여자애 그만 좋아하게 해달라고 기도했을 뿐인데, 하나님은 제게 무척 많은 것을 채워주셨습니다. 신앙이 자라고 성적이 오르고 인성이 바뀌었습니다. 주님이 주신 비전을 향하여 달려가고 있습니다. 또 주위의 사람들을 전도하여 그 영혼을 구하려 노력하고 있습니다. 너무 많은 죄를 지은 저를 지금까지 붙들어주신 하나님께 감사드립니다. 또 DLS에 와서 많은 사고를 쳐도 끝까지 믿어주시고 도와주시는 김동환 선생님께, 저를 위해 많은 것들을 희생하시는 저희 부모님께 감사드립니다.

우울한 글쓰기 중독자
작가를 꿈꾸다

수남이는 현재 DLS에 들어온 지 1년 5개월 된 18세 남자아이입니다. 어두운 저녁이 되면 지하철이나 버스를 타고 낯선 지역에 가서 멍하니 앉아 있다 오는 친구였습니다. 수남이의 고백에 따르면 사람들 사이에 있으면 마음이 슬퍼지고 불안했다고 합니다. 학교 수업이 끝나면 집에 돌아와 혼자 침대에 누워 알 수 없는 슬픔에 빠질 때가 많았습니다. 아이들과 어울리기보다는 혼자 글 쓰는 시간이 많아졌습니다. 우울한 삶을 참을 수 없어 괴로워하던 중에 어머니의 권유로 DLS에 입학하게 되었습니다.

그는 DLS에서 하나님을 인격적으로 만나고 엄청난 삶의 변화를 경험했습니다. 저는 수남이를 볼 때마다 참 행복합니다. 이제는 믿음이 성숙해져서 DLS에서 부팀장과 엘더라는 리더의 자리에 서 있습니다. 학습 실력 또한 단기간에 엄청난 향상을 보였습니다. 입학 초보았던 시험에서 국어 30점대, 영어 30점대였던 그가 1년 5개월 만에 고3 모의고사 기준 국어 70점 중반, 영어 70점 중반으로 훌쩍 뛰어올랐습니다. 수학 역시 1년 만에 고등학교 진도를 다 끝내고 현재 고2 나이지만 고3 기출문제를 풀 정도입니다. 부팀장과 엘더로서 믿음이 연약한 후배를 잘 돌보면서 하나님의 영광을 위해 치열하게 학습하고 기도하는 수남이의 기적의 이야기를 함께 나누고 싶습니다.

저는 하나님을 믿는 기독교 집안에서 3형제 중 막내로 태어났습니다. 친척들 중에서도 제일 나이가 어렸고 집안에서도 막내 역할을 톡톡히 하면서 귀여움을 가득 받고 자랐습니다. 참으로 행복했던 어린 시절이었습니다. 하지만 언제나 웃을 수만은 없는 것 같습니다. 제가 일곱 살 때 저의 형들은 중국이라는 거대한 대륙으로 공부의 길을 떠났습니다. 난생처음 겪는 이별이 저에게는 상당히 힘든 것이 었나봅니다.

그렇게 슬픔을 겪고 초등학교에 입학했습니다. 입학 뒤 어머니는 직업 특성상 밤에 출근하시는 일이 잦았고 아버지는 직장인 성경공부 모임 때문에 밤늦게 들어오시는 시간이 많아졌습니다. 어두운 밤에 홀로 집에 남겨져 있는 것이 두려웠던 탓인지 밤마다 부모님 생각에 울었습니다. 이러한 경험이 자꾸만 늘어가니 저에게는 어린 시절부터 고독과 쓸쓸함이라는 단어를 접하는 일이 많아졌고 이상한 취미가 생겼습니다. 어두운 저녁이 되면 지하철이나 버스를 타고 낯선 지역에 가서 멍하니 앉아 있다 오는 것이었습니다. 그리고 음악을 들으면서 정처 없이 떠도는 버릇이 있었습니다.

그럴 때마다 느껴지는 고독과 쓸쓸함은 저를 위로해주었습니다. 수많은 사람 가운데 묻혀 있노라면 이상한 슬픔 같은 것이 느껴졌습니다. 아마도 저는 어릴 적부터 어두움을 타고난 체질이었나봅니다. 이러한 생활은 중학교에 들어가고 나서도 멈추지 않았고 남들 앞에서는 밝은 척하는 이중적인 생활은 심해져만 갔습니다. 가족들 앞에서도 솔직히 얘기하는 법이 없었고 항상 나만의 공간에 치우친 삶이 계속되었습니다.

신앙은 물론이거니와 저의 생활 또한 점점 더 헤어나올 수 없는 늪 속으로 빠져가는 것만 같았습니다. 부모님한테만은 잘 보여야 된다는 생각에 친구와 함께 교무실에서 도장을 훔쳐와 성적표를 위조하기도 했습니다. 친구들한테 소외되지 않으려 세상에 물들어갔고 어른이 된다는 것은 비참한 것임을 느끼면서 자랐습니다.

중학교 시절 제 꿈은 아버지처럼 되는 것이었지만 크면서 그조차도 쉽지 않겠다고 느꼈습니다. 그렇게 정상적인 삶과는 점점 멀어지던 때에 어머니께서 대안학교로 옮겨보는 것이 어떻겠느냐고 권유하셨습니다. 저 또한 나날이 무력한 삶을 연명하고 싶지는 않았기에 곧장 학교를 옮겼습니다.

하지만 환경은 변하였어도 제 마음가짐은 변하지 않았기에 상태는 더욱더 심각해졌습니다. 부모님과 떨어져 살다보니 생애 처음 담배와 술이라는 것도 알게 되었습니다. 대안학교로 전학을 가게 된 것이 그저 하나의 도피처가 되어버린 것 같았습니다.

그 당시에 생긴 하나의 습관이 있습니다. 기분이 우울해질 때마다 글을 써내려가기 시작했습니다. 시도 써보고 소설도 써보고 일기도 써보았습니다. 그럴 때마다 마음속에서는 평화가 싹텄고 누군가 줄 수 없는 위로를 받았습니다. 정말로 글쓰기는 제게 황홀함 그 자체였습니다. 그때부터 저는 글쓰기에 중독되기 시작했습니다.

글을 쓰면서 나 자신과 깊은 대화를 하다보니 참된 신앙이라는 것이 무엇인지 궁금했고 그동안 내가 다닌 교회와 예배는 무엇이었나 의문이 들기 시작했습니다. 성숙해지는 삶이란 무엇일까 스스로 고민도 많이 해보았습니다. 그동안 살아온 삶이 참으로 허무하게 느껴졌습니다. 그때부터 말수도 줄어들고 나 홀로 고민하는 시간이 많아졌습니다. 신앙에 대해 고민하는 시간이 많아질수록 좀 더 제 삶을 변화시키기를 원했고 그럴 때마다 수없는 갈등에 부딪혀야만 했습니다. 제 인생은 저 홀로 바뀐다고 쉽사리 바뀌는 그런 단순한 것이 아니었습니다. 내가 노력해도 환경은 결코 바뀌지 않는다는 사실을 알고서는 남몰래 슬퍼했습니다.

제 삶은 끝없이 힘을 잃고 말았습니다. 수업이 끝나면 침대에 누워서 알 수 없는 슬픔에 빠지고 남들과 어울리기보다는 나 홀로 책을 읽거나 글을 써내려가는 것이 더 좋았습니다. 이러한 삶을 도저히 버틸 수 없다는 생각에 정말 죄송스러운 마음으로 어머님께 말씀드렸더니, 어머님은 운명과도 같은 다니엘리더스스쿨이라는 학교를 소개시켜주셨습니다. 더 이상 방황하고 싶지는 않았기에, 극한의 상황에 도전해보고 싶다는 마음으로 곧장 가겠다고 하였고, 아버지와 단둘이 DFC에 갔습니다.

아버지는 엄청난 도전을 받으셨지만 저는 별다른 감흥을 느끼지 못한 채 DLS 입학 준비를 시작했습니다. 최종 면접 날짜가 잡혔습니다. 그런데 면접 보기 이틀 전인 목요일, 집 앞 도서관에서 나와 집으로 가려던 중 그만 교통사고가 나고 말았습니다. 이 또한 하나님이 준비하시는 줄 알고 당연히 면접에는 차질 없도록 하였습니다.

그렇게 면접을 보고 나서 병원에 곧장 입원하여 월요일에 수술을 받았습니다. 수술이 끝난 뒤 병원에서 아버지로부터 DLS 합격 소식을 전해 들었습니다. 너무나 많은 일이 일주일 사이에 벌어져서 정신이 없었지만 그래도 가장 먼저 하나님께 열심히 하겠다고 다짐했습니다. 그리고 약 3주 뒤 DLS 정식 학생으로서 당당히 입학했습니다.

신앙

이제 DLS에 입학한 지 약 1년 3개월이 흘렀습니다. 처음 들어왔을 때는 뜨겁고 격한 예배 때문에 매일매일 눈물 흘리며 하나님께 기도로 나아갔습니다. DLS에서 가장 강력한 예배로 알려져 있는 박삼순 전도사님의 불꽃성령집회는 정말로 불 그 자체입니다. 금요일마다 하루도 빠짐없이 진행되는 이 예배는 악기 하나 없이 오직 목소리로만 찬양하고 기도하고 설교를 듣습니다.

박삼순 전도사님이 매주 안수기도를 해주시는데 저는 처음에 안수기도라는 것이 상당히 낯설고 이상하게 느껴졌지만 제가 하나님을 인격적으로 만나게 된 것도 다 안수기도 덕분이었습니다. 저 또한 안수기도를 받고서 알 수 없는 눈물과 자유로움을 경험하였습니다.

DLS는 하루에 세 번씩 예배를 드립니다. 예배의 양으로만 따져도 정말 무시무시하지만 DLS는 양보다 질에 초점을 두는 예배를 드립니다. 그 예배의 힘으로 하루하루 살아간다는 표현이 맞을 정도입니다. DLS 예배는 365일 공휴일도 없이 진행됩니다. 단 하루도 새벽기도를 쉬는 날이 없을 정도로 치열합니다.

DLS에서는 하나님과 단둘이 이야기할 수 있는 기회도 매우 많습니다. 공부하다가 힘들다 싶으면 성경을 꺼내 읽고, 기도를 하고 싶으면 곧바로 예배당으로 내려가 기도를 합니다. 일반 학교와는 달리 자유롭게 기도를 하거나 성경을 읽어도 제재하는 사람이 없습니다. DLS 생활이 치열하기는 해도 모든 학생이 예배를 원동력으로 살아갈 정도로 예배는 정말 필수적이고 은혜롭습니다.

공부

DLS는 신앙만큼 공부를 중요시 여깁니다. 모두 하나님의 비전을 품고 공부할 것을 요구합니다. 나 자신이 아닌 하나님의 비전을 품고 공부하는 것을 목표로 삼은 만큼 DLS 학생들은 중학생부터 수험생까지 새벽부터 밤늦게까지 서로서로 선한 영향력을 끼치며 공부분위기를 조성해나갑니다.

대한민국에서 이러한 강사진을 가진 학교는 없을 정도로 선생님들 70% 가까이가 서울대 출신입니다. 가장 좋은 점은 선생님들에게 일일이 질문을 하는 수업 방식입니다. 일반 학교와 달리 모르는 것을 질문해도 눈치 보지 않는 새로운 수업 방식을 견지합니다. 자신에게 최적화된 공부를 할 수 있어 저 또한 DLS에 입학하고 나서 성적이 눈에 띄게 올랐습니다. 국어는 처음 들어왔을 때 30점대였지만 지금은 70점 후반입니다. 영어 또한 30점대였지만 지금은 70점 중반으로 훌쩍 뛰어올랐습니다. 수학 역시 1년 만에 진도를 끝내서 현재는 기출문제를 풀고 있습니다. 예전의 저라면 도저히 꿈꿀 수 없던 실력 향상입니다.

공동체

DLS는 팀이라는 공동체로 서로서로 연대감을 조성해나갑니다. 팀장과 부팀장으로 나뉘는 시스템으로 팀원들을 체계적으로 관리합니다. 주일마다 팀 모임을 통해서 각자가 만난 하나님의 말씀을 나누며 서로의 신앙을 나누는 좋은 시간도 있습니다. 선후배 간에 예의범절을 중요시 여겨 후배는 선배에게 존중을, 선배는 후배에게 모범을 보일 수 있도록 노력합니다.

또한 엘더학습이라는 아주 소중한 교학 상장 시스템을 갖추고 있습니다. 학생들끼리 모르는 것을 질문하고 서로 가르쳐주는 엘더학습 시스템은 이기적으로 경쟁하는 세상 학교와는 달리 서로를 격려하고 사랑하는 아주 좋은 연대감을 형성해나갑니다.

스승님

DLS에는 김동환 선생님이 계십니다. 김동환 선생님은 몸이 편치 않으시지만 저희들에게는 그러한 티를 내지 않으려고 항상 노력하십니다. 몸이 불편하실 텐데도 불구하고 항상 저희에게 최선을 다하시고 저희보다 더욱더 열심히 치열하게 생활하십니다. 그러한 김동환 선생님의 영향을 많이 받았습니다.

저에게 김동환 선생님은 남자다운 의리와 위로의 선생님이셨습니다. 저는 세상에 오랫동안 물들어 살아온 탓에 DLS 들어오고 나서도 옛 습관을 버리지 못해 담배를 피우다 걸린 적이 있었습니다. 그때는 김동환 선생님만 알고 계셨는데 선생님께서는 남자 대 남자로 따끔한 훈계를 하셨지만 저의 반성문과 다짐을 들으시고서는 선생님과 저만 아는 비밀로 묻어둔 채 넘어간 적이 있습니다. 저는 항상 그때 그 일이 감사하고 아직도 잊히지 않습니다. 그 일을 계기로 다시는 담배를 입에 대지 않았습니다.

한번은 김동환 선생님이 외부에서 하시는 제자반 사역이 있어서 그 수업을 듣고 있었습니다. 그런데 한 외부 학생이 지각을 하더니 매우 좋지 않은 태도로 수업을 듣고 있어서 수업이 다 끝난 뒤 얼굴이라도 한번 보자고 해서 보았는데 저의 예전 학교 친구였습니다. 그래서 반갑게 인사를 했고 김동환 선생님께서도 그것을 보셨습니다. 저는 DLS로 돌아갔고 그 친구는 김동환 선생님과 상담을 했는데 그 친구가 저의 뒷얘기를 했다는 것을 나중에야 김동환 선생님께 전해 들었습니다. 저는 상당히 민망했지만 김동환 선생님은 울분을 감추지 못하시고 친구라는 아이가 어찌 그럴 수 있느냐고 말씀하셨습니다. 그러고 나서 그다음 주에 김동환 선생님은 DLS에서 덩치 있고 험상궂은 남자 5명을 뽑아 순전히 제 복수를 위해서 옛 친구에게 특별 훈련을 시켜주셨습니다.

상당히 재미있고 부끄러운 추억이지만 그래도 그때 김동환 선생님이 저를 배려해주시는 모습이 참 인상적이고 남자다웠습니다. 부족한 모습을 보일 때마다 격려해주시는 선생님 덕분에 더 이상 방황하지 않고 더욱더 치열하게 살겠다고 수없이 다짐했습니다. 늘 먼저 다가와 주시는 선생님께 감사드리고 싶습니다.

DLS는 이렇듯이 하나님이 붙들어주시지 않는다면 결코 사람의 힘으로 운영할 수 없는 학교입니다. 학생들과 선생님의 끈끈한 사랑과 신뢰가 있기에 DLS가 유지된다고 생각합니다. 저 또한 DLS에서 얻은 것이 굉장히 많습니다. 소중한 믿음의 동역자들, 나를 사랑해준 그리고 내가 사랑한 많은 사람, 인생을 살아갈 힘과 이유를 얻었고 가장 소중한 하나님을 만났습니다. 하나님을 만나자 더 이상 우울하지 않았고 제 삶은 신앙이라는 틀 안에서 자유로워졌습니다. 꿈이라는 것도 생겼습니다. 제 꿈은 사람들에게 하나님의 복음을 전하고 선한 영향력을 끼치는 작가가 되는 것입니다.

다시 한 번 생각해보지만 아무래도 DLS에 들어온 것은 제 삶에서 잊지 못할 사건, 아니 제 삶의 일부가 될 것 같습니다. DLS에 들어오지 않았더라면 수많은 갈등과 고뇌 때문에 아마도 저는 이 세상에서 존재하지 않았을지도 모르겠습니다. 그렇지만 이제는 하루하루가 소중하다는 것을 깨닫고 기쁨으로 하루하루를 살아가고 있습니다. 하나님께 감사합니다. DLS에서 받은 훈련을 토대로 세상에서 선한 영향력을 끼치기 위해 더욱더 열심히 준비해나가겠습니다. 다시 한 번 하나님과 부모님과 김동환 선생님께 감사드리고 싶습니다.

우리가 환난 중에도 즐거워하나니 이는 환난은 인내를 인내는 연단을 연단은 소망을 이루는 줄 앎이로다.

_로마서 5장 3~4절

강은주

14세 왕따 소녀
행복을 배우다

은주는 DLS에 들어온 지 9개월 된 전라도 광주에서 온 14세 소녀입니다. 지금 은주는 신앙과 실력과 인격 면에서 참으로 놀라운 변화를 보여주고 있습니다. 매일 새벽 예배시간에 눈이 반짝반짝 빛나는 은주를 보고 있자면 가슴이 뜨거워지고 정말 하나님의 살아 계심을 고백하지 않을 수 없습니다. 지금 은주의 모습을 보면 과거 은주의 모습은 도저히 상상이 되지 않을 정도입니다. 저도 은주가 과거 일을 고백하기 전에는 믿지 못했을 정도로 지금 은주는 하나님 안에서 21세기 다니엘과 에스더와 같은 믿음의 인재가 될 충분한 모습을 보여주고 있습니다.

은주가 처음 중학교 1학년으로 왔을 때 성적은 중상위권이었습니다. 1년 10개월이 지난 중2 11월에 본 2015년 수능 기준으로 국어 80점, 영어 90점 초반, 수학은 현재 미적분1까지 끝내고 확률과 통계만 남은 상태입니다. 일반 학교에서는 도저히 상상할 수 없는 기적 같은 성적을 중학교 2학년 은주가 받았습니다. 은주는 고2 때 고려대학교 자유전공학부에 간 민준이보다 성적 면에서 더 탁월함을 보여주고 있습니다. 은주는 1년 뒤 고1 2017년 11월에 보는 수능에서 서울대학교 언론 관련 과에 합격하여 크리스천 언론인이 되는 것을 목표로 공부하고 있습니다.

은주의 성적 변화도 일반 학생들에 비하면 기적에 가까운 정도이지만 신앙의 변화는 더욱더 놀랍습니다. 하나님에 대해 무관심하고 교회 가기를 싫어하던 은주가 수많은 DLS 학생들 가운데서도 어린 나이에 하나님을 뜨겁게 인격적으로 만난 후, 먹든지 마시든지 하나님의 준비된 일꾼으로 쓰임 받기 위해 하루도 빠지지 않고 새벽을 깨우며 치열하고 행복하게 사명을 위해 준비하고 있습니다. 하나님의 은혜와 역사하심 외에는 도저히 설명할 수 없습니다. 이러한 은주의 기적의 이야기를 함께 나누고 싶습니다.

안녕하세요. 입학한 지 9개월 된 강은주입니다. 저는 모태신앙으로 전라도 광주에서 태어났습니다. 어렸을 때는 아토피 때문에 볼에서 진물이 뚝뚝 떨어져도 울지 않을 만큼 순한 성격이었다는데, 나이가 많아질수록 무엇 때문인지는 모르겠지만 질투심과 소유욕을 갖게 되었습니다. 교회는 보통의 크리스천 청소년들처럼 일주일에 딱 한 번, 부모님 교회를 따라다녔습니다. 구원의 확신도 없었고, 사실 구원이 뭔지도 몰랐습니다. 그냥 100% 습관적으로 다녔습니다.

학교에서도 소극적인 성격 탓에 적응하기가 힘들었고, 먼저 말 걸어주기를 기다리는 성격이었습니다. 초등학교 1, 2학년 때는 친구 욕심이 왜 그리 많았는지 단짝친구는 저하고만 친구해야 만족했습니다. 단짝친구에게 친한 친구가 있으면 말로 상처 줘서 멀어지게 했습니다. 그때로 다시 간다면 그렇게 하지 않을 텐데…… 아무튼 그때부터 순진하고 순수하기만 했던 성격이 꼬이기 시작했습니다. 3학년 때는 정말 부메랑처럼 제가 왕따가 되더라고요. 다양한 방법으로 따돌림 받고, 억울하게 왕따를 당했습니다. 저에게도 친구가 조금씩 생기자 저를 따돌렸던 친구를 왕따시키고 제가 왕따당하기 싫어서 죄 없는 아이도 왕따시켰습니다. 그렇게 상처 주고 다시 상처받고 몇 배는 더 심하게 돌려주는 것이 점점 일상이 되어갔습니다.

4학년 때는 다른 학교로 전학을 갔는데, 전학 가서도 1~2개월 동안 적응을 못하다가 혼자 다니는 것을 본 착한 친구 두 명이 제게 말을 걸어주었습니다. 항상 상처 주는 말만 하고, 상처 주기를 즐거워했던 성격이 어디 갔겠습니까? 혼자 다니는 게 불쌍해서 저에게 말을 걸어줬던 아이들에게 저는 다시 상처를 주고 말았습니다. 4학년이 끝나갈 때 즈음 저 때문에 둘은 멀어졌고 저는 참 어리석게도 그걸 보며 좋아했습니다. 지금 그때로 가면 절대로 그렇게 하지 않았을 텐데 아무튼 그때는 그랬습니다.

그때 즈음 저의 교회 생활에도 변화가 오기 시작했습니다. 절대 좋은 변화가 아니고요, 교회 친구들에게 소외당해 밥 먹을 때도 혼자 먹고, 같이 먹자고 해도 거절당했습니다. 그렇지 않아도 교회에 나갈 이유가 없었는데, 그걸 구실로 집 근처로 교회를 바꿨습니다. 정말 양심에 찔릴 때만 가끔 나가고, 가기 귀찮은 날은 친구랑 놀거나 비상구 계단에서 혼자 시간을 보냈습니다.

성격은 성격대로 꼬이고, 집에 안 좋은 일도 생기고, 친구랑 사이도 틀어지고…… 친구들의 행복해하는 모습을 보면서 저도 행복해지고 싶다는 생각을 했습니다. 그래서 일부러 학원에서는 조용했고, 학교에서는 활기찬 척하며 상처 주고, 집에서는 순수한 척 생활했습니다. 행복해지고 싶었고 그 외의 다른 것에는 무관심했습니다.

제가 그때 정말 철없고 머리가 비었다고 해도 스트레스가 쌓여갔습니다. 행복해지고 싶었지만 쌓여가는 스트레스에 어쩔 줄을 몰랐습니다. 정말 호기심으로 수위 낮은 음란물을 봤습니다. 아주 잠시 동안은 다 잊을 수 있었습니다. 그러다가 '이건 초등학교 4학년이 할 행동이 아닌 것 같아'라는 생각이 들었습니다. 그런 생각이 들었음에도 불구하고 계속, 계속 봤습니다. 다 보고 컴퓨터를 끄면 스트레스가 풀릴 줄 알았는데 풀리기는커녕 죄책감과 함께 스트레스는 더 쌓여갔습니다.

5학년 때 다시 전학을 갔는데, 신기하게도 예전 초등학교 4학년 때 저랑 친했던 두 명 중 한 명이 있었습니다. 그 친구에게 상처 준 것은 미안하지만, 반에서 적응은 해야 돼서 친한 척했습니다. 학교 생활이 좀 적응되자 그 친구를 버렸다가 다시 친한 척하고 또다시 상처 주었습니다. 무슨 생각으로 살았는지는 모르겠지만 정말 꼬일 대로 꼬여버렸습니다. 그때 다시 집에 안 좋은 일이 생겼습니다.

학교 친구들과 사이도 안 좋고, 공부도 하기 싫고, 가정에 불화도 있었던 그때 저는 친한 친구와 함께 가출을 시도했습니다. 각자 필요한 물건들을 챙기고 토끼 한 마리 사들고 가출하기 전, 아니 가출하려고 친구가 짐 싸들고 저희 집에 온 그날, 친구네 엄마가 친구가 밤 늦게까지 들어오지 않자 저희 집에 전화를 하셨습니다. 혹시 ○○랑 같이 있느냐고 물으셨습니다. 저는 거짓말했습니다. 없다고요. 그날 친구네 엄마는 거의 실신하실 뻔하셨다네요. 그렇게 반항심으로 시도한 가출은 마을 경찰관 100명이 동원되고 친구 얼굴이 있는 전단지가 온 마을에 뿌려질 뻔한 '대형사고'가 되고 말았습니다.

친구네 부모님께 찾아가 무릎 꿇고 사죄는 했지만, 그게 왜 잘못된 것인지도 몰랐습니다. 그렇게 양심 또한 갈수록 무뎌져갔습니다. 점점 더 죄악에 무감각해졌습니다. 안식일을 거룩하게 지키지 않은 것은 물론이거니와, 학원 가기 싫어서 거짓말도 하고, 대형마트 문 닫는 날이면 비상구로 들어가 젤리 몇 개 훔쳐 먹고, 아파트 옥상 문 따서 올라가 놀고 등등.

막 멋대로 살면서 물론 재미는 있었지만 삶의 목표나 열정은 없었습니다. 세상 친구들과 놀고 집으로 돌아오는 길에 그 허무함은 어떻게 할 수 없었습니다. 그 허무함을 채우려 더 큰 죄악을 저질렀습니다. 그러던 중 부모님을 통해 DLS를 알게 되었고 '뽑혀도 그만 안 뽑혀도 그만이지' 하는 마음으로 서류심사, 면접을 보았는데 하나님의 은혜로 DLS에 들어오게 됩니다. 저도 제가 왜 뽑혔는지는 모르겠습니다.

솔직히 첫날은 너무 정신이 없어서 기억도 나지 않습니다. 4~5일쯤 지나니 정신이 돌아오더라고요. 정말 뜨겁게 기도하는 사람들, 뛰며 찬양하는 사람들을 보고 조금 충격을 받기도 했습니다. "잘 지내? 엘더가 잘 챙겨줘? 오늘 예배는 어땠어?" 등등 말 걸어주시는 언니, 오빠, 친구들이 처음에는 좀 낯설었지만 마음이 참 따뜻하다는 걸 느꼈습니다. 예배시간에는 첫 몇 주 동안 겉으로만 찬양하고 기도했습니다. 하나님께서 문을 두드리시는 것도 모르고 별다른 생각 없이 지냈습니다. 사람들도 친절하고, 밥도 참 맛있고, 공부도 할 만하고 살 만한 곳이구나 하고 생각했습니다.

그렇게 4~5주가 지나가고 고난주간을 맞았습니다. 고난주간이 되니 설교말씀의 주제, 찬양예배의 주제가 다 십자가로 바뀌더라고요. 십자가 사랑을 몰랐던 저는 십자가를 주제로 하는 예배를 이해하지 못했습니다. '나는 14년 동안 하나님을 모르고 살았는데 어떻게 날 위해 돌아가실 수 있어? 그건 예수 잘 믿는 사람들에게만 해당되겠지!'라고 생각했습니다. 당연히 나는 포함되지 않을 것이라 생각하며 한편으로는 조금 찜찜했습니다. 저렇게 멀쩡한 사람들(DLS 학생들)이 하루 세 번 열정적으로 예배드리는 것을 보면서 '뭔가 있긴 있나보구나'라고 생각했습니다.

고난주간에 기도하는 사람들을 보며 '대체 십자가가 뭐길래 저렇게 울까? 뭐길래 죽도록 감사해야 하지'라는 생각도 했습니다. 그렇게 계속 궁금증이 쌓이다보니 '아, 나도 알고 싶다. 나도 저 사람들처럼 멋있게 살고 싶다. 나도 은혜 받고 싶다'라는 생각이 나도 모르게 들었습니다. 저는 그렇게 하나님을 향한 마음의 문을 열었습니다. 처음에는 잘되지 않았습니다. 기도해도 바로 응답을 주시지는 않더라고요. 포기하지 않고 김동환 선생님이 가르쳐주신 대로 좀 더 전심으로 부르짖어 기도해봤습니다. 그렇게 기도하던 중에 제가 왜 죄인인지 깨닫게 해주셨습니다. 제가 왜 하나님을 위해 살아야 하는지 알려주셨습니다. 가장 감사한 것은 십자가를 믿게 해주셨고 감사의 눈물을 흘리게 해주셨다는 것입니다.

열정을 불어넣어주시고 용기를 주셨습니다. 제가 십자가 사랑을 깨닫고 "하나님 사랑해요!"라고 말하기 훨씬 전부터 먼저 다가오셔서 기다리고 계셨다는 걸 느끼게 해주셨습니다. 세상의 길만 걷고 있었던 제가 DFC를 가고, DLS에 지원을 하고, 서류심사 통과, 면접 통과, DLS 입학, 첫날, 둘째 날, 사흘 나흘…… 제 삶은 아주 조금씩 하나님께로 방향을 틀고 있었습니다. 다른 사람은 어떨지 잘 모르겠습니다. 그렇지만 하나님께서 제 삶을 DLS를 통해 바꾸신 것 같습니다. DLS의 존재에 대해, DLS를 통한 하나님의 손길에 참 감사하는 바입니다.

다른 기숙학원, 대안학교에는 없고 DLS에만 있는 DLS의 장점들을 말씀드리고 싶습니다.

하루 세 번의 예배(총 2시간 30분)

DLS의 예배는 정말 뜨겁습니다. 처음에는 많이 당황했었지만(그

정도로 뜨겁다는 소리입니다) 저는 지금 하루 세 번 예배를 드릴 수 있는 학교를 다니고 있다는 게 참 감사합니다. 하루 세 번의 예배는 삶의 원동력이 되고 공부에 지친 저에게 힘을 불어넣어줬습니다.

새벽에 일찍 일어나 예배드리는 일이 쉽지는 않지만 성령님께서 좋은 말씀과 은혜를 선물해주십니다. 점심, 저녁의 찬양예배 때는 신나게 뛰며 찬양하면 몸이 지쳐야 하는데 더 힘을 얻어갑니다. 그때 얻어가는 은혜를 말로 표현하기는 힘들 것 같습니다. 매일매일 새로운 은혜를 받고 하나님 안에서 살아가는 법을 배우게 해줬습니다.

수준별 수업

DLS에서 하는 수준별 수업은 절대 뭉뚱그려서 한번에 배우는 것이 아닙니다. 국어로 예를 들어보겠습니다. 국어에 대해 좀 더 폭넓게, 자세히 살펴보고 싶은 사람은 중등국어 수업을 듣고, 전반적인 감은 길렀으니 이제는 문제풀이 방법을 집중적으로 배우고 싶은 사람은 고등국어 수업을 듣습니다. 사고력·논리력·문제 접근법 등 수험생이 알아야 하는 핵심적인 부분은 김동환 선생님 수업에서 배웁니다. 그뿐만 아니라 '어떤 교재를 자세히 풀이해주셨으면 좋겠다'라고 생각하는 사람들이 많으면 그것에 관한 수업을 별도로 하나

더 만들어주시기도 하십니다.

수업마다 선생님마다 특징이 있고 학생들은 필요한 수업을 자율적으로 선택하여 김동환 선생님께 허락만 맡는다면(터무니없이 어려운 수업이거나 쉬운 수업일 수 있으니까 먼저 물어봅니다) 부족한 부분만! 단기적으로, 효율적으로 보완할 수 있습니다. 선생님들 정.말. 친절하고 잘 가르치십니다. *^^* "말씀이 너무 빠르시다", "수업 분위기 좀 잡아주셨으면 좋겠다", "이 부분 한 번만 더 설명해주시면 좋겠다" 등등 수업에 관해 학생과 선생님이 자유롭게 소통할 수 있습니다.

제가 중학교 1학년으로 여기 처음 왔을 때 성적은 중상위권이었는데 1년 10개월이 지난 중2 11월에 본 2015년 수능 성적이 국어 80점, 영어 90점 초반입니다. 수학은 현재 미적분1까지 끝내고 확률과 통계만 남은 상태입니다. 저는 2년 뒤 고1 2017년 11월에 보는 수능에서 서울대학교 언론 관련 학과에 합격하여 크리스천 언론인이 되는 것을 목표로 공부하고 있습니다. 일반 학교에 다녔던 옛날의 저였다면 도저히 꿈꿀 수 없었던 성적입니다. 하나님 방식으로 새벽을 깨우며 김동환 선생님이 학습컨설팅에서 가르쳐주신 대로 열심히 하다보니 좋아질 수 있었습니다. 정말 하나님과 선생님께 감사드립니다.

생활엘더

신입생 때는 그냥 '나 적응하기 힘들까봐 목사님께서 붙여주신 언니'라고만 생각했는데 지금 생각해보니 그런 것만이 아니더라고요. 신입생 때 챙겨주는 역할은 물론 후배가 DLS를 졸업할 때까지 옆에서 돌봐주는 것이 엘더입니다. DLS에서 적응을 잘하게 도와주시고, 힘들 때 와서 같이 기도해주시고, 잘못한 것이 있으면 권면으로 바로잡아주시는 참 감사한 분입니다.

여기까지 간단히 다른 학교에는 없는 DLS의 장점들을 써보았습니다. 그 외에 주 3회 운동(지금은 수영부, 헬스부, 권투부, 유도부가 있습니다), 학습엘더(수업 진도를 따라가기 힘든 학생에게 이해하기 쉽게 자세히 가르쳐주는 분), 맛있는 밥^^, 친절한 선생님들, 학생 전도팀이나 기도회, 학습컨설팅, 주 1회 실전 모의고사, 새벽형 공부법, 규칙적인 생활 등등 쓰자면 정말 많아서 여기서 이만 줄이겠습니다.

끝으로 제가 생각하는 김동환 선생님에 대해 말씀드리고 싶습니다. 개인적으로 선생님께서 하시는 모든 것이 다 신기합니다. 선생님께서 일하시는 모습을 보면 참 많은 것을 느낍니다. 선생님께서는 학생들 한 명 한 명에게 관심을 가지십니다. 신기하게 힘들 때나 은혜가 떨어질 때 힘내라고 해주시고 맛있는 것도 사주십니다. 혼내실 때는 정말 날카로우시지만 혼내신 다음에는 항상 혼낸 아이를 위로해주고 용기를 북돋아주십니다. 말씀 전하실 때는 매번 '어떻게 저런 말씀을 전하실까?'라는 의문이 들 정도로 DLS에 필요한 말씀들을 전하십니다.

농담하실 때는 예배당 전체가 웃음소리로 가득 차기도 합니다. 특히 요즘 몸이 많이 나빠지셨는데, "몸이 아프다, 기도 좀 해주라"라고 말씀하시면서 사역을 쉬지 않으시는 모습을 보면 신기하기도 합니다. 정말 하나님께서 선생님을 도우시는 것 같습니다. 선생님께 참 감사한 것이 많습니다.

저의 꿈은 DLS 같은 학교를 만드는 청소년 사역가입니다. 밖에 있는 청소년들을 보면 참 불쌍합니다. 저도 공허한 삶을 살아봤기에 세상 친구들의 상처가 얼마나 깊은지 압니다. 친구들의 상처를 만져주고 싶고 하나님을 만나 저에게 있는 이 기쁨을 선물해주고 싶습니다. 삶의 목표 없이 방황하는 청소년들에게 희망을 주는 학교, 세계 최고 DLS를 꼭 알려주고 싶었습니다. 마지막으로 얼마 전 갑작스럽게 찾아온 영적 슬럼프를 극복할 수 있었던 말씀을 전해드리고자 합니다.

평안을 너희에게 끼치노니 곧 나의 평안을 너희에게 주노라 내가 너희에게 주는 것은 세상이 주는 것과 같지 아니하니라 너희는 마음에 근

심하지도 말고 두려워하지도 말라

_요한복음 14장 27절

　세상은 저에게 깊은 상처를 주고 배신감을 주고 실망을 줬지만 하나님은 저에게 사랑을 주시고 평안을 주시고 기쁨을 주셨습니다. 이제까지 함께해주신 하나님께 감사를 드립니다.

김민성

스마트폰에 빠져 살다
'디자이너'의 꿈을 되찾다

민성이는 스마트폰에 중독되어 살던 친구였습니다. 마음에 걱정과 불안함이 많았습니다. 내성적인 성격으로 부정적인 생각을 하며 많이 힘든 시간을 보냈습니다. 그런 민성이가 DLS에 입학 후 하나님을 깊이 인격적으로 만나 교제하면서 불안함과 초조함이 사라졌습니다. 세상이 알지 못하는 평안함을 맛보며 하나님이 주신 비전과 꿈을 향해 치열하고 행복하게 준비하고 있습니다.

민성이가 2015년 고2 때 처음 DLS에 입학하여 고3 모의고사를 보았을 때의 성적은 영어 50점, 국어 50~60점대였습니다. 그러나 8개월이 지난 지금 영어 70점 초중반, 국어 80~90점대로 실력이 많이 향상되었습니다. 수학은 수학1부터 시작해 수학2까지 8개월 만에 진도를 끝냈습니다. 민성이는 2016년 수능에서 서울대학교 미술대학을 준비하기에 수학은 수능에서 보지 않아 수학2까지만 한 경우입니다.

매일 2시간 30분 예배를 드리고, 주일은 일체의 교과학습을 하지 않고 온전히 하나님 안에서 예배드리고 쉬는 민성이는 미술학원과 DLS 생활 모두를 아주 열심히 치열하게 하고 있습니다. 물론 스마트폰 중독도 깨끗이 극복했습니다. 하나님이 주시는 평안함을 가지고 하나님의 영광을 위해 '디자이너'의 꿈을 이루고자 새벽예배로 하루를 시작하며 뜨겁게 학습하고 있습니다.

스마트폰으로 시간을 의미 없이 허비하는 수많은 친구에게 민성이의 이야기는 큰 위로와 희망과 용기를 줄 수 있으리라 생각하며 민성이의 기적의 이야기를 함께 나누고 싶습니다.

DLS 다니기 전의 생활

저는 기독교 집안에서 태어나 모태신앙으로 어렸을 적부터 교회를 다녔습니다. 하나님께 예배드리기 위해서가 아니라 친구들을 만나러 교회에 갔고, 교회에 가지 않으면 부모님께 혼나서 가는 신앙이 없는 교회 생활을 했습니다. 일상 생활에서의 저는 초등학생 때는 마냥 놀기를 좋아하고 활발한 아이였습니다. 중학교 1학년 때는 공부도 나름대로 열심히 하고 학교 생활도 나쁘지 않았고 집에서도 부모님 말씀을 잘 듣는 평범한 학생이었습니다.

중학교 2학년에 진학하면서부터 제 삶은 점점 무너져가기 시작했습니다. 그 당시 부모님 두 분 다 일을 하셨기 때문에 저는 매일 방과 후 집에 돌아와 스마트폰과 컴퓨터로 티브이 방송을 시청했습니다. 적어도 매일 2시간씩은 보았던 것 같습니다. 학교에서는 친구들과 매일 놀고 축구하며 지냈습니다. 그러다보니 부모님과는 사이가 멀어졌고 하나뿐인 여동생에게는 매일 짜증을 내고 화를 냈습니다. 그때 처음으로 20점이라는 점수까지 맞아보았을 정도로 공부 또한 하지 않았습니다. 영혼은 더욱더 피폐해져갔고 가슴이 뻥 뚫린 듯한 공허감을 많이 느껴 그 공허감을 채우려고 더 많이 티브이를 보았습니다.

그런 상황에서 중학교 3학년에 올라갔습니다. 그때 저와 같은 반 친구들 중에 축구를 좋아하고 잘하는 친구들이 많았습니다. 그래서 매일 다른 반과 축구 경기를 했습니다. 그런데 점점 아이들이 제게 "야, 제대로 안 하냐, 뭐하냐" 등등 좋지 않은 말들을 많이 하기 시작했습니다. 어느 순간부터 축구하는 것이 굉장한 스트레스가 되었습니다. 그래서 축구를 하지 않으려고 했지만 점심시간마다 아이들은 저를 억지로 끌고 나가 축구를 시켰습니다.

그 일로 정말 많이 힘들었습니다. 원래 약간 내성적인 성격인데 그때 더 내성적으로 변한 것 같습니다. 매일 밤 '내일은 어떡하지, 또 축구해야 하나…… 아, 정말 학교 가기 싫다'라는 염려로 잠을 설쳤고 매일 아침은 짜증의 연속이었습니다. 결국 힘들던 중학교 3학년을 마쳤습니다. 저는 디자이너라는 꿈이 있었기에 집을 이사하면서까지 디자인 특성화 고등학교에 진학했습니다.

'나의 꿈을 위해서라면 할 수 있다!'라는 의지를 가지고 고등학교에 갔지만 그러한 의지는 저를 변화시키지 못했습니다. 저는 더욱더 스마트폰에 빠져들었습니다. 그렇게 1학기를 마치고 방학이 되자 부모님께서 중학교 3학년 때 한 번 갔었던 DFC에 다시 한 번 가자고 말씀하셨습니다. DFC에서 찬양예배 때 뛰고 싶었지만 주변을 의식하고 뛰지 못했던 기억이 떠올랐고 '아, 꼭 한 번은 뛰면서 찬양하고 싶다'라는 생각이 있었기에 가겠다고 말씀을 드렸습니다. 부모님께서는 바로 신청을 하셨고 저희 가족은 2014년 여름 DFC에 가게 되었습니다.

그곳에서 찬양예배를 드리는데 왠지 모르게 너무 좋고 신이 났습니다. 그리고 둘째 날 저녁예배 때 김동환 목사님께서 "우리의 마음속에는 하나님 아니고서는 채울 수 없는 공간이 있는데 요즘 학생들은 그것을 다른 것으로 채우려 한다"라는 말씀을 하셨고, 그 말씀이 마음에 와 닿았습니다. 그날 기도시간에 "하나님, 진짜 계시면 저 만나주세요, 이 손 붙잡아주세요!"라고 간절하게 부르짖었습니다. 그날 하나님께선 저를 만나주셨고 저를 끌어안아 주셨습니다. 아직도 그때 손들고 울며 부르짖을 때가 기억이 납니다.

하나님을 만나고 하나님께선 제 삶을 바꾸어주셨습니다. 집으로 돌아와 휴대폰을 2G폰으로 바꾸었고, 매일 저녁 어머니와 성경책을 읽었고, 욕을 쓰지 않게 되었고, 밤마다 기도하기 시작했습니다.

그렇게 2학기를 맞이했고 행복한 생활을 했습니다. 그러던 중 어느 날 보도블록을 걷다가 문득 마음속에서 '야, 너 저기 앞에 있는 보도블록 밟으면 안 돼. 그러면 너희 아빠가 다칠 거야'라는 생각이 들었고 갑자기 너무 무서웠습니다. 그래서 앞에 있는 블록을 밟지 않고 돌아서 갔습니다. 그 후에는 이런 증상들이 더욱더 심해져 버스 탈 때에도 의자 아래에 엔진이 있는 자리에는 앉지 못했습니다. 머릿속에서 자꾸 버스가 터지는 상상이 들었기 때문이었습니다. 마음속에서 들리는 음성이 하나님께서 제게 하시는 말씀이라고 생각했고, 그 말대로 하지 않으면 정말 제가 상상한 일이 벌어질 것만 같았습니다.

그 시기에 한번씩 그것 때문에 힘들 때 부모님께 말씀드리고 싶은 생각도 들었지만 마음속에선 '그러면 안 돼, 안 돼'라는 말이 들려왔습니다. 그러던 어느 날 정말 너무 힘들어서 '이렇게 있다간 죽겠다'라는 마음이 들어 어머니께 말씀드렸습니다. 어머니께선 굉장히 놀라시며 그것은 진짜 마귀가 하는 짓이라고 말씀해주셨습니다. 그때 갑자기 눈물이 솟구쳤는데 하나님께서 그때 저에게 세상이 알지 못하는 평안함과 안도감을 허락해주셨습니다.

그 사건을 계기로 저는 마귀가 있다는 것을 확신하게 되었습니다. 그때부터 '마귀에겐 다시는 당하고 싶지 않다'라는 마음이 생긴 것 같습니다. 지금 생각해보면 마귀의 존재를 그때 확실히 제게 알려주신 하나님께 감사한 마음뿐입니다.

그 사건이 지나고 잘 지내고 있던 어느 날 어머니께서 제게 DLS에 가는 것이 어떻겠느냐고 물어보셨습니다. 저는 단호하게 절대 안 간다고 말씀드렸습니다. 그때는 DLS에 들어가면 '지금 생활을 포기해야 한다'라는 생각이 매우 강하게 들었기 때문입니다. 그 후로 어머니께선 더 이상 DLS에 대한 이야기는 하지 않으셨습니다.

그러던 중 다른 날과 마찬가지로 어머니와 성경책을 읽으려고 폈습니다. 그때 읽을 차례였던 **창세기 12장 1절 "여호와께서 아브람에게 이르시되 너는 너의 고향과 아버지의 집을 떠나 내가 네게 보여줄 땅으로 가라"**는 말씀이 저를 사로잡았습니다. 그 순간 저는 DLS에 대한 생각밖에 나지 않았고 하나님께서 DLS에 가라고 명령하시는 것 같았습니다.

사실 정말 DLS에 가기 싫었기에 '아, 어떡해야 하지' 생각하다 밤마다 '하나님, 제가 DLS에 꼭 가야 한다면 가고 싶은 마음을 주세요'라고 기도했습니다. 정말 신기하게도 11~12월을 지내며 'DLS에 가고 싶다. 진짜 가고 싶다'라는 마음이 생겼고 결국 지원서를 썼습니다. 저는 제가 다니는 학교를 정말 좋아했기에 상상도 못 했던 일이었습니다. 하나님께서 제 마음을 바꿔주시고 강하게 붙잡아주셨기에 가능한 일이었습니다. 그렇게 오직 하나님 은혜로 DLS에 입학했습니다.

DLS에 입학하고 난 뒤의 생활

입학하는 날 저를 기다리는 엘더 형과 서포터분들을 보고 굉장히 놀라고 감사했습니다. 서포터분들께선 저의 짐을 다 정리해주고 적응할 때 정말 많은 도움을 주었습니다. 엘더 형께선 저를 사랑으로 챙겨주셨습니다. 그렇게 DLS 생활은 시작되었고 하루하루 주님의 은혜 속에서 행복하게 지냈습니다. 특히 신입생 때 더욱 많은 은혜를 받은 것 같습니다. 기도만 하면 예수님의 십자가 사랑이 감사해서 눈물밖에 나지 않았습니다. 가끔씩 힘들거나 '아, 하나님이 계신가' 의심될 때엔 예배당에 내려가 기도하면 다시금 하나님의 사랑을 알게 해주셨습니다.

친구들도 선후배들도 무척 다정하게 대해주어 'DLS가 정말 사랑의 공동체구나'를 매일 느꼈고 지금도 변함없이 매일 느낍니다. 그렇게 지내던 중에 10주간 매주 목요일 오전 9시부터 저녁 먹기 전까지 기도하는 비느하스 기도회라는 프로젝트에 참여했습니다. 사실 처음에는 많이 힘들었습니다. 그런데 기도회를 시작한 뒤 몇 주 후부터 저의 비전에 대해서 알고 싶다는 갈급한 마음이 들었습니다. 그래서 비느하스 기도회 때 저의 비전을 놓고 기도했습니다. 기도회가 끝나기 10분 전부터 제게 '나의 비전은 디자이너다'라는 확신이 자꾸 가슴속에서 울렸습니다. 그렇게 기도회가 끝나고 더 기도하고 싶다는 생각이 들어 예배당에 남아 다시 기도했습니다.

그때 예수님께서 저를 다시 더욱 깊게 만나주셨고 저의 비전은 디자이너라는 것을 확신시켜주셨습니다. 그때 눈물이 솟구쳤고 주님의 사랑에 무한히 감사드렸습니다. 그 후로 저는 부족하지만 주님을 위해 준비하는 중입니다. 얼마 전엔 미술학원이 무척 가고 싶었는데 갈 수 있는 여건이 되지 않아 매일매일 예배당에서 울었습니다. 주님께선 저의 그 울음을 기억해주셨고 말도 안 되게 제가 미술학원을 다닐 수 있게 해주셨습니다. 그리고 지금은 미술학원을 다니면서 많이 부족하나마 감사함으로 준비하고 있습니다. 정말 주님께서 주신 비전을 향해 '주님께서 준비시키신다, 인도하신다'는 것을 확신할 수 있게 되었습니다.

DLS에 대해

　DLS는 신앙과 실력, 인격과 체력을 동시에 기를 수 있는 사랑이 넘치고 정이 많은 공동체입니다.

　첫째로, 신앙입니다. DLS 학생들은 매일 세 번의 예배를 통해 하나님과 뜨겁게 교제합니다. 매일 새벽에 일어나 말씀을 듣고 기도로 새벽을 깨웁니다. 새벽예배 때 기도하고 나면 하나님께서 하루하루 살아갈 힘을 주십니다. 그리고 매일 새벽, 저녁 예배 후에 구호를 외치는데 그것을 통해 한 번 더 힘을 얻고 "주님을 위해 달려나가겠습니다!" 결단을 합니다. 점심 찬양예배와 저녁 찬양예배도 있습니다. DLS의 찬양예배는 정말 뜨겁습니다. 찬양을 통해 하나님께 마음 문을 열고 하나님과 더 가까워지는 아주 귀한 시간입니다.

　저는 매일 찬양을 부르며 뛸 때마다 '여기가 천국이구나, 나중에 천국에 가서 이렇게 예배드린다면 얼마나 좋을까' 하고 생각합니다. 저는 특히 찬양예배 때 하는 축복송 시간을 굉장히 좋아합니다. 그때는 서로서로 안아주고 손 잡아주며 축복하는 시간을 가지는데 매번 '정말 좋은 공동체입니다. 하나님, 이런 사랑의 공동체에 있게 해주셔서 감사합니다'라는 기도가 절로 나옵니다. 또 예배를 통해 하나님께서 공부로 지친 몸과 마음을 회복시켜주시고 다시 달려나갈 새 힘을 허락해주십니다.

매주 금요일 박삼순 전도사님께서 인도하시는 금요집회는 매우 뜨겁습니다. 매번 느끼지만 박 전도사님의 금요집회는 다른 예배와는 확실히 다릅니다. 박수 치며 찬송을 할 때는 무척 기쁘고 감사함이 넘칩니다. 박삼순 전도사님께 안수기도를 받는 시간이 있는데 그때는 정말 많은 은혜를 받습니다. 저도 그때 하나님께서 참으로 많은 은혜를 주셨습니다. 이렇듯 DLS는 은혜와 사랑이 가득한 공동체입니다.

두 번째로, 실력입니다. DLS는 중학생부터 나이 많으신 형들까지 나이대가 굉장히 다양합니다. 그래서 수준별 학습으로 자신의 실력에 맞춰 나이에 상관없이 수업을 들을 수 있습니다. 선생님들도 많은 사랑으로 저희를 가르쳐주십니다. 매번 수업을 할 때마다 '정말 실력이 있으시다! 우리를 정말 사랑해주시는구나!'라는 것을 많이 느낍니다. 저도 이런 수업들과 강력한 동기 부여로 성적이 많이 향상되었습니다.

제가 처음 입학해서 고3 모의고사를 보았을 때의 성적은 영어 50점, 국어 50~60점대였습니다. 그러나 현재는 영어 70점 초중반, 국어 80~90점대로 올랐습니다. 수학은 수학1부터 시작해 수학2까지

8개월 만에 진도를 끝냈습니다. 저는 서울대학교 미술대학을 준비하기에 수학은 수능에서 보지 않아 수학2까지만 했습니다.

DLS의 도서관은 제가 가본 도서관 중에 최고로 공부에 집중할 수 있는 환경을 갖추고 있습니다. 공기정화 시스템이 참 잘되어 있어 집중하기에 좋고, 모든 친구가 다 열심히 하기에 분위기도 매우 좋습니다. 또 다른 한 가지는 김동환 선생님의 학습컨설팅입니다. 나의 현재 실력을 짚어주시고 어떤 방법으로 공부해야 하는지 올바른 학습 방법을 알려주셔서 더 효과적으로 공부할 수 있습니다.

마지막으로는 체력입니다. DLS에서는 주 3회 수영과 헬스로 체력을 기릅니다. 운동을 함으로써 공부로 뻐근해져 있던 몸을 풀어줍니다. 수영은 매우 재미있어서 저는 수영을 하러 갈 때마다 참 좋습니다. 얼마 전에는 탁구부가 생겨 탁구를 치고 싶은 학생들은 매주 정해진 시간마다 탁구를 치며 친구들과 더 친해지고 체력 또한 기를 수 있습니다.

DLS를 섬기는 김동환 선생님은 진짜 사랑이 많으신 분입니다. 매번 인사를 드리면 안녕! 하시면서 인사를 해주시는데 참 많은 힘이 됩니다. 한번은 제가 너무 졸려서 도서관에서 졸고 있는데 제 뒤에 오셔서 안마를 해주시며 따스하게 격려해주신 적이 있습니다. 그때 무척 감사했고 저희를 정말 사랑해주시는 것을 많이 느꼈습니다. 학생들이 고민이 있거나 힘든 일이 있으면 선생님께서 상담을 해주시며 나아가야 할 좋은 방향을 알려주십니다.

또한 저희를 위해 매일 기도해주십니다. 예전에는 잘 몰랐지만 요즘 영적 전쟁에 대해 알게 되면서 그 기도가 무척 소중하다는 것을 실감하고 있습니다. 김동환 선생님께서는 먼저 저희에게 본을 보여주십니다. 아프신데도 휴일도 없이 하루도 빠짐없이 나와서 저희를 돌봐주시는 것을 보면 '아, 나도 더욱더 좋은 예수님의 군사가 되기 위해 노력해야겠다!'는 마음이 자연스레 듭니다.

너무나 부족한 저를 변화시켜주신 하나님과 저를 길러주신 부모님과 김동환 선생님께 감사드립니다. 모든 영광 하나님께서 받으시길 원합니다.

정민수

게임 중독을 벗어나
두려움 없는 용기를 얻다

민수가 DLS에 오기까지의 얘기를 들었을 때 참 많은 생각을 했습니다. 경제적으로 입학이 어려운 상황이었는데 포기하지 않고 기도하고 또 기도하자 기적적으로 오랜 실직 상태였던 아버지께서 좋은 직장에 취직하시고 DLS에 다닐 수 있게 된 것입니다. DLS는 돈만 있다고 들어올 수 있는 곳도 아니고 돈이 없다고 들어올 수 없는 곳도 아님을 지금까지 많은 학생을 통해 깨달았습니다.

민수 말고도 여러 친구들이 민수와 비슷한 얘기를 많이 해줍니다. 은영이는 DLS에 오게 해달라고 6개월을 기도한 후 은영이 아버지께서 2년간 DLS에 다닐 수 있는 금액의 계약이 성사되어 입학할 수 있었습니다. 진우도 그랬습니다. 정말 간절히 기도하고 준비한 친구들에게 하나님은 새로운 길을 열어주시고 그 길을 통해 예비된 아이들이 DLS에 들어오게 하셨습니다. **신명기 8장 18절(네 하나님 여호와를 기억하라 그가 네게 재물 얻을 능력을 주셨음이라 이같이 하심은 네 열조에게 맹세하신 언약을 오늘과 같이 이루려 하심이니라)** 말씀처럼 하나님은 인간에게 재물을 얻을 능력도 주실 수 있으신 전능하신 분이십니다.

민수는 DLS에 입학해 하나님을 뜨겁게 만난 후 하나님을 위해 무섭게 공부했습니다. 그 결과 실력 면에서 큰 성장을 했습니다. 고2 11월 말 입학 당시 모의고사 국어, 영어 평균 60점을 받던 민수는 5개월 만에 국어는 96점, 영어는 94점으로 엄청난 발전을 이루었습니다. 수학은 입학 당시 진도가 다 나가지 않아 고3 모의고사를 제대로 풀지 못하는 상태였는데 5개월 만에 남은 진도를 다 나가고 84점(이과수학)이라는 놀라운 점수를 받았습니다. 이렇게 놀라운 성적 상승도 기적 같은 일이지만 더욱 놀라운 것은 민수의 신앙과 인격의 변화입니다.

민수가 예배드릴 때 얼굴빛이 반짝반짝 빛나는 것을 봅니다. 전심으로 부르짖어 눈물로 기도하며 하나님께 매달리는 그를 보면 가슴이 뜨거워집니다. 한때는 예배드리는 것을 지옥처럼 여겼던 그가 이제는 살아도 하나님의 영광을 위해 살고 죽어도 하나님의 영광을 위해 죽고, 사나 죽으나 자신은 하나님의 것이라고 고백하게 되었습니다. 이기적으로 자신만을 알던 민수가 시간을 내어 연약한 친구들을 위해 기도해주고 학습을 도와주는 모습을 보면서 이것은 하나님의 기적 외에는 설명이 불가능함을 고백합니다. 매일 새벽을 깨우며 하루 세 번의 예배를 드리며 하나님과 깊은 인격적인 교제를 하며 신앙과 인격이 놀라울 정도로 성장하고 있습니다. 게임에 푹 빠져 하나님이 주신 소중한 시간을 낭비하던 민수가 하나님을 뜨겁게 만난 후 달라진 기적의 이야기를 함께 나누고 싶습니다.

··· ✦ ··· ✦ ··· ✦ ···

제 삶을 송두리째 바꿔주신 하나님께 모든 영광을 돌려드립니다.

어느 날 예배당에서 혼자 감사기도를 드릴 때였습니다. 기도드리다 갑자기 옛날 모습이 생각나며 이렇게 변화된 나의 모습에 스스로 감탄했습니다. 이렇게 하나님과 깊은 교제를 할 수 있는 기회를 얻으며, 죄악되었던 입술로 하나님 영광 위해 다니엘처럼 뜻을 정하여 살아가기로 마음먹게 될 줄을 그 누가 알았을까요.

4년 전, 즉 중학교 2학년 여름방학 첫날이었습니다. 부모님이 직장 가신 후, 집에서 동생하고 단둘이 멍하니 앉아 있었습니다. 그렇게 가만히 있는 것이 싫었고 뭐라도 하고 싶던 차에 유난히 눈에 띈 것이 바로 '컴퓨터'였습니다. 부모님께서 인터넷 강의 들으라고 사주셨는데 그걸로 게임을 하기 시작했습니다. 한번 시작하니까 게임에 빨려 들어가면서 밥도 먹기 귀찮아질 정도였습니다. 그 심각함이 어땠느냐면 부모님께서 아침에 출근하신 다음 퇴근하시기 직전까지 끼니도 제대로 챙겨먹지 않으면서 게임만 주구장창 했습니다. 그러다보니 공부와 신앙은 당연히 뒷전이었습니다.

어느 날 아침이었습니다. 그렇게 게임하는 것을 부모님께 들켜 컴퓨터가 잠겨서 '뭘 할까?' 생각하던 와중에 학교에서 몇 번 얘기만 나눠봤던 친구가 갑자기 전화를 걸어왔습니다. 같이 피시방을 가자는 것이었습니다. 딱히 할 것도 없으니 가고 싶었는데, 생각해보니 용돈이 적어서 갈 수 있는 상황이 아니었습니다. 그 얘기를 하자 친구가 기다렸다는 듯이, "내가 대줄게! 가자!"라고 했습니다. 순간 이래도 되나 싶은 생각이 들면서도 같이 피시방을 갔습니다.

처음 가본 피시방은 어두컴컴하고 담배 냄새도 나서 순간 강한 거부감이 들었지만, 그래도 친구의 성의를 봐서 일단 앉았습니다. 게임을 시작하자마자 집에서처럼 바로 게임에 빠져서 부모님 퇴근 시간까지, 그러니까 아침 9시부터 저녁 6시까지 밖에 나가지도 않고 안에서 대충 끼니를 때우며 미친 듯이 게임을 했습니다. 나올 때 친구가 계산을 하는데 무려 2만원이 나왔습니다. 순간 이래도 되나 싶은 마음이 들면서 동시에 몸이 너무 피곤해서 '내일은 안 와야지'라고 다짐했습니다.

다음 날 아침 8시 반쯤 다시 그 친구에게서 전화가 왔습니다. 또 다시 피시방을 가자는 것이었습니다. 어제의 일을 생각해서 안 가겠다고 했는데 유난히 게임에는 사족을 못 썼던지라 그만 친구의 유혹에 넘어가고 말았습니다. 그렇게 또다시 아침 9시부터 저녁 6시까지 게임을 했습니다. 다음 날, 또 다음 날, 또 다음 날…… 그렇게 여름방학을 모조리 날려먹었습니다.

이상한 것은 마음에 위기감은커녕 오히려 더 하고 싶다는 마음만 들었다는 것입니다. 그렇게 게임만 해댔으니 당연히 성적도 개판이고 신앙은 더 개판이었습니다. 모태신앙이라서 주일에는 부모님께 혼나니까 어쩔 수 없이 형식적으로 교회를 나간 다음 쏜살같이 달려가서 게임을 했습니다.

그렇게 지내다가 중2 1학기 중간고사 시험 기간이었습니다. 게임에 빠진 저는 공부는커녕 피시방 다니기에 바빴습니다. 심지어 시험 보기 이틀 전에도 도서관에서 같이 공부하다가 갑자기 친구가 피시방을 가자고 해서 밤 10시까지 게임을 한 적도 있습니다. 중간고사 결과표를 보자마자 엄청난 패닉에 빠졌습니다. 공부는 어느 정도 했던지라 그래도 평균은 유지했었는데 갑자기 평균 점수가 10점이 떨어져서 도저히 용납할 수 없는 점수가 나온 것입니다. 그렇게 점수를 받으니 정신이 바짝 들었습니다. 그 친구와 그날 이후로 연락도 끊어버리고 도서관에서 공부를 시작했습니다.

그 누구보다 정말 열심히 했습니다. 학교 끝나자마자 바로 도서관으로 가서 밤 12시까지 한 후, 집에 와서 새벽 2시까지 매일매일 공부했습니다. 그렇게 바쁘게 살던 어느 날, 한 친구가 일주일에 한 번씩 방과 후에 기도모임을 하자고 제안을 했습니다. 저로서는 거절할 이유가 없었습니다. 그 친구는 공부를 꽤 잘하는 아이였고 생활 면에서도 모범적이어서 같이 지내면 더 잘할 수 있지 않을까 생각도 들면서 한편으로 저 멀리 버려진 하나님과의 관계도 생각났기 때문이었습니다. 흔쾌히 수락한 후 바로 기도모임을 하러 갔습니다.

교실에 도란도란 앉아서 간식도 먹으면서 얘기하기를 내심 기대하며 따라갔는데, 친구가 갑자기 복도 끝 둥그런 곳에 서더니 다른 친구들을 데려올 때까지 조금만 기다리라는 것이었습니다. 저는 '설마…… 에이 그럴 리가 있겠어?'라고 생각하며 기다렸습니다. 잠시후 친구들이 왔는데 오자마자 "오늘은 여기로 결정했어?"라고 하는 것입니다. 순간 마음이 쿵 내려앉았습니다. 저는 정말 소극적이라서 사람들 앞에 서거나 공개된 공간에서 무언가 눈에 띄는 행동을 하는 것을 극도로 싫어했습니다. 그런데 소리도 다 울리고 온갖 통로와 다 연결된 복도에서 기도를 하다니. 갑자기 하기가 싫어졌지만 이미 하겠다고 한 이상 중간에 나갈 수는 없었습니다.

'이것도 하나의 훈련이야, 민수야'라고 생각하며 마음을 가라앉힌후, 친구들이 인도하는 대로 잘 따라갔습니다. 기도할 차례가 되었을 때, 평소처럼 속으로 기도하려고 눈을 감았는데 갑자기 통성기도를 하자는 것이었습니다. 수련회에서밖에 안 해봤던 통성기도를 한다니 많이 당황스러웠습니다. 그런데 친구들은 능숙하게 "주여! 주여! 주여!" 복도가 떠나가게 크게 외치며 기도하기 시작했습니다. 그 분위기에 압도된 저는 '에라, 모르겠다' 하며 소리 내서 기도하기 시작했습니다.

정말 신기한 것이, 그렇게 소극적이던 제가 갑자기 소리 지르며 기도하고 있었습니다. 계단을 왔다 갔다 하는 학생들의 목소리가 들렸지만 개의치 않고 기도했습니다. 그렇게 열정적으로 기도한 후 친구들과 얘기를 나눴는데, 하나님께서 예비하신 친구들이라서 그런지 얘기를 나누는 것만으로도 큰 은혜를 받았습니다. 그날부터 그 친구들과 꾸준히 교제하며 더욱 열심히 공부했습니다.

하루는 해야 할 것이 많아서 걱정이 가득한 상태로 도서관에 다녀온 후 12시에 찬물로 샤워하며 기도를 했습니다. '하나님, 제가 다시 하나님의 영광을 위해 공부하고자 일어섰는데 해야 할 것들이 너무 많습니다. 하나님의 도움 없이는 도저히 못하겠습니다. 도와주세요.' 그리고 한 가지 기도를 더 했습니다. '하나님께서 살아 계시다면 이 수고로움을 알아주시고 이번 성적 잘 나오게 해주세요. 그러면 더 열심히 공부해 하나님께 영광 돌리겠습니다. 꼭 도와주세요.' 지금 보면 좀 세상적인 기도였지만 그때는 정말 간절했습니다.

어느덧 시험 날짜가 다가왔습니다. 비장한 마음가짐으로 시험을 치른 후 결과표를 받을 때까지 열심히 기도모임을 가지며 마음을 다잡았습니다. 결과표를 받은 후 기쁜 마음으로 하나님께 감사기도를 드렸습니다. 목표했던 80점이 나온 것입니다(이 글을 읽는 몇몇 분들은 '이게 기뻐할 일인가? 나는 또 올백이 나왔다고……'라고 생각하실지 모르겠습니다. 하지만 그 당시 저에겐 정말 상상할 수도 없었던 점수였습니다). 게임에 빠진 이후로 공부에 자신감이 전혀 없었는데 이번 기회를 통해 나도 할 수 있다는 것을 알게 되어 그날의 기쁨을 간직하며 꾸준히 공부했습니다. 마지막 시험 때는 하나님의 은혜로 96점을 맞고 고등학교로 올라갔습니다. 엄청난 하나님의 은혜였습니다.

고등학교에 가니 성적이 오르기는커녕 오히려 곤두박질치기 시작했습니다. 중학교 공부는 그때 주어진 공부만 하면 돼서 성적이 금방금방 올랐는데 고등학교에서는 내용 자체도 어려워지고 선행학습을 했던 아이들과 차이가 나서 따라잡을 수가 없었습니다. 게다가 기도모임을 하던 친구들도 각자 고등학교로 뿔뿔이 흩어져서 평일에 마음관리를 할 기회가 없었습니다. 그런 상황에서 성경을 볼 리가 만무하니 신앙심은 점점 나락으로 떨어졌습니다. 가정의 재정적인 부분에도 문제가 생겨서 그야말로 설상가상이었습니다.

그러던 어느 날 엄마가 갑자기 DLS에 들어가고 싶으냐고 물어보셨습니다. 순간 2년 전에 갔었던 DFC가 생각났습니다. 그때는 게임에 빠져 있던 때라서 DFC에 가면 게임을 못 하니까 완강히 저항했는데 엄마가 억지로 끌고 가셨습니다. 예배는커녕 찬양할 때도 가만히 서 있으면서 불평, 불만만 늘어놓아서 엄마도 나도 굉장히 힘들었습니다. DLS는 그때 알게 되었습니다. DFC 때 엄마가 "너도 저기 들어갈래?"라고 물어보셔서 "내가 왜 들어가. 싫어. 그냥 빨리 집에 가고 싶어"라고 대답했던 것이 기억났습니다.

엄마가 다시 물어보셨을 때는 마음가짐이 달라져 있었습니다. 그리고 입으로 나도 모르게 "응. 갈 수만 있다면 가고 싶어"라고 대답했습니다. 사실 말은 그렇게 했어도 제가 그곳에 들어갈 수는 없다는 것을 스스로 알고 있었습니다. 한 달 과외비로 50만 원을 쓰는 것도 부담스러웠던 형편이었고, 엎친 데 덮친 격으로 아버지께서 실직하신 지 꽤 오래되었기 때문입니다.

토요일마다 하는 기도모임과 수요일에 학교에서 선생님들과 하는 기도모임에서 매번 기도 제목으로 DLS를 내놓았습니다. 혹시나 하는 마음에, 뭐라도 잡고 싶었던 마음에 기도 제목을 썼던 것 같습니다. 11월까지 자퇴를 안 하면 검정고시를 못 봐서 재수를 해야 하는 상황이었기 때문에 마음은 더욱 급해졌습니다.

그렇게 마음을 졸이던 어느 10월 말에 좋은 소식이 들려왔습니다. 아버지께서 직장을 구하셨다고 했습니다. 엄마는 그 얘기를 전하면서 입학지원서를 빨리 쓰라고 하셨습니다. 그렇게 서류를 내고 두근거리는 마음으로 결과를 기다렸습니다.

꽤 시간이 지난 후, 부모님께서 전화로 "민수야, 1차 서류전형 합격했으니까 이번 주에 같이 면접 보러 가자"라고 말씀하셨습니다. 기뻐서 속으로 감사기도를 올리면서도 믿을 수가 없었습니다. '하나님께서 정말 보내주시려고 그러시나?' 그렇게 토요일에 면접을 본 후 결과를 기다리고 있었습니다. 다음 주 화요일 즈음 엄마한테 연락이 오는데 면접도 통과했으니 빨리 학교 일 잘 정리하라는 말씀이었습니다. 할렐루야! 정말 너무 기뻐서 학교를 뛰쳐나가고 싶었습니다. 그렇게 이틀 만에 자퇴 처리를 한 후, 그 주, 11월 8일에 바로 DLS에 입학했습니다.

아무리 생각해도 하나님께서 정말 큰 은혜를 주신 것 같습니다. 발표 날짜가 다가오자 거의 포기했었는데 갑자기 기적이 일어나더니 이렇게 DLS에서 생활할 수 있게 된 것입니다. 할렐루야! 하나님 정말 감사합니다! DLS에 들어온 후 저는 신앙, 실력, 성품, 모든 부분에서 정말 큰 성장을 했습니다.

우선 신앙 면에서는 2년 전의 그 생기 없던 예배 태도는 다 어디로 가버리고 지금은 예배 때마다 통성으로 기도합니다. 찬양할 때는 예전에는 멜로디에 맞춰 흥얼거리는 정도였는데 지금은 진심으로 가사를 생각하며 하나님의 은혜를 온 몸으로 느끼면서 찬양합니다. 특히 박삼순 전도사님의 금요집회에서는 정말 뜨거운 열기로 기도하는데 매주 그 금요집회를 기다리며 살아갈 정도입니다. 그리고 예전에는 하나님을 이용하려는 마음이 없잖아 있었지만, 지금은 그런 마음 하나 없이 가난한 마음으로 온전히 하나님의 영광을 돌리기 위해서 공부합니다.

실력 면에서도 당연 큰 성장을 했습니다. 우선 들어오기 전에는 평균 60점으로 정말이지 보잘것없는 점수였는데, 이곳에 들어온 후 김경준 선생님의 수학 수업과 김동환 선생님의 국어, 영어 수업, 그리고 다른 뛰어나신 선생님들의 수업을 통해 단 몇 개월 만에 국어는 96점, 수학은 84점, 영어는 94점으로 엄청난 발전을 이루었습니다. 하나님께 포도나무 가지처럼 잘 붙어 있으면 무엇이든지 못할 것이 없습니다!

성품 부분에서는 우선 가족을 대하는 태도가 180도 변했습니다. 신입생 시절을 보내고 처음 집을 갔을 때 부모님께서 정말 깜짝 놀라셨습니다. 우리 애가 어찌 이렇게 변했느냐고 말입니다. 그럴 때마다 나 자신을 되돌아보면서 스스로도 신기하게 여깁니다. 둘째로 속에 있던 세상의 이기적인 마음들이 사라지고 지금은 감사와 찬송이 흘러넘칩니다. 세상에 있을 적에는 참 이기적이었습니다. 과자를 사서 먹어도 만날 혼자서 몰래 먹을 정도였으니 말입니다. 지금은 주위 친구들에게 베풀기를 좋아하고 빌린 돈이 있다면 한 달 후에라도 꼭 기억해서 갚습니다. 이렇게 나 자신을, 내 평생의 삶을 송두리째 바꿔주신 하나님께 감사와 찬송을 올려드립니다. 할렐루야!

DLS는 교장이신 김동환 목사님을 중심으로 21세기에 맞는 다니엘과 같은 인재, 신앙, 실력, 성품을 갖춘 인재를 키우기 위해 세워진 일종의 '하나님의 사관학교'입니다. 전국에서 하나님께서 예비하신 사람들을 이리저리 모으셔서 이곳에서 훈련받게 해주시는데 그 훈련의 과정이 쉽지만은 않습니다. 매일 새벽 4시 반에 일어나 5시 10분에 시작하는 새벽예배를 통해 하루를 하나님 안에서 시작합니다. 매일 점심, 저녁 예배를 통해 공부에서 얻은 온갖 스트레스와 사탄이 주는 잡생각을 하나님께 부르짖음으로써 다 떨어뜨려버립니다. 그 후 새벽 공부를 한 후, 점심예배, 공부, 저녁예배, 공부…… 대략 이런 스케줄로 하루가 지나갑니다. 언뜻 보기엔 굉장히 고리타분하고 빡빡할 것 같지만 예배 때마다 하나님께서 새 힘을 주셔서 하루하루 잘 견딜 수 있습니다. 이런 훈련들을 잘 견딘다면 분명히 이 말세의 세상에서 제대로 짠맛을 내는, 어둠을 환히 비추는 하나님의 귀한 일꾼이 되어 있으리라 확신합니다.

DLS에는 세상과 정반대의 성격을 가진 시스템이 있습니다. 바로 '엘더학습'입니다. 수업을 따라가기 힘들다고 생각되면 주위의 공부를 잘하는 친구들 혹은 선후배에게 도움을 청해서 그들이 따로 시간을 내 공부를 가르쳐주는 시스템입니다. 그 과정 속에서 가르치는 사람은 가르치면서 드러난 부족한 부분을 더 확실히 채움으로써 실력을 더욱 성장시키고, 가르침을 받는 사람은 자신의 부족한 부분을 채울 수 있습니다. 그리고 DLS 학습 시스템은 각자의 수준에 맞춰진, 세상 어느 곳에도 없는 최강의 시스템으로 하나님 앞에 부족함 없이 준비할 수 있게 짜여 있습니다.

이쯤에서 김동환 선생님에 대해 말씀드리고자 합니다. 김동환 선생님은 사람에게 잘 보이기 위해서가 아니라 하나님 한 분을 향해 자신의 몸을 바치시며 순종하십니다. 선생님께서는 퇴행성 디스크로 고통 받는 연약한 육체를 가지셨음에도 불구하고 아프다는 핑계 하나 대지 않으시고 오히려 웃으시면서 우리를 더욱 챙기십니다. 그런 모습은 수업하실 때 더욱 부각됩니다. 가끔은 얼굴이 정말 빨갛게 상기되셨는데도 불구하고 오셔서 수업을 하시는데 그 모습을 볼 때마다 많은 도전이 되면서도 한쪽으로는 짠한 마음이 듭니다.

그렇게 정이 많고 인자하신 선생님이시지만 저희가 잘못한 것이 있다면 따끔하게 혼내 바로잡아주십니다. 혼을 내신 후에는 다시 찾아오셔서 직접 위로해주곤 하시는데, 그때마다 많은 힘이 되고 더욱 열심히 해야겠다는 생각이 들곤 합니다.

이곳에서 훈련할 수 있게 아낌없이 지원해주시는 부모님, 이러한 글을 쓸 수 있을 정도로 저를 변화시켜주신 하나님, 또 항상 격려해주시며 열심으로 가르쳐주시는 김동환 선생님께 감사드립니다.

··· ✦ ··· ✦ ··· ✦ ···

아래는 사랑하는 귀한 제자 민수 어머니께서 보내주신 편지입니다. 저는 이런 편지를 받을 때마다 가장 힘이 나고 행복합니다. 꼭 민수를 예수의 최정예 군인으로 양육하겠습니다. 귀한 편지 감사드립니다.

김동환 목사님께

목사님! 이제 갓 9주 신입훈련 과정을 은혜 가운데 잘 마친 민수 엄마입니다. 이번 DFC는 DLS에 소속된 아들의 부모로 오게 됨을 감사드립니다. 5년 전 어린 아들의 손을 붙들고 DFC에 끌고 (?) 왔을 때 어찌 오늘과도 같은 모습을 상상이나 할 수 있었겠습니까? 5년 전 아들은 무대에서 하나님을 열정적으로 찬양하던 DLS 학생들의 뜨거운 찬양의 열기와 기도에는 전혀 무관심했습니다. 심지어 박수조차 치지 않았고 영혼 없이 아무런 의미 없이 2박 3일을 보내고 이곳은 지옥 이라 외치며 다시는 오지 않겠다고 선언하였었는데……

DLS의 9주 훈련 과정을 마치고 처음으로 참석한 아들은 변했습니다. 뜨겁게 찬양하고 하나님께 부르짖는 아들의 모습에 참으로 감사하고 감격의 눈물이 흐릅니다. 이는 하나님의 은혜이며, 또한 귀한 사명을 믿음으로 감당하고 기쁨으로 순종하시는 목사님의 은혜임을 고백합니다. 하나님! 감사드립니다. 목사님! 고맙습니다.

이젠 걱정치 않고 감사함으로 아들을 DLS와 목사님께 맡기고 저희는 다시 집으로 돌아가겠습니다. 아낌없는 질책과 가르침 부탁드립니다. 하나님을 전심으로 경외하는 믿음과 순종을 잘 가르쳐주세요. 열심히 신앙훈련 받으며 학업에 열심을 내려는 아들을 잘 부탁드립니다.

목사님의 모든 가르침과 훈련에 저희는 전적으로 동의하며 순종하겠습니다. 감사합니다.

2015년 1월 24일
DFC를 마치고 민수 학생 엄마 드림

왕고집불통 '그랜마마보이' 치과의사를 꿈꾸다

느헤미야가 처음 DLS에 입학했을 때 신앙과 실력과 성품 면에서 부족한 부분이 참 많았습니다. 입학 당시 구원의 확신이 없는 채 형식적인 신앙 생활을 하며, 공부를 왜 해야 하는지 분명한 목적도 없었습니다. 어려서부터 할머니에게 특별한 사랑을 받으며 자라와서 '그랜마마보이'라고 할 정도로 자기중심적인 성격이 무척 강한 편이었습니다.

그런 느헤미야가 하나님을 깊이 인격적으로 만난 후 나타난 변화는 눈이 부실 정도입니다. 새벽마다 눈을 반짝이며 하나님의 말씀을 집중하여 듣고 그 말씀을 실천하고자 전심으로 부르짖어 기도하는 느헤미야를 보면 가슴이 뜨거워집니다. 그를 통해 하나님께서 위대한 영혼 구원을 하실 것을 믿습니다.

신앙의 변화와 더불어 성적 면에서도 큰 성장이 있었습니다. 2014년 고1 8월 DLS 입학 당시 고3 모의고사 기준으로 국어 30~40점 초반, 영어 30~40점 중반의 성적이었습니다. 수학은 고등학교 수학1부터 다시 시작했습니다. 그런 느헤미야가 하나님의 준비된 일꾼이 되기 위해 공부의 목표가 생긴 뒤 1년 1개월 만에 국어는 80점 초중반대이고 영어는 80점 초반, 수학은 고등학교 이과 수학 진도를 다 마칠 수 있었습니다. 도저히 일반 학교에서는 생각하기 어려운 놀라운 성적 변화를 나타냈습니다.

성품 또한 다혈질적인 성격을 죽이기 위해 몸부림치고 기도하며 노력한 결과 후배들을 돌보며 섬기는 엘더가 되었습니다. 늘 입에서 욕이 나오던 느헤미야가 이제는 신앙과 실력과 성품 면에서 하나님의 일꾼으로 아름답게 변하고 있습니다. 느헤미야는 현재 많은 사람에게 복음을 전하고 영혼을 살리는 치과의사가 되기 위해 간절히 부르짖고 치열하게 새벽을 깨우며 학습하고 있습니다.

느헤미야의 기적의 이야기를 함께 나누고 싶습니다. 느헤미야의 이야기를 통해 수많은 청소년이 하나님 안에서 다시 꿈과 비전을 회복하고 이루시길 간절히 소원합니다.

··· ✦ ··· ✦ ··· ✦ ···

답도 없고 생각도 없었던 내 삶

저는 어머니 배 속에 있었을 때부터 교회에 다녔고 어린 시절에도 당연한 듯 아무 생각 없이 다녔습니다. 하도 어릴 때부터 다녔던지라 교회는 일요일마다 가는 학교처럼 여겨졌습니다. 그래도 어렸을 때는 순수했던지 교회에서 찬양을 하면 음이 맞든 맞지 않든 크게 부르며 항상 앞에서 즐겁게 율동을 하던 기억이 납니다.

초등학교에 입학하고 나서부터 성격이 바뀌기 시작했습니다. 찬양을 해도 전과 같이 기쁨으로 우러나오지 않고 그저 주변에서 부르니까 따라 부르고, 이상하게 가사를 바꾸어서도 불렀습니다. 예배시간에는 집중하기는커녕 주변 친구들과 수다를 떨며 하나님께서 우리에게 내려주시는 양식을 거부하기 일쑤였습니다. 예배가 끝나면 외워야 하는 말씀도 외우지 않고 목자님(저희 교회에서는 교회에 오래 다니시고 성경을 가르쳐주시는 분들을 목자님이라고 부릅니다)의 손길을 뿌리치고 할머니 집에 달려가 티브이를 보는 것이 일상이었습니다.

초등학교 시절, 저에게는 사실 여러 가지 고민이 있었습니다. 우선은 특이한 이름 때문에 고민이 많았습니다. 누구나 처음 제 이름을 들으면 왜 그렇게 지었느냐고 물어봅니다. 초등학교 시절 장난기 많고 활발한 아이들은 제 이름을 두고 갖가지 별명을 지어 부르면서 어린 시절의 저를 심적으로 참 많이 괴롭혔습니다. 그때부터 저는 '절 놀리는 아이', '그렇지 않고 저랑 잘 있어주는 아이' 이런 식으로 사람을 구분하면서 점차 내성적이고 짜증이 많은 아이로 변했습니다.

어릴 때부터 체구가 작고 몸이 많이 안 좋아서 서울에 자주 올라가 치료를 받곤 했습니다. 친구들이 좋아하는 축구나 농구, 족구 등에도 끼지 못했습니다. 아이들이 즐겨 한다던 게임이나 컴퓨터로 하는 것들에도 흥미가 없었습니다. 제게는 오직 절 아껴주는 할머니와 부모님밖에 없었습니다. 그래서 항상 혼자 해보려 하지 않고 할머니나 부모님께 '나 뭐 해줘, 뭐 해줘'라는 말을 입에 달고 살았을 정도로 많이 의지했습니다. 그런 고집불통 짜증쟁이를 할머니께서는 무척 사랑해주셔서 할머니 집에 갔을 때는 늘 할머니 등에 업혀 있을 정도였습니다. 이렇게 왕 같은 대우를 받고 살았으니 항상 동생을 하인 부리듯이 부렸고 맘에 들지 않으면 짜증을 내며 동생 머리에 피가 날 정도로 무자비(?)하게 때리기 일쑤였습니다.

성적 또한 큰 고민이었습니다. 초등학교 때는 누구나 일주일만 공부하면 잘 본다던 시험도 공부를 아예 하지 않았던 저로서는 하얀 것은 종이요 검은 것은 글씨일 뿐이었습니다. 시험을 보면 거의 꼴등을 놓치지 않았습니다. 매번 그런 점수를 맞다보니 초등학교 때 부모님께서는 "제발 평균 60점만 넘어라, 그러면 원하는 장난감 사줄게"라는 다른 아이들이라면 어이없어 할 제안을 입이 닳도록 하셨지만 끝내 60점을 넘지 못했습니다.

이렇게 초등학생 시절이 지나고 중학교에 입학했습니다. 그 당시 저의 머릿속은 그야말로 백지였습니다. 그래도 이제 중학생이니까 열심히 해야지 하는 생각으로 나름 열심히 살았지만 초등학교 때와 크게 달라지지 않았습니다. 세상의 눈으로 보면 저는 바닥 그 자체였습니다. 매일매일 학교와 학원을 왔다 갔다 하는 생활을 반복하며 그저 의미 없이 중학교 1, 2학년을 보냈습니다.

물론 초등학교 때보다는 성적이 눈에 띄게 올랐지만, 그저 중상위권에서 머물 뿐이었습니다. 친구관계도 좋았지만 혼자 놀기 싫어서 웃을 타이밍에 웃어주고 떠드는 정도였습니다. 성격도 쿨한 척했고 재미있어 보이게 수업시간에 이상한 드립(?)을 치기도 했습니다. 크게 튀는 행동은 하지 않았고 무난히 시간을 보냈습니다.

중학교 3학년이 돼서는 조금씩 미래에 대한 걱정을 하기 시작했습니다. '이대로 가다간 내 인생이 어떻게 될까?'라는 고민을 했습니다. 이젠 내 꿈도 생각해야 하고 앞으로의 인생도 생각해야 했습니다. 수능이 조금씩 현실로 느껴졌습니다. 이렇게 늦게야 고민을 시작했습니다. 이곳 DLS에 오기 전까지는 하루하루가 무겁게 느껴졌고 지금껏 하지 않았던 공부에 대한 후회와 압박도 느꼈습니다. 얼굴에는 근심 걱정이 쌓였습니다. 나날이 부모님이 저에게 주시는 중

압감을 느끼며 공부도 허겁지겁 하기 시작했습니다. 받아본 성적 중에서 가장 좋은 성적으로 졸업했지만 기쁘지 않았고 공허함과 괴로움만 쌓여갔습니다.

그렇게 중학교 3학년도 끝나고 고등학교에 입학했는데, 고등학교는 가까운 게 제일이라고 해서 아무 생각 없이 일반 고등학교에 입학했습니다. 고등학교에 들어가서는 그전까지는 놀기만 했던 점심시간에도 늦게까지 공부하다 밥 먹으러 가는 등 나름 열심을 다했지만 결과는 처음 입학했을 때의 성적과 달랐습니다. 점수가 내려가자 정말 화가 나고 아무것도 하기 싫었습니다. 믿어주시는 부모님께도 너무 죄송했습니다.

하지만 교회에서의 제 모습은 학교에서와는 달랐습니다. 교회에서는 성적을 묻지도 않았고, 재밌게 찬양 부르며 여러 친구들과 교제를 나누며 활동하는 모습이 세상적으로 바닥인 저를 무척이나 잘 가려주었습니다. 교회에서만큼은 회장이 될 정도로 성실하고 쾌활한 아이로 보이도록 노력했습니다. 하지만 교회는 저에게 은혜의 장소가 아닌 그저 노는 장소였습니다. 잠시나마 마음의 상처들과 공허함을 가릴 수 있는, 일시적으로 학업의 압박감에서 벗어나게 해주는 도구에 불과했습니다.

매번 꼬박꼬박 교회 수련회도 챙겨 갔지만, 수련회가 끝나고 난 이후의 삶은 또 다른 모습이었습니다. 목자님들과 약속한 다짐들을 지키는 것도 잠시, 금세 하나님을 배척했습니다. 그저 바리새인과 같이 이중적인 자세로 살아갔습니다. 하나님과 저는 멀리 떨어져 있을 뿐이었습니다. 저는 하나님 앞에서 사는 것이 아니라 사람 앞에서 살려고 노력하는 모습이 많았습니다. 시간이 지날수록 마음이 쓰레기로 가득 찬 것처럼 불평과 불만이 툭툭 튀어나오고 욕을 입에 붙이고 살았습니다.

제 현실의 모습과 미래의 모습을 생각할 때마다 실제로 비참한 결과를 피할 수 없을 것만 같다는 생각에 불안했습니다. 불안이 커질수록 더욱 악한 길로 빠져들었습니다. 바로 '웹툰'이라는 놈이 절 완전히 망가뜨려놓았습니다. 저의 이런 처참한 모습을 잊기 위해 거의 병적으로 웹툰을 보았습니다. 짜증나고 공허한 느낌이 들 때마다 웹툰을 찾았습니다. 하루에 최소 100화씩은 본 것 같습니다. 그렇게 시간은 시간대로 낭비하며 매일을 비참히 살아가는 무기력한 악순환으로 시간을 보냈습니다.

어머니께서는 이런 생활을 하는 저를 보시고 신앙으로나 성적으로나 가득히 채울 수 있는 다니엘리더스스쿨에 가보면 어떻겠느냐고 물어보셨습니다. 처음 그 제안을 듣고 거부감이 강하게 들었습니다. 우선 살면서 한 번도 경험하지 못한 기숙사 생활을 해야 했고, 전에 한 번 어머니에게 설득당해서 DFC에 갔을 때, 생전 처음 보는 새벽하늘과 그 무서운(?) 기도 분위기, 긴 예배시간을 견디기가 힘들었던 기억이 생생히 남아 있었습니다. 무엇보다 고등학교 친구들과 한창 친하게 지냈고 담임선생님과도 국밥을 같이 먹을 정도로 친해졌는데, 그동안의 익숙한 것들과 떨어져야 한다는 생각에 더욱 가기가 싫었습니다.

부모님께서는 제가 신앙적인 문제를 겪고 건강이 다시 안 좋아지는 것을 걱정하시면서 금요기도회 때 기도해보면서 결정하는 것이 어떻겠느냐고 제안하셨습니다. 저는 그 부탁마저 거절할 수 없어서 알겠다고 하고 일단 무릎을 꿇고 기도하기 시작했습니다. 평소에는 야간자율학습까지 하고 늦게 오기 때문에 졸리기만 하고 '뭐 해주세요'라는 형식의 기도만 하게 돼서 무의미하다고 생각했던 금요기도회 시간이었습니다. 그런데 특이하게도 계속 기도가 잘되고 '내가 기도하고 있어!'라는 느낌마저 들었습니다. 돌아보면 하나님이 DLS에 오게 제 마음을 조금씩 바꿔가셨다는 생각이 듭니다.

정말로 감사하게도 어머니께서 물어보신 날로부터 며칠 만에 마음이 180도 바뀌는 기적을 경험했습니다. 그날 바로 면접 서류를 작성하기 시작했습니다. 적어야 할 것이 많았고 많은 생각을 하게 만들어서 시간은 꽤 걸렸지만, 서류의 항목을 채우면서 저를 많이 돌아보았고 은혜도 많이 받을 수 있었습니다. 그렇게 후다닥 일이 처리되고 면접 서류를 제출했습니다.

신기하게도 하나님의 은혜로 서류를 낸 바로 그 주에 합격이 되고 면접을 치렀습니다. 이 모든 것이 일주일 안에 이루어진 일입니다. 할렐루야!! 하나님께 감사합니다!!! 원래부터 성격이 소극적이었던 터라 생전 처음 보는 면접에 덜덜 떨면서 대답을 했습니다. 머릿속이 새하얘져서 울먹거리는 목소리로 "잠깐만요"라고 말하고 꼬였던 말들을 다시 했던 기억이 납니다. 면접이 끝나고 정말이지 풀이 죽을 수밖에 없었습니다.

아무튼 엉망으로 면접을 보고 나니 하나님이 원망스러웠습니다. '왜 내 성격을 이렇게 만드셔서 그렇게 면접을 치르게 하셨어요? 이럴 거면 애초에 이런 데 가고 싶다는 생각이 들지 않게 하시든가요!!' 하나님께 따지듯이 기도했지만 응답 온 느낌은 없었습니다. 그러나 복잡했던 마음이 기도 후에 왠지 모를 평안함에 싸여서 가라앉는 것을 느꼈습니다.

지금 생각해보면 하나님께서 저를 DLS에 보내시려고 참 많은 기적을 행하신 것 같습니다. 일주일이 지나고 DLS에 합격했다는 소식을 듣고 그렇게 기분이 좋을 수 없었습니다. 그렇게 하나님의 은혜로 DLS에 무사히 입학했습니다.

할렐루야! 죽은 사람을 살리신 하나님

DLS에서의 첫날은 김동환 선생님께서 정해주신 엘더 형의 후배로 들어가서 서포터들의 격한(?) 환영을 받으며 시작했습니다. DLS는 매일 새벽 5시 반에 활기차게 하루를 시작합니다. 첫날에 예배를 드리려 새벽에 비몽사몽 일어나 지하에 있는 예배당에 갔습니다. 그리고 경험하지 못했던 엄청난 기도 소리가 제 귀를 때렸습니다. '아, 정말 이곳은 다르다……' 그리고 굉장히 당황했던 것 같습니다. 처음으로 크게 부르짖는 기도를 하면서 마음을 가다듬었습니다.

DLS 첫날임에도 불구하고 아침부터 하나님께서 저에게 일방적으로 부어주시는 엄청난 은혜를 경험하면서 하루를 시작했습니다. 예배가 끝난 다음에는 바로 계단을 올라가 도서관에서 열심히 공부했습니다. 공부가 끝나고 밥을 먹는데 그렇게 행복할 수가 없었습니다. 그전에도 매일 경험했던 것들이 새롭게 다가오고 마음에 기쁨이 흘러넘쳤습니다.

DLS에서는 하루 세 번 예배를 드림으로써 신나게 찬양하고 힘들었던 마음을 가라앉히고 하나님이 주시는 평안한 마음 가운데 공부할 수 있습니다. 특히 월요일, 금요일에는 박삼순 전도사님의 엄청나게 강력한 기도회가 있어서 크게 은혜를 받을 수 있는 날인데요. 그리스도인으로서 신앙을 키워가기 위해 기도는 어떻게 해야 하는

지와 같은 필수적인 것들을 알려주시고 은혜가 되는 간증들도 많이 해주십니다. 전도사님은 DLS에서 부모님같이 감싸주고 이해해주고 기도해주는 없어서는 안 될 참 귀한 분이십니다.

박삼순 전도사님께서 인도하시는 기도회는 정말 하나님의 은혜가 뒤덮는다고 해야 맞을까요? 은혜를 마구 쏟아부으신다고 해야 맞을까요? 그 감사한 은혜로움(?)으로 손바닥에 불이 나도록 박수 치고 목이 터지도록 부르짖으며 찬송과 기도를 합니다. 전도사님께 기도받고 싶은 사람들은 강대상 위로 올라가서 안수기도를 받을 수도 있습니다. 악기 하나 없이 무식하게 찬양하는 신기한 기도회이지만 정말 어떻게 그리 은혜가 되는지 말로 표현할 수 없습니다. 그야말로 '은혜폭탄'입니다.

물론 DLS에서 그저 만사가 형통하고 기쁨만 넘치는 것은 아닙니다. 정말 힘들지만 여러 믿음의 선배들과 김동환 선생님의 충고 덕에 "하나님 살아 계십니까? 예수님 정말 절 위해 죽으실 정도로 날 사랑하십니까?"라고 기도로 붙들면서 하나님과 살아가는 법을 배웁니다. 저는 DLS에서 살면서 무엇보다 그전에 몸에 지니고 있던 많은 더러운 습관을 버렸습니다.

전에는 항상 어린아이처럼 의존적이었지만 자립적으로 변화되었습니다. 그렇게 소극적이던 제가 앞에 나가서 찬양하며 노래할 줄은 상상도 못 했습니다. 아파서 운동도 많이 하지 못하고 허약했던 제가 엄청 뛰면서 찬양하며 살다보니 주님께서 제게 체력과 건강을 주셨습니다. 힘들고 지칠 때마다 사람이 아닌 하나님을 붙드는 자세도 생겨났습니다. 짜증을 많이 내던 성격도 전과는 달리 부드러워졌습니다.

물론 처음부터 짜증을 아예 안 낸 것은 아니었습니다. 아는 사람은 아실 텐데요, 전 정말 누구든 거슬리면 아는 사람이건 모르는 사람이건 면전에 욕을 하고 불만을 내뱉곤 했습니다. 예전 교회에서도 말씀공부 하자고 하면 그저 교회에 오래 있어야 하고 공부라는 것 자체를 싫어했기 때문에 갖은 인상은 다 찌푸리고 소리를 고래고래 지르면서 보이는 물건이란 물건은 다 던지던 기억이 있습니다.

그렇게 버릇이 없었으니 DLS에 들어와 예배드리며 기도한다고는 하지만 변화한다는 것이 참 힘들었습니다. DLS에 와서도 저의 성격과 사투를 벌일 수밖에 없었습니다. 보기 싫은 모습을 볼 때마다 분노가 쏟아져 나오고 그것을 누구에게 쏟을 수 없으니 하나님께 기도를 드렸습니다. 나에겐 하나님밖에 없다고, 제발 날 안아달라고, 미치겠다고 외롭다고 힘들다고, 내 눈에서 흐르는 눈물을 닦아달라고, 은혜 좀 받게 해달라고 간절히 또 간절히 기도했습니다. 나쁜 성격을 끊어달라고 기도했습니다. 그렇게 열심히 기도하면서 목에서는 피가 났습니다. 계속 우니까 코도 헐어서 기도할 때마다 얼굴에 몰린 피들이 약해진 코로 나왔습니다.

DLS에서 1년째 되던 날에 아침설교를 다 듣고 열심히 기도하는데 박삼순 전도사님께서 제 머리에 손을 올리고 해주신 말씀이 생생하게 기억납니다. "느헤미아야, 많이 힘들지? 하나님께서 너 엄청 사랑해주신다. 네가 이렇게 기도하는 거 하나님이 다 듣고 계신다." 그리고 이렇게 기도하면 몸 망가지니까 조금 덜 기도하라고 걱정도 해주셨습니다. 지금 잘하고 있으니까 염려하지 말라고 이야기해주셨습니다. 그때 그 한마디가 너무 감사하고 감사해서 엉엉 울면서 그렇게 하겠다고, 열심히 해보겠다고 기도했습니다. 지금 생각해보면 하나님께서 믿음 없는 저를 박삼순 전도사님을 통해 위로해주신 것이라고 확신합니다.

그 일 이후에 매일매일을 기쁨으로 살아가야 함을 알게 되었습니다. 하나님의 말씀도 지식이 아닌 마음으로 깨달을 수 있었습니다. 김동환 선생님께서 하시는 설교 내용이 저를 콕 찍어서 말하시는 것 같고, 이전에 알고 있었던 말씀들도 새롭게 알 수 있었습니다. 최근에는 아침마다 옥한흠 목사님의 눈물의 설교를 들으면서 새벽예배를 드리는데, 어찌나 저의 모습을 다 내려다보고 말씀하시는 것 같은지 감사하는 마음과 회개해야 한다는 마음을 갖게 됩니다. 하나님의 심장을 가지고서 살아야겠다는 다짐과 결단을 하게 됩니다.

성적에도 많은 변화가 있었습니다. 공부에서 손을 놓았던 터라 처음에는 무엇을 어떻게 해야 할지 아무런 감도 오지 않았습니다. 그때의 제 성적은 고3 모의고사 기준 국어 30~40점 초반, 영어 30~40점 중반 점수였습니다. 그래도 하나님의 좋은 군인으로서 준비되기 위해 노력해야 함을 알기에 포기하지 않고 열심히 해서 현재 국어는 80점 초중반이고 영어는 80점 초반으로 뛰었습니다. 수학은 고등학교 수학1부터 다시 시작해서 1년 1개월 만에 이과 수학 진도를 다 마쳤습니다. 이 모든 것이 하나님의 은혜였습니다.

DLS라는 곳에 들어오면서 6일 공부라는 것을 처음 하게 되었습니다. 초기에는 공부시간이 줄고 그 하루라는 시간 동안 나와 함께 시험을 볼 수험생들이 나보다 앞서 나가지는 않을까 걱정이 되었습니다. 그러나 지금 되돌아보았을 때 결코 헛되이 낭비한 시간이 아니었습니다. 오히려 6일 동안 열심히 공부해서 피곤한 몸과 지친 정신을 보충하는 유익한 시간이었습니다. 만약 주일까지 시간을 쪼개가며 공부했다면 체력 약한 제가 지금까지 달려올 수 있었을까요?

이렇게 DLS에서 저는 하나님의 은혜로 변화했습니다. 물론 아직까지 버리지 못한 세상적인 생각이나 행동의 잔해가 많이 남아 있지만 이전의 모습과는 확실히 달라졌습니다. 제 마음에 하나님께서 살아 계시고 언제나 역사하고 계신다는 것을 믿기 때문입니다. 하나님이 항상 불꽃같은 눈동자로 지켜봐주시는 것을 알기에 힘들 때마다 주님을 찾고 항상 주님 영광 위해 치열하게 살고자 마음을 다집니다.

김동환 선생님께서는 저희 학생들을 진심으로 생각하시고 그것을 행동으로서 직접 표현하시는 분이십니다. 선생님은 항상 도서관에서 공부하는 저희를 생각하셔서 세밀한 하나하나까지도 놓치지 않고 챙겨주십니다. 심지어 습도와 형광등 불빛 세기, 온도까지도 철저히 신경 써주십니다. 또한 수업을 위해 선생님들을 최고 명문대학을 나오신 분들로 세워 가르치게 해주십니다. 선생님께서는 몸이 많이 아프신 중에도 저희에게 본을 보여주시려고 도서관 안에 있는 연구실에서 12시간 넘게 저희와 함께 연구하십니다. 항상 옆에서 열심히 하시는 선생님을 보면서 도전받아서 열심히 안 할 수가 없습니다.

공과 사를 엄격히 구분하셔서 아무리 개인적으로 좋아하고 사랑하는 학생들이라도 잘못하면 가차 없이 날카롭게 혼을 내주십니다. 그래도 혼내신 후에는 항상 개인적으로 부르셔서 따뜻한 말로 위로해주시고 안아주시고 맛있는 음식도 사주십니다. 그런 위로를 받을 때는 정말 언제 그랬느냐는 듯 마음이 서서히 풀립니다. 새벽마다 설교도 해주시는데 제가 들어본 설교 중 가장 졸리지 않습니다. ^^ 지금의 제가 이렇게 변화할 수 있었던 큰 이유 중 하나도 선생님께서 언제나 기도와 사랑으로 뒤를 밀어주신 덕분인 것 같습니다. 저희 학생들을 향한 사랑과 헌신에 감사를 드리고 싶습니다.

로마서 4장 18절 "아브라함이 바랄 수 없는 중에 바라고 믿었으니 이는 네 후손이 이 같으리라 하신 말씀대로 많은 민족의 조상이 되게 하려 하심을 인함이라"는 말씀이 있습니다. 현재 저는 부족한 것이 너무도 많지만, 이 말씀처럼 하나님을 의지하는 멋있는 믿음을 가지고 다니엘처럼 뜻을 정하여 '하나님을 위해 예비되는 자가 되도록 치과의사라는 꿈을 붙잡고 항상 치열하게 준비하겠다!'라고 다짐합니다.

아직 어리지만 제 인생에서 하나님을 만났다는 것은 앞으로도 없을 가장 큰 축복 같습니다. 거룩하신 하나님께서는 이 지구상의 70억 명 혹은 그 이상의 사람들 중에 잘하는 것 하나 없는 저를 선택하셔서 DLS에 보내주셨습니다. 하나님께서는 영적으로 죽었던 저에게 찾아오셔서 부족한 저를 살려주시고 축복을 손에 쥐어주셨습니다. 그리고 하나님의 좋은 군인으로 자라나라고, 저기 열방에서 예수가 뭔지도 몰라 믿을 기회조차 없는 그런 불쌍한 영혼들을 구하라고 사명을 내리셨습니다.

하나님께서는 분명 2014년 8월 23일에 저 말고도 출중한 사람들이 많았을 텐데도 연약한 저를 이곳 DLS에 보내주셨습니다. 그래서 하기 싫고 포기하고 싶을 때마다 저를 위해 돌아가신 예수님과 저를 믿고 기대해주시는 하나님을 생각하며 힘들지만 다시 일어설 수 있습니다. 제 인생에서 하나님을 만났다는 것은 가장 귀중하고 귀중한 아름다운 은혜입니다.

제가 가장 좋아하는 찬송가가 있습니다. 이 곡을 부를 때마다 마음이 뜨거워지고 감사하는 마음이 절로 듭니다. 〈예수님이 좋은 걸

어떡합니까?>라는 곡입니다. 예수님께 사랑을 고백하는 형식의 가사인데 저는 이 가사가 하나님을 믿는 자들이 가져야 할 가장 이상적인 모습을 그렸다고 생각합니다. 제게 세상 사람들과는 다른 하나님의 가치관이 생기고 하나님이 언제나 저와 함께해주신다는 믿음을 주신 것이 참으로 감사합니다.

하나님을 만난 적도 없고, 내 안에 하나님이 있다고 확신도 못 했고, 기도를 어떻게 하는 줄도 몰랐고, 늘 근심과 압박감에 시들어 죽어가는 저를 살려주신 것이 그저 놀라울 뿐입니다. 그래서 하나님께 매 예배를 허투루 드릴 수가 없습니다. 그래서 하나님을 찾지 않을 수가 없고 하루하루를 조심히 보내게 됩니다. 하나부터 열까지 저를 변화시켜주시는 기적의 하나님 전능하신 주님을 찬양합니다.

천국의 스타들

"사랑하는 자들아 주께는 하루가 천 년 같고 천 년이 하루 같은 이 한 가지를 잊지 말라."(베드로후서 3장 3절) 제가 좋아하는 구절입니다. 이 말씀을 보면서 천국과 지상의 시간에 대해 생각해보았습니다. 천국에서 하루를 지상의 하루로 계산해보면 천국에서 24시간이 지상의 1000년입니다. 천국에서 2.4시간(144분)이 지상의 100년이고 천국에서 14.4분이 지상의 10년입니다. 저는 자주 다니엘리더스스쿨 다니엘 학과 제자들에게 말합니다.

"선생님이 천국 먼저 가서 1시간 동안 하나님 찬양하고 경배하고 있으면 지상의 시간으로 대략 40년 좀 넘으니깐 너희들 대부분과 천국에서 만날 수 있을 거야. 그때가 선생님이 가장 행복한 순간이라고 생각해. 얘들아. 우리 천국에서 다시 볼 때 서로 얼마나 하나님 많이 기쁘시게 했는지 서로의 상을 보며 즐겁게 하나님께 예배드리자. DLS에서 함께 예배드리며 뛰며 찬양한 것처럼 이제 천국에서 다 만났으니 더 열정적으로 뜨겁게 찬양하고 경배하자. 얘들아, 세상에서 정말 치열하게 예수의 군인으로 잘 싸워주었어. 너무 수고 많았어. 진짜 너희들이 선생님 상이야. 선생님 정말 기쁘고 감사해. 고맙구나. 얘들아."

저는 그날을 꿈꿉니다. 저는 제자들에게 세상의 스타가 아닌 천국의 스타가 되자고 늘 말합니다. **다니엘서 12장 3절(지혜 있는 자는 궁창의 빛과 같이 빛날 것이요 많은 사람을 옳은 데로 돌아오게 한 자는 별과 같이 영원토록 비취리라)** 말씀을 자주 나눕니다. "우리 꼭 많은 영혼을 살리고 천국에서 영원한 스타(별)가 되자"고 말합니다.

천국에 가면 존경하는 다니엘 선배님은 어떻게 지내고 있을지 무척 궁금합니다. 느헤미야 선배님과 사도 바울 선배님도 무척 궁금합니다. 믿음의 경주를 끝까지 해내며 순종하신 그분들처럼 저와 저의 모든 제자들이 세상에서 치열하게 믿음의 싸움을 싸우고 천국 가기를 간절히 기도합니다.

다니엘리더스스쿨 기적의 이야기는 이제 시작입니다. 앞으로 2권, 3권…… 하나님을 인격적으로 만나 자신과 세상을 변화시키는 기적의 이야기들이 계속 나타날 것입니다. 그것을 위해 간절히 기도 부탁드립니다. 사랑하는 귀한 믿음의 제자들이 세상의 구조적인 악과 악한 마귀와의 영적 전쟁에서 이생의 자랑과 안목의 정욕과 육신의 정욕으로 인해 믿음의 순도를 떨어뜨리지 않고 끝까지 싸워 인간 방주로서 통일한국 시대에서 각 분야마다 수많은 영혼을 살리고 다니엘처럼 승리하기를 기도해주십시오.

"대한민국에 수많은 영혼을 살리기 위한 인간방주가 되고자 이렇게 철저하게 새벽을 깨우며 하나님의 방식으로 공부하고 하나님을 경외하는 불꽃 청소년들이 모여 통일한국을 준비하는 학교가 있다" 고 외국 사람들에게, 그리고 믿지 않는 세상 사람들에게 자랑스럽게 말할 수 있는 학교를 꼭 만들겠습니다. 반드시 만들겠습니다. 이것을 위해 기도해주시길 간곡히 머리 숙여 부탁드립니다.

이 글을 보는 귀한 믿음의 성도 여러분. 하나님을 인생에서 제대로 만나면 인생이 달라집니다. 사랑하는 자녀들에게 무엇을 먹고 무엇을 입을까 문제의 싸움보다 먼저 신앙의 순도를 지키는 싸움이 인생에서 가장 중요하고, 이것을 통해 하나님을 깊이 만날 수 있음을 가르쳐주십시오. 소위 명문대학교를 나와서 남들이 부러워하는 직업을 가지고 돈과 명예와 권력을 얻으면 과연 인생에서 성공했다고 말할 수 있을까요?

저는 DLS에서 인생의 성공은 세 가지를 이루었을 때 비로소 가능하다고 가르쳐왔습니다.

첫째, 하나님을 믿어야 한다.
둘째, 하나님의 말씀에 순종해야 한다.
셋째, 하나님께 쓰임 받는 인생이 되어야 한다.

이 세 가지는 명문대 출신만이 할 수 있는 것이 아닙니다. 학벌과 집안과 외모와 상관없이 할 수 있습니다. 제대로 학교를 다니지 못한 채 구두수선공으로 살던 D. L. 무디는 명문대 출신이 아니었지만 이 세 가지를 이룬 진정한 성공자라고 생각합니다. 그를 통해 얼마나 많은 사람이 살아났는지 모릅니다. 하나님은 다윗을 뽑으실 때 다윗의 첫째 형 엘리압을 택하시지 않으시면서 다음과 같이 말씀하십니다. **"여호와께서 사무엘에게 이르시되 그 용모와 신장을 보지 말라 내가 이미 그를 버렸노라. 나의 보는 것은 사람과 같지 아니하니 사람은 외모를 보거니와 나 여호와는 중심을 보느니라."**(사무엘상 16장 7절) 이처럼 하나님은 마음의 중심을 보시고 사용하신다고 말씀하셨습니다.

《다니엘학습법》에서 이미 여러 번 말씀드렸듯 하나님의 자녀에게는 하나님의 자녀에게 맞는 신본주의 학습 원리가 있다고 생각합니다. 너무 많은 믿음의 학부모님이 하나님의 자녀에게 맞지 않는 세상 인본주의 원리로 억지로 자녀를 교육시킬 때 우리 아이들은 하나님을 만나지 못한 채 세상의 정욕과 이생의 자랑을 위해 살게 됩니다. 자녀의 성적표만 보지 마시고 자녀의 영혼의 상태를 먼저 살펴주시기를 부탁드립니다. 하나님의 자녀들이 예수의 좋은 군인이 될 수 있도록 하나님의 방식으로 양육해주시길 간곡히 부탁드립니다. 하나님의 자녀들은 예수의 좋은 군인이 되어 살 때 가장 행복하고 인생에서 진정으로 성공할 수 있습니다.

댁에서 실천하실 수 있는 책의 핵심 내용을 정리해보았습니다. 많은 돈이 들거나 어려운 방법이 아닙니다. 보시고 꼭 실천해보시길 부탁드립니다.

1. 553운동 실천하기: 공부하기 전 5분 성경 읽기, 5분 기도 하루 3번 하기(아침 학교에 가서 1번, 점심식사 후 1번, 야간자율학습 전 1번)

2. 주일은 온전히 예배드리며 전심으로 하나님을 찾고 만나 교제하며 하나님 안에서 쉬면서 가족들과 은혜 나누기

3. 규칙적으로 운동하고 생활하기

4. 여름 겨울 방학 때 다니엘 온가족학습수련회에 와서 2박 3일간 다니엘리더스스쿨 단기 과정에 지속적으로 참석하여 다니엘리더스스쿨 학생들과 함께 훈련하기

5. 《다니엘학습법》(하나님의 자녀들이 왜 하나님의 영광을 위해 공부해

야 하는지 자세히 알 수 있습니다)과《다니엘 아침형 학습법》(하나님의 영광을 위해 공부하고자 뜻을 정한 학생들에게 필요한 구체적인 신본주의 학습 방법들이 자세히 나와 있습니다)과《다니엘 자녀교육법》(하나님의 자녀들을 어떻게 하나님의 방식으로 양육해야 하는지 자세히 나와 있습니다)과《다니엘 마음관리 365일》(매일 마음을 관리하고 지친 마음에 힘을 주는 글이 들어 있습니다)을 꼭 읽고 실천하기

이 다섯 가지는 일반 학교를 다니면서 집에서 얼마든지 할 수 있는 일입니다. 이 다섯 가지만 꾸준히 실천한다면 다니엘리더스스쿨에 입학하지 않아도 하나님을 인격적으로 만나 하나님을 위해 공부하는 위대한 기적이 삶 속에서 일어날 수 있습니다. 집에서 이 다섯 가지를 꾸준히 실천하여 위대한 기적을 경험하는 학생들이 매우 많습니다.

저는 퇴행성 디스크로 20년 넘게 기도해왔습니다. 그리고 여전히 매일 운동치료를 병행하고 있습니다. 너무 지치고 힘들어 운동치료 세트를 다 채우지 못할 때도 많습니다. 그럴 때 참 많이 낙심이 됩니다. 현대의학으로 완치가 어렵다고 하지만 저는 포기하지 않습니다. 때가 차면 꼭 하나님께서 강건하게 해주시고, 하나님이 주신 귀한 사명 하나도 빠짐없이 모두 다 완수하고 천국 가기를 소망합니다. 비록 강건하게 되지 않을지라도 범사에 감사하고 항상 기뻐하고 쉬

지 말고 기도하며 하나님 사명 위해 최선을 다해 살다가 천국 가고 싶습니다.

나 같은 죄인을 살리기 위해 몸 바쳐 피 흘려 죽으시고 생명 주신 주님의 은혜와 사랑을 생각하며, 오직 앞에 계신 예수님 바라보며 힘들어도 매일 새벽을 깨우며 다니엘과 같은 믿음의 인재들을 양육하겠습니다. 부족한 제가 꼭 하나님이 주신 사명 완수하고 천국 가기를, 그리고 다니엘리더스스쿨을 위해 간곡히 머리 숙여 기도 부탁드립니다.

이 책을 보시는 모든 귀한 독자님의 모든 가족이 하나님을 뜨겁게 인격적으로 만나시길, 그리고 네 가지 기적을 경험하시길, 그리고 댁내 하나님의 평안과 기쁨이 늘 가득하시길 주님의 이름으로 축복합니다. 감사드립니다.

부록

신본주의 학습법이란?

로마서 11장 36절~12장 2절(36. 이는 만물이 주에게서 나오고 주로 말미암고 주에게로 돌아감이라 영광이 그에게 세세에 있으리로다 아멘 1. 그 러므로 형제들아 내가 하나님의 모든 자비하심으로 너희를 권하노니 너희 몸 을 하나님이 기뻐하시는 거룩한 산 제사로 드리라 이는 너희의 드릴 영적 예 배니라 2. 너희는 이 세대를 본받지 말고 오직 마음을 새롭게 함으로 변화를 받아 하나님의 선하시고 기뻐하시고 온전하신 뜻이 무엇인지 분별하도록 하 라)에서 알 수 있듯이 신본주의는 하나님이 모든 만물의 근본과 주 인이 되심을 인정하는 신앙적 입장을 말합니다. 하나님이 온 우주 만물을 창조하신 창조주이시며 또한 주인임을 받아들이는 가치관 과 세계관을 의미합니다. 기독교 교리에 따르면 하나님이 창조하신 인간이 죄로 타락하자 그의 죗값으로 인간은 영원한 지옥에 가게 되었습니다. 하나님은 인간을 사랑하셔서 인간이 지옥에 가지 않도록 하나님의 아들 예수를 죽여 그의 핏값으로 인간이 치러야 할 죗값을 대신 갚아주십니다. 인간이 지은 죄로 인해 인간은 죄의 노예로 영원한 지옥불에 던져져야 하는데, 하나님께서 성자 예수를 십자가에서 인간 대신 죽이고 인간을 죄에서 해방시키고 인간을 그분의 소유로 삼아주십니다. 따라서 죄에서 해방된 인간은 하나님의 소유이고 인간을 죄에서 해방시킨 하나님은 인간의 주인이 됩니다. 성경에서는 죄에서 해방된 인간이 이제는 죄에서 해방되기 이전처럼 죄의 노예로 살지 말고 하나님의 자녀로 하나님의 소유답게 살 것을 말씀하십니다.

고린도전서 6장 19~20절(19. 너희 몸은 너희가 하나님께로부터 받은 바 너희 가운데 계신 성령의 전인 줄을 알지 못하느냐 너희는 너희의 것이 아니라 20. 값으로 산 것이 되었으니 그런즉 너희 몸으로 하나님께 영광을 돌리라)과 **고린도전서 10장 31절**(그런즉 너희가 먹든지 마시든지 무엇을 하든지 다 하나님의 영광을 위하여 하라)에서 알 수 있듯이 하나님은 인간의 몸이 하나님의 영인 성령이 거하는 거룩한 성전이라고 말씀하십니다. 인간은 인간의 것이 아니라 하나님께서 인간을 사랑하사 인간의 죗값을 대신 갚기 위해 성자 예수의 핏값으로 죗값을 치르고 산 존재입니다. 그래서 성경은 우리에게 핏값으로 산 것이 되었으므로 우리가 먹든지 마시든지 무엇을 하든지 다 하나님의 영광을 위하여 하라고 말씀하십니다.

로마서 14장 8절(우리가 살아도 주를 위하여 살고 죽어도 주를 위하여 죽나니 그러므로 사나 죽으나 우리가 주의 것이로라)에서 알 수 있듯이 하나님을 믿는 자녀들은 하나님의 소유이기에 살아도 하나님을 위해 살고 죽어도 하나님을 위해서 죽는 삶을 살아야 합니다. 신본주의는 바로 이렇게 하나님의 영광을 위해 사는 삶을 삶의 가장 우선에 두는 하나님 중심주의 삶과 가치관과 세계관을 의미합니다. 하나님이 온 우주 만물과 인간의 삶의 기본이 되시고 범사에 가장 중요한 척도가 됨을 인정하는 것을 의미합니다.

다니엘리더스스쿨에서 추구하는 신본주의 학습법은 바로 이러한 신본주의의 내용과 의미를 학습에도 동일하게 적용하여 **고린도전서 10장 31절(그런즉 너희가 먹든지 마시든지 무엇을 하든지 다 하나님의 영광을 위하여 하라)**에서 말하는 하나님의 말씀에 순종하기 위해 학생의 신분으로서 하나님의 영광을 위해 삶의 제사로 드려지는 학습을 의미합니다. 하나님의 마음을 기쁘시게 하고 하나님의 영광을 위해 준비된 일꾼이 되고자 학습을 그 준비의 과정으로 여기는 것을 의미합니다.

하나님은 모든 인간에게 각자의 '달란트'(재능)를 주십니다. 이 달란트는 '완성형'으로 주신 것이 아니라 '씨앗'의 형태로 주십니다.

'씨앗'의 형태로 주신 재능을 하나님의 영광을 위해 '완성형'으로 잘 준비하는 것은 하나님의 자녀로서 마땅히 해야 할 일입니다. 현대사회에서는 이 재능이 교육기관의 모종의 학습 과정을 통해 준비되고 있습니다. 따라서 인간을 사랑하여 인간을 위해 자기 아들을 죽이신 하나님의 사랑과 은혜를 생각하면서 하나님이 자신에게 주신 삶의 목적인 하나님의 영광을 위해 사는 삶을 살기 위해 달란트 준비의 과정으로 학습하는 것이 성경에 의거한 다니엘리더스스쿨이 추구하는 신본주의 학습입니다.

신본주의 학습과 반대되는 개념은 인본주의 학습입니다. 인본주의는 모든 것의 중심을 인간으로 놓고 하나님보다 인간 중심의 사상과 행위를 강조합니다. 인간이 하나님의 위치에 있고 인간의 욕망 실현과 자아 실현이 가장 높은 가치를 가집니다. 학습 또한 더 잘 먹고 잘살고자 하는 인간의 욕망과 자아를 실현하기 위해 그것의 수단으로 하는 학습을 의미합니다.

크리스천 학생들도 하나님을 믿으면서 학습의 목적은 신본주의 학습보다는 인본주의 학습을 많이 따릅니다. 일례로 시험 기간이 되면 더 좋은 성적을 받고 원하는 대학에 가기 위해 하나님께 드리는 예배를 빠지는 경우를 들 수 있습니다. 하나님은 하나님의 자녀들이 주일날 온전히 예배드리고 하나님 안에서 안식하기를 원하십니다.

주일은 하나님이 거룩하게 구별하신 하나님의 날입니다. 하나님은 하나님의 자녀가 주일 예배를 빠지면서 학습하는 것을 기뻐하지 않으십니다. 하나님의 자녀가 살고 학습하는 목적이 인간을 사랑하여 우리에게 생명을 주시려고 아들 예수를 죽인 하나님의 영광을 위해 사는 것인데, 하나님의 영광과 말씀을 무시하고 하나님께 드려야 할 예배를 빠지고 학습하는 것은 하나님의 영광을 위한 학습이라기보다는 인본주의 학습이라 부를 수 있습니다.

주일을 온전히 예배드리며 하나님의 영광을 위해 학습하는 것이 7일 학습에 비해 공부시간은 줄어들 수 있지만, 설사 성적이 떨어지더라도 하나님의 자녀는 하나님의 방식인 신본주의 학습을 지켜야 한다고 생각합니다. 성적이 부족하여 자신이 원하는 대학과 학과에 입학하지 못할지라도 하나님의 말씀을 순종하며 하나님의 영광을 위해 사는 것이 그리스도인의 삶이기 때문입니다.

한 가지 꼭 유념하셔야 할 것이 있습니다. 신본주의 학습은 하나님의 영광을 위해 하나님을 위해 준비된 일꾼이 되기 위한 학습이지 하나님의 지혜와 능력을 얻고 그것을 이용하여 나의 욕망을 채우는 학습이 아닙니다. 다니엘리더스스쿨에서 다니엘을 본받는 가장 큰 이유는 그가 하나님의 지혜를 받아서 바벨론에서 국무총리를 했기 때문이 아닙니다. 다니엘은 하나님에 대한 신앙을 지키기 위해 우상에게 절한 음식을 먹지 않고자 포로로 잡혀간 바벨론 제국에서 3년 간 물과 채소를 먹고 하나님에 대한 신앙을 지킵니다. 국무총리가 된 뒤에 기도를 금지하는 왕의 명령이 있었지만 사자굴에 던져질지 라도 신앙을 타협하지 않았습니다. 다니엘리더스스쿨은 세상과 타 협하지 않고 "죽으면 죽으리라"는 각오로 신앙의 순도를 지키는 다 니엘을 존경하고 다니엘의 신앙을 추구합니다.

사무엘상 16장 7절(여호와께서 사무엘에게 이르시되 그 용모와 신장을 보지 말라 내가 이미 그를 버렸노라 나의 보는 것은 사람과 같지 아니하니 사 람은 외모를 보거니와 나 여호와는 중심을 보느니라)에서 알 수 있듯이 하 나님은 사람을 쓰실 때 학벌, 집안, 외모를 보지 않으십니다. 세상은 이 세 가지를 중시합니다. 하지만 하나님은 이 세 가지는 보시지 않 으시고 오직 '마음의 중심'을 보십니다. 그 마음에 얼마나 하나님을 향한 순도 높은 신앙이 있는지를 보시고 그를 사용하십니다. 신본주 의 학습은 이러한 신앙을 추구하기 위한 학습입니다. 다니엘리더스 스쿨에서는 이러한 신본주의 학습을 추구하고자 부단히 애쓰고 힘 쓰고 노력하고 있습니다. 독자님들께서도 이러한 신본주의 학습을 가정에서 꼭 실천해보시길 간곡히 부탁드립니다.

스스로 신본주의 학습법을 실천하는 법

혹시라도 이 책을 보시고 다니엘리더스스쿨에 오고 싶은데 여러 가지 사정으로 입학이 어려운 분들도 계시리라 생각합니다. 그분들에게 꼭 말씀드리고 싶습니다. 궁극적으로 이 책을 쓰는 목적은 다니엘리더스스쿨에서 실천하고 있는 신본주의 학습법을 알려드려 그것을 집에서 잘 실천하기 위해서입니다. 다니엘리더스스쿨에 오지 않더라도 얼마든지 이 책을 통해 그리고 아래의 방법들을 통해 신본주의 학습을 집에서 배우고 실천할 수 있습니다. 현재 그런 친구들이 굉장히 많습니다. 다니엘리더스스쿨에서 일어난 기적들보다 더 다양하고 재미있는 이야기들이 많습니다.

1. 다니엘 온가족학습수련회

집에서 신본주의 학습을 실천할 수 있는 대표적인 방법으로 저는 다니엘 온가족학습수련회(www.dfc21.net)에 참석하는 것을 강력히 추천해드립니다. 다니엘 온가족학습수련회는 다니엘리더스스쿨에 입학하지 못한 학생들을 위해 2박 3일 단기 과정으로 다니엘리더스스쿨 학생들과 학부모님들과 함께 다니엘리더스스쿨에서 실천하는 신본주의 학습을 훈련받기 위해 만들어진 과정입니다. 이 과정을 통해 전국 각지에서, 심지어 해외에서 온 수많은 학생들과 학부모님들이 구체적으로 신본주의 학습을 배워 집에서 실천하고 있습니다. 좋은 결실들이 무척 많았습니다. 신본주의 학습을 시작하는 중요한 '터닝포인트'가 될 수 있습니다.

2. 세움학원

서울과 수도권에 사시는 학생들은 직접 와서 배울 수도 있습니다. 2015년 6월에 세움학원(www.dva21.net)이 개원하였습니다. 이 학원이 세워진 목적은 세 가지입니다. 첫 번째는 다니엘리더스스쿨에 입학하고 싶지만 여러 가지 이유로 들어오지 못한 친구들에게 다니엘리더스스쿨의 훌륭한 믿음의 선생님들의 강의를 동네 보습학원비와 비슷하거나 더 저렴하게 듣게 해주기 위함입니다. 직접 홈페이지를 보시면 아시겠지만 신앙과 실력이 탁월한 선생님들이 기도로 수업을 시작하여 강의해주시고 기도로 수업을 마치십니다. 다니엘리더스스쿨 수업 방식처럼 선생님들께서 학생들이 질문을 하도록 적극적으로 권하고 질문을 소중히 여기는 수업 방식입니다.

두 번째는 하나님을 믿지 않는 90%의 청소년들에게 훌륭한 강의를 저렴하게 제공하면서 학습을 매개로 그들과 좋은 인격적 관계를 맺은 후 하나님의 복음을 전하기 위해서입니다. 대한민국 기독교 청소년 비율이 5% 미만으로 떨어진 지금 대학입시를 치열하게 준비하는 청소년들에게 꼭 필요한 학습을 매개로 자연스럽게 복음을 전하고자 합니다. 미션스쿨과 비슷한 개념인 '미션학원'의 역할을 감당하고자 합니다.

세 번째는 진심으로 공부를 하고 싶은데 환경이 열악하여 도저히 좋은 선생님들께 배울 수 없는 친구들에게 도움을 주기 위해서입니다. 현재 세움학원은 서울의 ○○고아원에서 생활하는 7명의 중고등학생들을 전과목 전액 장학 혜택을 주어 무료로 가르쳐주고 교재비도 전액 지원해줍니다. 소년소녀 가장에게는 전액 장학 혜택을 드립니다. 목회자 자녀의 경우 50%의 장학 혜택을 드립니다. 비록 위의 세 가지 경우가 아니더라도 '세움 희망장학제도'가 있습니다. 이 제도는 종교와 상관없이 집안 형편이 어려운 친구들 가운데 진심으로 학습하고 싶은 친구들에게 가정 형편에 따라 낼 수 있는 만큼 학원비를 내고 나머지 부분은 장학 혜택을 드리는 제도입니다.

하나님의 사랑을 사회에 적극적으로 나누고 세상에 환원하여 보다 많은 분들이 경제적인 문제 때문에 학업을 포기하지 않도록 힘쓰겠습니다. 주변에 형편이 어렵지만 진심으로 학습하고자 하는 친구들이 있으면 적극적으로 알려주십시오.

3. 다니엘리더스스쿨 장학생 지원하기

다니엘리더스스쿨 장학생을 모집하고 있습니다. 다니엘리더스스쿨에 입학하기를 간절히 원했으나 재정적 부담으로 인해 입학이 어려웠던 학생 가운데 신앙심이 진실하고 독실한 학생에게 장학 지원을 하고자 합니다. 주변에 믿음이 성숙한 청소년들 가운데 가정 형편이 DLS 학비를 전액 내기 어려운 상황이면서 DLS에 입학하기를 희망하는 학생들이 있다면 널리 알려주십시오. 장학생 모집에 대한 정보는 학교 홈페이지(www.dls21.net) 공지사항 게시판에 자세히 안내되어 있습니다.

4. 다양한 동영상 자료와 학습 자료

다니엘 온가족학습수련회와 다니엘리더스스쿨 홈페이지에 들어오셔서 좋은 자료들을 보시면서 신본주의 학습을 배울 수 있습니다. 이곳에는 제가 강의한 동영상 자료와 다양한 학습 자료, 신본주의 학습이란 무엇인지에 대한 상세한 내용들이 있습니다. 신본주의 학습을 실천하는 학생들의 다양한 이야기들과 구체적인 방법들을 보실 수 있습니다. 이 자료들을 수시로 보시면 집에서 신본주의 학습을 실천하시는 데 많은 힘과 동기들을 얻을 수 있을 것입니다.

앞으로도 지속적으로 집에서 신본주의 학습을 잘 실천하실 수 있도록 다양한 책과 방법들과 프로그램들을 더 많이 쓰고 만들어 보다 많은 청소년들에게 도움을 줄 수 있도록 노력하겠습니다. 이 책이 귀한 독자 여러분께서 집에서 신본주의 학습을 시작하는 계기가 되기를 간절히 소망합니다.